# DANIELLE STEEL

Ta najpopularniejsza dziś na świecie pisarka opublikowała prawie 50 książek, które podbiły rzesze czytelniczek na wszystkich kontynentach. Łączny nakład jej powieści przekroczył rekordową liczbę 400 milionów egzemplarzy, każda nowa nieodmiennie trafia na czołowe miejsca najpoważniejszych list bestsellerów. Od kilku lat Danielle Steel również w Polsce święci triumfy, przebojem zdobywszy rynek czytelniczy. Na czym polega tajemnica jej sukcesu? Bez wątpienia na tym, że świat jej powieści jest światem rzeczywistym, a problemy osób w nich występujących — autentyczne. Nic więc dziwnego, że czytelnicy jej książek, bez względu na wiek, płeć, pochodzenie i narodowość, z łatwością utożsamiają się z bohaterami: artystami, prawnikami, więźniami, lekarzami, urzędnikami, żołnierzami, z bogatymi, biednymi i tymi pośrodku — z ludźmi, którzy odzwierciedlają bogactwo życia we wszystkich jego przejawach.

Dla Billa, Beatrix i Nicholasa
w dowód najgłębszej miłości

Dla Phyllis Westberg
z wyrazami przywiązania i wdzięczności

# DANIELLE STEEL

## Pokochać znowu

Przełożyła z angielskiego
Alina Siewior-Kuś

Wydawnictwo „Książnica”

Tytuł oryginału
*To Love Again*

Opracowanie graficzne
*Marek J. Piwko*

Kompozycja okładki
*Andrew M. Newman*

Liternictwo
*David Gatti*

Copyright © 1980 by Danielle Steel

For the Polish edition
Copyright © by Wydawnictwo „Książnica", Katowice 1995

ISBN 83-7132-657-2

Wydawnictwo „Książnica" sp. z o.o.
ul. Konckiego 5/223
40-040 Katowice
tel. (032) 757-22-16, 254-44-19
faks (032) 757-22-17
sklep internetowy: http://www.ksiaznica.com.pl
e-mail: ksiazki@ksiaznica.com.pl

Wydanie trzecie (dodruk)
Katowice 2003

Skład i łamanie:
Z. U. „Studio P", Katowice

Druk i oprawa:
Cieszyńska Drukarnia Wydawnicza

# ROZDZIAŁ PIERWSZY

Wszędzie na świecie jest w roku taka pora, kiedy wszystko osiąga stan bliski doskonałości. Letnie upały już minęły, deszcze i śniegi jeszcze nie nadeszły, w kryształowo czystym powietrzu pojawia się pierwszy chłód, niebo wciąż jest lazurowe, a ludzie z przyjemnością wkładają wełnianą odzież i chodzą szybszym krokiem. Kiedy wrzesień ustępuje październikowi, wszyscy odżywają, zaczynają planować, działać i nawet dzieci wyglądają znów świeżo, wracając do szkoły w Paryżu, Nowym Jorku czy San Francisco. Najwyraźniej chyba widać to w Rzymie. Po tygodniach leniuchowania na Capri, gdzie rozklekotane stare taksówki kursują z rynku do Marina Piccola, po odświeżających kąpielach w Ischii, na zalanych słońcem plażach San Remo czy po prostu na bezpłatnej plaży w Ostii ludzie wraz z pierwszymi oznakami jesieni wracają do domu.

Isabella di San Gregorio, usadowiona wygodnie na tylnym siedzeniu limuzyny, z uśmiechem przyglądała się przechodniom śpiesznie przemierzającym chodniki. Ruch uliczny, jak zawsze w Rzymie, budził przerażenie, ale Isabella przyzwyczaiła się do niego, przeżyła bowiem w tym mieście całe swoje życie poza krótkimi wizytami w Paryżu u rodziny matki i rokiem, który spędziła w Stanach, kiedy miała dwadzieścia jeden lat. W następnym roku poślubiła Amadea i stała się czymś w rodzaju legendy, niekwestionowaną królową rzymskiej mody. Z urodzenia była księżniczką w tym królestwie, dzięki małżeństwu wstąpiła na tron, lecz sławę zawdzięczała nie nazwisku męża, a talentowi odziedziczonemu po dziadku: Jacques-Louis Parel od roku 1910 dyktował paryskim elegantkom, co należy nosić. Amadeo di San Gregorio w wieku trzydziestu jeden lat odziedziczył Dom Mody ,,San Gregorio'', który dla wiecznie rywalizujących ze sobą kobiet z całego świata, dysponujących ogromnymi środkami i odznaczających się wielkimi aspiracjami, był świątynią włoskiej mody i symbolem wyrafinowanego smaku. W kręgach pań z elit towarzyskich imiona jego właścicieli wymawiano z uwielbieniem.

Ojciec Isabelli był Włochem, ale z niekłamaną przyjemnością powtarzał córce, że według niego w jej żyłach płynie wyłącznie francuska krew. Isabella odznaczała się iście francuską uczuciowością, poglądy zaś, styl i nieomylny smak przejęła od dziadka. Jako siedemnastolatka więcej wiedziała o modzie niż większość starych wyg, którzy w tej branży zjedli zęby. Ta wiedza stanowiła nieodłączną cząstkę jej serca i umysłu. Isabella posiadała również niezwykły talent projektanta, wyczucie kolorów oraz kobiecych gustów, które pogłębiała studiując kolekcje dziadka. Kiedy dziadek, mając już po osiemdziesiątce, sprzedał swój salon amerykańskiej korporacji, Isabella przysięgła, że nigdy mu tego nie wybaczy.

Naturalnie nie dotrzymała obietnicy. Mimo to myślała często, że gdyby dziadek trochę poczekał, gdyby przewidział, gdyby... lecz wówczas mieszkałaby w Paryżu i nie spotkałaby Amadea. W wieku dwudziestu dwóch lat założyła własne małe studio w Rzymie, ich drogi skrzyżowały się po pół roku, sześć tygodni wystarczyło, by ich serca zdecydowały o przyszłości. Po trzech miesiącach Isabella była już żoną Amadea i najjaśniej świecącą gwiazdą na firmamencie Domu Mody ,,San Gregorio''. Nie minął rok, a została główną projektantką. Za taką posadę każdy w tym fachu gotów by oddać duszę.

Było czego zazdrościć Isabelli. Miała wszystko: elegancję, urodę, koronę sukcesu, którą nosiła niedbale, jakby to był kapelusz, i własny styl. Należała do tej garstki niezwykłych kobiet, które nawet w późnej starości skupiają na sobie uwagę otoczenia. Isabella di San Gregorio była w każdym calu królową, lecz na tym nie kończyły się jej zalety. Śmiech miała serdeczny, w jej onyksowych oczach igrały brylantowe błyski, a co najważniejsze, potrafiła zrozumieć innych ludzi, ich pragnienia i marzenia, powody, dla których stali się takimi, jakimi byli.

Limuzyna zwolniła na ostatnich światłach koło Piazza Navona. Isabella przymknęła oczy. Dobiegały do niej przeraźliwe dźwięki klaksonów i obelgi, jednakże hałas jej nie przeszkadzał, bardzo bowiem lubiła odgłosy Rzymu i nie mogłaby bez nich żyć. Były częścią jej jestestwa, tak samo jak szalone tempo narzucane przez pracę. Nie potrafiłaby się bez tego obejść, dlatego też nigdy całkowicie nie zrezygnowała z wykonywania zawodu, choć w poprzednim roku część obowiązków przekazała innym. Kiedy pięć lat wcześniej urodził się Alessandro, praca była dla niej wszystkim. Jej myśli zaprzątała kolekcja wiosenna, groźba szpiegostwa ze strony konkurentów, plany stworzenia sieci butików z gotową odzieżą w Ameryce oraz dodania do oferty ubrań męskich, a w końcu także kosmetyków, perfum i mydeł. Te sprawy stanowiły istotę jej życia, spełnienie marzeń. Nie mogła z nich zrezygnować nawet dla syna Amadea. Lata jednak mijały, ona zaś dzień po dniu wracała do domu nie wcześniej jak o wpół do dziewiątej. O tej porze jej dziecko już spało, otulone do snu nie przez nią. Dlatego też w sercu Isabelli coraz mocniej odzywało się inne pragnienie.

— Gryzie cię to, prawda? — zagadnął pewnego razu Amadeo, uważnie przypatrując się żonie, która siedziała w rogu salonu na obitym szarą satyną fotelu.

— Co mówisz? — Jego głos wyrwał ją z zamyślenia.

— Isabellezza. — „Isa-najpiękniejsza". Słysząc to, zawsze się uśmiechała. Amadeo nazywał ją tak od samego początku ich znajomości. — Odpowiedz.

Spojrzała na niego z zakłopotaniem i ciężko westchnęła.

— O co pytałeś?

— Czy bardzo cię gryzie to, że tak mało czasu spędzasz z dzieckiem.

— Niekiedy. Sama nie wiem. To tak trudno wyjaśnić... W niedziele wspaniale się bawimy. — W jej błyszczących piwnych oczach zalśniła łezka. Amadeo wyciągnął do żony ramiona. Z ochotą ku niemu ruszyła, uśmiechając się przez łzy. — Chyba zwariowałam. Mam wszystko... Do licha, czy ta niania musi kłaść go do łóżka, kiedy nas nie ma jeszcze w domu?

— Ma czekać aż do dziesiątej?

— Przecież dopiero jest... — Isabella z irytacją spojrzała na zegarek i uświadomiła sobie, że mąż ma rację. Wyszli z biura o ósmej, u adwokata spędzili godzinę, potem wpadli do apartamentu w hotelu Hassler, by ucałować ulubioną klientkę i... zrobiła się dziesiąta. — A niech to!... No tak, rzeczywiście jest późno. Ale zwykle jesteśmy w domu o ósmej, a on i tak zawsze już śpi — spiorunowała męża spojrzeniem. Amadeo tuląc ją głośno się roześmiał.

— Chcesz mieć dziecko, które w wieku dziewięciu lat będzie chodziło na przyjęcia? Tak robią tylko gwiazdy filmowe. Ty możesz wcześniej wracać do domu.

— Nie mogę.

— Nie chcesz.

— Chcę... nie, nie chcę.

Roześmiali się oboje. Isabella rzeczywiście i chciała, i nie chciała. Z całego serca pragnęła być z Alessandrem, zanim będzie za późno, zanim nagle się okaże, że chłopak skończył już dziewiętnaście lat. Widziała zbyt wiele kobiet robiących karierę, którym się to przydarzyło. Zamierzały, pragnęły, chciały, tylko że nigdy nie realizowały swoich planów. Budziły się rano, kiedy dzieci nie było już w domu. Obiecane wyprawy do zoo, kina czy muzeum jakoś nigdy nie dochodziły do skutku, wspólnie spędzane chwile przerywał dzwonek telefonu lub nie cierpiąca zwłoki sprawa do załatwienia. Isabella nie chciała, by to stało się także jej udziałem. Kiedy Alessandro był malutki, to wszystko nie miało jeszcze takiego znaczenia, teraz wszakże sytuacja się zmieniła. Skończył już cztery lata i doskonale rozumiał, że czasami widzi matkę zaledwie przez dwie godziny w ciągu trzech dni, że matka nigdy nie przychodzi po niego do przedszkola, że oboje rodzice przez sześć zwariowanych tygodni projektują nową kolekcję lub modele przeznaczone do USA.

— Wyglądasz żałośnie, kochana. Mam wyrzucić cię z pracy? — Ku wielkiemu zaskoczeniu obojga Isabella skinęła głową. — Naprawdę tego chcesz?

— W pewnym sensie. Chyba można tak ułożyć sprawy, żebym mogła pracować przez kilka godzin i więcej czasu spędzać w domu? — Rozejrzała się po wspaniałym pokoju, myśląc o dziecku, którego nie widziała przez cały dzień.

— Zastanowimy się nad tym, Bellezza. Jakoś to zorganizujemy.

I udało się. Przez ostatnie osiem miesięcy Isabella pracowała jako główny konsultant do spraw projektowania w Domu Mody „San Gregorio". Nadal decydowała o tym samym co przedtem, a jej styl, tak wyjątkowy i odróżniający ją od innych, widoczny był we wszystkich modelach sprzedawanych przez firmę. Odsunęła się natomiast od technicznych spraw związanych z prowadzeniem interesów, które musiał przejąć i tak już nad miarę obciążony ich ukochany dyrektor, Bernardo Franco. Konieczne także okazało się zatrudnienie projektanta mającego za zadanie zamienianie pomysłów Isabelli w produkt końcowy. Układ okazał się doskonały. Isabella brała udział we wszystkich ważnych zebraniach, poświęcała jeden dzień w tygodniu na szczegółowe narady z mężem, wpadała do firmy bez uprzedzenia, jeżeli akurat była w pobliżu, a równocześnie teraz dopiero naprawdę czuła, że jest matką Alessandra. Widziała, jak synek gra w swoim pierwszym szkolnym przedstawieniu, chodziła z nim do parku, huśtała go na huśtawce i uczyła wierszyków po angielsku i francusku. Razem się śmiali, biegali, jedli lunche w ogrodzie. Isabella dopiero teraz miała naprawdę wszystko: karierę zawodową, męża, dziecko. Nigdy przedtem nie była tak szczęśliwa. Mówiły o tym jej błyszczące oczy, gesty, śmiech, wygląd, kiedy witała wracającego do domu Amadea. Przyjaciół zasypywała opowieściami o najnowszych osiągnięciach Alessandra.

— Wielki Boże, jak to dziecko wspaniale rysuje! — mówiła na przykład, wzruszając i rozbawiając rozmówców.

Najbardziej cieszył się Amadeo, pragnął bowiem, aby żona była szczęśliwa. Choć od ich ślubu upłynęło dziesięć lat, wciąż ją uwielbiał, teraz nawet bardziej niż przedtem. W dodatku mimo tych zmian interesy szły doskonale. Isabella nie potrafiłaby zupełnie odsunąć się od pracy, to po prostu nie leżało w jej charakterze, a jej obecność widoczna była na każdym kroku.

Gdy limuzyna zatrzymała się przy krawężniku, Isabella raz jeszcze obrzuciła wzrokiem przechodniów. Tegoroczna moda, kobieca i pociągająca, przypominała jej kolekcje dziadka sprzed lat. Taki styl bardzo jej odpowiadał. Ona miała na sobie drobno plisowaną wełnianą suknię w kolorze kości słoniowej, potrójny sznur okazałych pereł długości tak dobranej, że kończył się nieco powyżej lekko udrapowanego dekoltu, i w pośpiechu zarzucone na ramiona czekoladowe futerko z norek, zaprojektowane specjalnie dla niej przez kuśnierza pracującego niegdyś dla Parela. Błyszczące czarne włosy spięła dwoma ciężkimi szylkretowymi grzebieniami. Nie miała zbyt wiele czasu, gdyż przed lunchem z przyjaciółką chciała jeszcze przedyskutować z mężem ostatnie szczegóły dotyczące konfekcji przeznaczonej do Stanów. Spojrzała na pozbawioną oznaczeń tarczę swojego złotego zegarka, po której wędrowały szafir i brylant wskazując dokładny czas tylko wtajemniczonym. Była dziesiąta dwadzieścia dwie.

— Dziękuję, Enzo. Przyjedź po mnie za pięć dwunasta.

Kierowca, przytrzymując drzwi jedną ręką, drugą dotknął czapki i uśmiechnął się szeroko. Praca dla Isabelli stała się w ostatnim okresie przyjemnością, poza tym bardzo lubił częste przejażdżki z jej synem, który przypominał mu wnuki. Siedmioro mieszkało w Bolonii, pięcioro w Wenecji. Czasami je odwiedzał, lecz jego domem był Rzym. Tak samo odczuwała Isabella, choć jej matka była Francuzką. Była częścią Rzymu, tu się urodziła, tu mieszkała i tu chciała umrzeć.

Isabella, idąc szybko ku ciężkim czarnym drzwiom zdobiącym zabytkową fasadę, spojrzała w górę ulicy. Zawsze tak robiła, jeśli chciała wiedzieć czy Amadeo jest w biurze. Wystarczyło sprawdzić, czy przy krawężniku stoi długie srebrne ferrari, ,,srebrna torpeda'', jak je nazywała. Z uczucia, jakim Amadeo darzył swoje auto, żartowali przyjaciele i znajomi, najbardziej zaś Isabella. Traktował je tak, jak chłopiec traktuje ukochaną zabawkę. Nikt poza nim nie miał prawa do niego się zbliżać, sam je prowadził, sam parkował, dbał o nie i bawił się nim. Nawet portier, który w firmie pracował czterdzieści dwa lata, nigdy nie dotknął tego samochodu. Isabella uśmiechnęła się do siebie. Czasami Amadeo przypominał chłopca, lecz to sprawiało, że jeszcze bardziej go kochała.

— *Buongiorno, signora Isabella.* — Tak zwracał się do niej jedynie Ciano, stary portier w czarno-szarej liberii.

— *Ciao,* Ciano, jak się masz? — Isabella uśmiechnęła się do niego szeroko, ukazując zęby nie ustępujące urodą jej sławnym perłom.

— *Benissimo* — odparł śpiewnym barytonem portier, z ukłonem otwierając przed nią drzwi.

Znalazłszy się w holu, Isabella przystanęła i rozejrzała się wokoło. To także był jej dom, tak samo jak willa przy Via Appia Antica. Przesunęła wzrokiem po różowej marmurowej posadzce, szarych aksamitach, różowych jedwabiach i kryształowym żyrandolu, który wreszcie po długich rokowaniach odebrała amerykańskiemu właścicielowi firmy Parela w Paryżu. Żyrandol został na zamówienie jej dziadka wykonany w Wiedniu i obecnie był właściwie bezcenny. Wspaniałe marmurowe schody prowadziły na piętro do głównego salonu. Na drugim i trzecim piętrze znajdowały się biura urządzone w tych samych odcieniach różu i szarości, w kolorze płatków róży i popiołu. Tonacja ta była niezwykle przyjemna dla oka, podobnie jak starannie dobrane obrazy, staroświeckie lustra, wytworne kandelabry, tu i ówdzie ustawione we wnękach niewielkie sofy w stylu Ludwika XVI, na których klientki mogły odpocząć czy poplotkować. Służące w szarych strojach śpiesznie przemierzały korytarze z szelestem nakrochmalonych fartuszków, roznosząc herbatę i kanapki do pokojów, w których klientki godzinami poddawały się męczącym przymiarkom, zachodząc przy tym w głowę, jak modelki to wytrzymują.

Isabella chwilę przypatrywała się swojemu królestwu, po czym weszła do prywatnej windy, by wjechać na czwarte piętro. W myślach zaczęła robić przegląd czekających ją tego ranka spraw. Nie było ich dużo, większość załatwiła poprzedniego dnia, z czego była niezmiernie zadowolona. Teraz pozostało jej tylko omówić modele z Gabrielą, główną projektantką, oraz przedyskutować kilka kwestii administracyjnych z Bernardem i mężem, co w sumie nie zabierze jej wiele czasu.

Drzwi windy otworzyły się bezszelestnie, ukazując wyłożony popielatym dywanem długi korytarz. Dom Mody „San Gregorio", ulokowany we wzniesionym w XVII wieku pałacu książęcym, urządzono z prostotą, czyniąc zeń jakby puzderko na kosztowności, które przepychem wabiły oko. Isabella zgromadziła tu najlepsze modelki, niezwykłe wzory i cudowne tkaniny, swe ubiory proponując kobietom, które umieją takie stroje nosić. Oczywiście w Stanach, Paryżu czy Mediolanie sprzedawano projektowaną przez nią konfekcję seryjną, nabywały ją wszakże klientki całkiem różne od tych, które odwiedzały rzymską siedzibę Domu Mody „San Gregorio". Tu przychodziły kobiety wyjątkowe, arystokratki, aktorki, pisarki, gwiazdy telewizji, znane i sławne, gotowe zabić lub umrzeć za kreacje „San Gregorio". Wiele z nich przypominało Isabellę. Jak ona były wspaniałe, atrakcyjne, cudowne.

Isabella cicho podeszła do podwójnych drzwi na końcu długiego korytarza i nacisnęła wypolerowaną klamkę z brązu, niczym zjawa stając przed biurkiem sekretarki.

— Och! dzień dobry pani! — poderwała się dziewczyna.

Nikt nigdy nie wiedział na pewno, kiedy Isabella pojawi się w biurze i czego sobie zażyczy. Tego dnia tylko skinęła głową sekretarce i skierowała się ku drzwiom prowadzącym do gabinetu Amadea. Była pewna, że zastanie męża, widziała przecież jego samochód, poza tym, w przeciwieństwie do niej, rzadko zapuszczał się na inne piętra. On i Bernardo przebywali przede wszystkim w swoich biurach, Isabella natomiast wędrowała po całym budynku, pojawiając się nieoczekiwanie w garderobie modelek, na korytarzu przed przymierzalniami czy w głównym salonie z wybiegiem obitym szarym jedwabiem, który nieustannie wymagał wymiany. Wybieg irytował Bernarda, kierującego się w zarządzaniu firmą względami praktycznymi, na jego bowiem barkach spoczywał budżet. Amadeo jako prezes ustalał jego wielkość, lecz realizacja należała do obowiązków Bernarda. On musiał dopilnować, by koszty tkanin, biżuterii, piór i innych ozdób nie przekroczyły granic wyznaczonych przez Amadea, i jak dotąd zawsze mu się to udawało. Prowadzona z wielką ostrożnością firma od lat osiągała rewelacyjne efekty. Dzięki inwestycjom Amadea i jego finansowemu wyczuciu Dom Mody „San Gregorio" przynosił zyski, projektanckiemu geniuszowi Isabelli zawdzięczali sławę i rozgłos, jednakże to właśnie Bernardo łączył ze sobą świat projektów i świat finansów, kalkulując, zastanawiając się, ważąc i decydując, co się sprawdzi, a co nie, ile kosztować ich będzie sukces kolekcji, czy warto zaryzykować. W ciągu całego okresu wspólnej pracy nie zdarzyło mu się pomylić. Odznaczał się talentami, które sprawiały, że Isabelli przed oczyma stawał matador, dumny, wyprostowany, śmiały, machający czerwoną płachtą przed bykiem i zawsze w końcu wygrywający. Uwielbiała jego styl i kochała go, lecz nie w sposób, w jaki Bernardo kochał ją od pierwszej chwili, gdy się poznali.

Bernardo i Amadeo od lat byli przyjaciółmi i pracowali razem w Domu Mody „San Gregorio", zanim jeszcze Isabella wkroczyła na scenę. To Bernardo odkrył ją w jej maleńkim studiu w Rzymie, a zobaczywszy jej projekty, przekonał Amadea, że powinien z nią porozmawiać i może nawet namówić, by zaczęła u nich pracować. Już wówczas od młodziutkiej i niezwykle pięknej Isabelli trudno było oderwać oczy. W dniu, w którym obaj przyjechali do jej studia, ubrana była w bluzkę z czerwonego jedwabiu, białą lnianą spódnicę i złote sandałki. Wyglądała jak brylant na świątecznej kartce. Upał był ogromny, kiedy zaś spojrzeli sobie z Amadeem w oczy, zrobiło się jeszcze goręcej. W tym samym momencie Bernardo uzmysłowił sobie, jak bardzo mu na niej zależy, i zrozumiał, że dla niego jest już za późno. Amadeo i Isabella zakochali się od pierwszego wejrzenia, a Bernardo nigdy nawet słowem nie wspomniał o swoich uczuciach. I tak nic by na tym nie zyskał, poza tym nie mógł oszukać przyjaciela. Amadeo od dawna był mu bliski jak brat, co więcej, lubiany przez wszystkich, nie był typem człowieka, którego można zdradzić. Przyjaciele i znajomi brali go za wzór i nikomu nie przychodziło do głowy, by go ranić.

Tak więc Bernardo milczał. Zdawał sobie sprawę, że oszczędził sobie bólu, nie miał bowiem wątpliwości, jak Isabella odpowiedziałaby na jego wyznania. Darzyła gorącym uczuciem męża, który był dla niej najważniejszy, ważniejszy nawet niż praca, co w jej wypadku stanowiło wystarczające świadectwo. Bernardo nie mógłby z nim rywalizować. Zachował dla siebie swoją dumę, tajemnicę i miłość i z jeszcze większym zapałem poświęcił się pracy. Nauczył się kochać Isabellę w inny sposób, kochać ich oboje z siłą i czystością, która płonęła w nim niczym biały ogień. Tworzyło to między nim a Isabellą niezwykłe napięcie, ale skutki okazały się tego warte. Ich kłótnie i utarczki nigdy nie były małostkowe i zawsze kończyły się sznurem kobiet o oryginalnej urodzie paradujących po wybiegu Domu Mody „San Gregorio". Kobiet, które czasami trafiały w ramiona Bernarda. Miał do tego prawo. W końcu należało mu się coś poza pracą i miłością do Isabelli i Amadea. Spalał go wewnętrzny ogień, a kobiety na krótko pojawiające się w jego życiu, modelki lub klientki, przyciągało do niego coś, czego nigdy do końca nie potrafiły zrozumieć ani poznać, coś, nad czym nawet sam Bernardo przestał się zastanawiać. Było to po prostu częścią jego osobowości, tak samo jak nieomylny smak czy szacunek dla dwojga ludzi, z którymi pracował.

Doskonale pojmował, na czym polega istota ich związku, i wiedział, że między nim a Isabellą taka więź nigdy by nie powstała, że nigdy nie byliby jednością, ponieważ zakochani w sobie, bez ustanku by ze sobą walczyli. Przypominaliby ogniste ciała niebieskie, których każde zetknięcie pozostawia lawinę odprysków na niebie. Isabellę i Amadea natomiast łączyło uczucie łagodne, czułe i mocne. Kiedy Isabella patrzyła mężowi w oczy, tonęła w nich bez reszty, stawała się jakby uskrzydlona. Byli jak para orłów, które w idealnej harmonii krążą po należącym tylko do nich niebie. Bernardo przestał im tego zazdrościć. Trudno było żywić wobec tej pary jakiekolwiek złe uczucia — już sam ich widok sprawiał wszystkim przyjemność. Po latach przywykł do burzliwej współpracy z kobietą, którą w skrytości ducha tak bardzo kochał. Miał własne życie osobiste, poza tym wiedział, że przyjaźni, jaka łączy go z Isabellą i Amadeem, nic nigdy nie będzie w stanie zniszczyć. Wszyscy troje byli tego świadomi.

Uśmiechając się do siebie, Isabella przez chwilę stała przed drzwiami gabinetu Amadea. Zawsze na widok tych drzwi wspominała dzień, kiedy zobaczyła je po raz pierwszy. Wówczas budynek wyglądał inaczej. Był urządzony ze smakiem, lecz nie tak elegancko jak obecnie. To dzięki niej zmienił się na lepsze, podobnie jak Amadeo sprawił, że w Isabelli zaszła zmiana. Przy nim dojrzała, odkryła własną wartość i zyskała poczucie całkowitego bezpieczeństwa, które pozwalało jej być sobą, robić to, co chciała, i bez żadnych ograniczeń i kompleksów poruszać się po świecie. Amadeo pokazał jej, jak zrzucić z siebie wszystkie więzy, odsłonił przed nią jej prawdziwą istotę, tak że teraz nie było dla niej rzeczy niemożliwych. A przez cały czas wspomagała ją siła jego miłości.

Delikatnie zastukała do drzwi, o których istnieniu wiedziało niewiele osób, a korzystały tylko dwie: ona i Bernardo. Nie czekała długo na odpowiedź. Nacisnęła klamkę i weszła do środka. Przez chwilę oboje w milczeniu patrzyli sobie w oczy, a Isabellę przeszedł ten sam dreszcz co wówczas, kiedy spotkali się po raz pierwszy. Amadeo uśmiechnął się do niej. On także czuł to samo. W jego oczach malowała się niekłamana przyjemność, jakieś subtelne uwielbienie, które przyciągało Isabellę niczym magnes. Kochała go właśnie za to, że zawsze był łagodny, dobry i pełen współczucia dla innych. Płomień, który w nim płonął, różnił się od palącego się w niej ognia. On nosił w sobie święty ogień, światło przewodnie, pochodnię w mroku dla zrozpaczonych i zagubionych, ona — latarnię tańczącą wysoko na niebie, tak jasną i piękną, że niemal strach było do niej się zbliżyć. Amadeo w nikim nie budził strachu. Każdy pragnął być z nim blisko, chociaż tylko Isabelli się to udało. I oczywiście Bernardowi, na inny wszakże sposób.

— *Allora*, Isabello? Co cię tu dzisiaj sprowadza? Zdawało mi się, że wczoraj wszystko ustaliliśmy. — Usiadł wygodnie w fotelu i wyciągnął do niej rękę.

— Niby tak, ale wpadło mi do głowy parę pomysłów.

Parę!... Amadeo roześmiał się głośno. W przypadku Isabelli oznaczać to mogło trzydzieści pięć albo sto trzy, niczego bowiem nie miała mało, ani pomysłów, ani klejnotów, ani ubrań. Twarz Amadea pojaśniała, gdy żona nachyliła się, by pocałować go w policzek.

— Pięknie wyglądasz — oznajmił. Jego wzrok padł na nią niczym słoneczny promień.

— Lepiej niż rano? — Oboje wybuchnęli śmiechem. Rano miała na twarzy maseczkę, włosy upięte wysoko, wygodny szlafrok i jego pantofle.

Amadeo pokręcił głową.

— Wolę cię taką, jaka byłaś rano. Ale ten strój też mi się podoba. To z naszej kolekcji?

— Oczywiście! Nie włożyłabym przecież obcego modelu!

— Jej piwne oczy z oburzeniem spojrzały w zieloną toń jego oczu.

— Przypomina projekty twojego dziadka. — Przyglądał jej się badawczo spod przymrużonych powiek. Potrafił wszystko dostrzec i zawsze wszystko wiedział.

— Bardzo jesteś bystry! Ukradłam to z jego kolekcji z trzydziestego piątego roku. Oczywiście nie jest to dokładna kopia, chodziło mi o styl. No i wzięłam od niego fałdy.

Jej oświadczenie bardzo go rozbawiło. Pochylił się ku niej, by znowu skraść jej całusa.

— Dobrze, że nie pracujemy już ze sobą w pełnym wymiarze. Niczego byśmy nie zrobili. Czasami się zastanawiam, jak nam się to w ogóle udawało.

Isabella oparła się wygodnie, patrząc z zachwytem na męża. Trudno było go nie podziwiać. Smukły, elegancki, przystojny, wyglądał jak greccy bogowie na obrazach we florenckiej galerii Uffizi, jak statuetki rzymskich chłopców. Lecz było w nim coś jeszcze. W jego inteligentnych zielonych oczach widniało zrozumienie bliźnich, mądrość i humor, było w nim też poczucie siły i władzy. Dziedzic znaczącej fortuny i pozycji, z godnością i znajomością rzeczy władał Domem Mody ,,San Gregorio''. Świetnie uszyty garnitur w prążki podkreślał wzrost i szczupłą figurę barczystego Amadea, który nie miał w sobie nic fałszywego, żadnej skazy czy wady. Elegancja, arystokratyczny wygląd, ciepły wyraz oczu, bystry umysł, dowcip, wzgląd na otaczających go ludzi i namiętność do żony wypływały z głębi jego natury.

— Czego tu właściwie szukasz taka wystrojona? Nie mówię oczywiście o p a r u pomysłach, którymi chcesz się podzielić.

Isabella, widząc rozbawienie w jego wzroku, także się uśmiechnęła.

— Idę na lunch z pewnymi damami.

— Straszna perspektywa. Może dasz się zwabić do pokoju w Excelsiorze?

— Chętnie, ale po lunchu mam randkę — powiedziała z zadowoleniem, patrząc na niego łobuzersko.

— Mam rywala, Bellezza? — zapytał, wiedział jednak, że nie ma żadnego powodu do niepokoju.

— To twój syn.

— W takim razie rezygnuję z Excelsioru. Szkoda.

— Kiedy indziej będziesz miał pole do popisu.

— Och, z pewnością. — Amadeo wyciągnął przed siebie nogi jak leniwy kocur wygrzewający się w słońcu.

— No, a teraz zajmijmy się pracą.

— Oto kobieta, którą poślubiłem. Uosobienie czułości, romantyzmu i subtelności.

Isabella wykrzywiła twarz, naśladując jeden z przerażających grymasów ich synka, po czym z torebki wyciągnęła plik notatek. Promienie słońca błysnęły na wielkim brylantowym pierścionku, który tego lata Amadeo kupił jej z okazji dziesiątej rocznicy ślubu. Naturalnie brylant miał dziesięć karatów — po karacie na każdy rok wspólnego życia.

— Ładny ten pierścionek.

Isabella kiwnęła głową, patrząc na swoją dłoń. Pierścionek prezentował się doskonale na jej długich smukłych palcach. Zresztą na Isabelli wszystko wyglądało dobrze, szczególnie dziesięciokaratowe brylanty.

— To prawda. Ale ty mi się bardziej podobasz. A przy okazji oświadczam, że cię kocham — powiedziała, udając nadąsanie,·lecz Amadeo przejrzał jej gierkę.

— Ja też cię kocham.

Wymienili ostatni uśmiech i zagłębili się w pracy. Obecny układ był o wiele lepszy niż wcześniejszy. Nie spędzali już całych dni razem, toteż popołudniami Amadeo nie mógł się doczekać, kiedy wreszcie wróci do domu. Ich spotkania, wspólne posiłki i wyjścia także nabrały jakiegoś wyjątkowego charakteru. Isabella znów stała się dla niego tajemnicza. Amadeo łapał się na tym, że zadaje sobie pytanie, co też ona robi w ciągu dnia, gdzie przebywa, jak jest ubrana, a jego nozdrza wypełniał przy tym zapach jej perfum.

— Nie wydaje ci się, że amerykańska kolekcja jest za skromna? Wczoraj wieczorem zastanawiałam się nad tym.

— Spojrzała na niego z ukosa, widząc nie jego, lecz projekty, które poprzedniego dnia oglądały z Gabrielą.

— Nie. Poza tym Bernardo jest zachwycony.

— Cholera — popatrzyła mu w oczy z niepokojem.

— W takim razie mam rację. — Amadeo roześmiał się, lecz Isabella mu nie zawtórowała. — Mówię poważnie. Chcę w amerykańskiej kolekcji zmienić cztery tkaniny i dodać kilka projektów przeznaczonych do Francji. Dopiero wtedy będzie jak trzeba. — W jej głosie nie było śladu wahania. Rzadko się myliła, a jej intuicji od dziesięciu lat zawdzięczali nagrody.

— Mam na myśli fiolety, czerwienie i biały płaszcz. Całość będzie doskonała.

— Musisz to omówić z Bernardem i przekazać Gabrieli.

— Już to zrobiłam, to znaczy powiedziałam Gabrieli. Nowe mydło Bernarda z męskiej kolekcji jest do niczego. Całe popołudnie czułam jego zapach.

— Aż takie złe?

— Okropne. Kobiece perfumy muszą być trwałe, a męskie kosmetyki powinno się czuć, kiedy się jest blisko mężczyzny. Mają zostać w pamięci, nie powodować bólu głowy.

— Bernardo będzie skakał z radości. — Na twarzy Amadea pojawił się przelotny wyraz znużenia. Niekiedy wojny, jakie ze sobą prowadzili Isabella i Bernardo, męczyły go, aczkolwiek zdawał sobie sprawę z ich znaczenia dla firmy. Bez gwałtownych szarpnięć Isabelli i solidnej kotwicy Bernarda Dom Mody „San Gregorio" wyglądałby zupełnie inaczej. Ale czasami rola osi utrzymującej oba koła w jednej linii oznaczała większe napięcie, niż Amadeo by sobie życzył. Z drugiej strony we troje mimo wszystko tworzyli wspaniały zespół i w jakiś sposób po każdym takim spięciu udawało im się pozostać przyjaciółmi. Amadeo nie potrafił tego zrozumieć. Isabella z furią obrzucała Bernarda obelgami, o których znajomość w najśmielszych snach by jej nie podejrzewał, Bernardo sprawiał wrażenie, jakby za chwilę miał popełnić morderstwo, a po godzinie znajdował oboje w jakimś kąciku, gdzie popijali szampana i zajadali się kanapkami niczym dzieci urządzające sobie podwieczorek, gdy zaproszeni dorośli goście poszli już do domu. Amadeo, choć to nie mieściło mu się w głowie, był wdzięczny obojgu, że w końcu dochodzą do porozumienia.

Teraz z głębokim westchnieniem spojrzał na zegarek.

— Mam go wezwać?

Nie musiał za nią informować współpracownika o zmianach. Zawsze robiła to sama, nie owijając w bawełnę.

— Tak. I lepiej się pośpiesz. W południe jestem umówiona. — Spojrzała na swój nieczytelny zegarek, który także dostała w prezencie od męża.

— Boże, więc damski lunch jest ważniejszy niż my — powiedział, lecz w jego oczach błyszczało rozbawienie. Dobrze znał żonę i wiedział, że w jej życiu poza nim i synkiem liczy się tylko praca, która pobudza ją do działania i walki.

Podniósł słuchawkę i polecił sekretarce, by natychmiast wezwała pana Franco. W chwilę później do gabinetu niczym burza wpadł Bernardo. Amadeo wyczuł, że Isabella cała tężeje, przygotowując się do rychłej bitwy.

— *Ciao*, Bernardo — powitała go uśmiechem Isabella. Bernardo był w jednym ze swoich stu garniturów, które dla niej wyglądały identycznie. Do każdego nosił ten sam złoty zegarek z dewizką, te same bez zarzutu wykrochmalone białe koszule i ciemne krawaty w miniaturowe białe kropki. Kiedy wpadał w bardziej ekstrawagancki nastrój, kropki były czerwone. — Masz cudowny garnitur. — To był ich stały żart. Isabella zawsze mu powtarzała, że ubiera się okropnie nieciekawie, ale prostota stroju stanowiła część jego stylu.

— Hola! Tylko nie zaczynajcie znowu! Nie jestem dziś w humorze — spojrzał na nich ostrzegawczo Amadeo. Jak zwykle oczy mu się śmiały, choć twarz miał poważną. — Poza tym za czterdzieści minut moja połowica idzie na lunch. Teraz spotkania z przyjaciółkami są dla niej ważniejsze.

— Wcale się nie dziwię — uśmiechnął się z przymusem Bernardo i usiadł. — Jak się ma mój chrześniak?

— Doskonale w przeciwieństwie do firan w jadalni. — Amadeo z rozbawieniem słuchał Isabelli. Bardzo lubił wyczyny swego synka i łobuzerskie błyski w jego piwnych oczach, tak podobnych do matczynych. — Kiedy byłam tu wczoraj, żeby rozwiązać wasze problemy... — uniosła brew czekając, aż Bernardo złapie się na haczyk. Kiedy nie zareagował, nie ukrywała rozczarowania. — ...pożyczył sobie moje nożyczki do manikiuru i „zrobił porządek" z zasłonami, jak sam to określił. Skrócił je przynajmniej o metr, bo mu przeszkadzały, jak ciężarówką jeździł koło okna, poza tym nie widział ogrodu. Teraz ogród ma jak na dłoni.

Wszyscy troje wybuchnęli śmiechem. W takiej chwili Bernardo, rozluźniony i wesoły, wyglądał o dwadzieścia lat młodziej, jakby sam jeszcze był chłopcem. Pracował jednak za wiele i często bywał ponury. Na jego barkach spoczywała większość obowiązków związanych z prowadzeniem Domu Mody „San Gregorio". Wypełniał je z wielkim zaangażowaniem, co niestety musiało się na nim odbijać. Nie ożenił się, nie miał dzieci, zbyt wiele czasu spędzał samotnie, najczęściej w pracy, gdzie pojawiał się wcześnie rano i zostawał do późnego wieczora, bez względu na to, czy była niedziela, święto czy wakacje. Praca była sensem jego życia, stanowiła równie nieodłączną część jego osoby jak ciemne, niemal tak czarne jak u Isabelli włosy i oczy w kolorze rzymskiego nieba. Modelki nie mogły się oprzeć jego urodziwej twarzy, dla niego wszakże żadna z nich nic nie znaczyła, każda była zaledwie rozrywką na kilka wieczorów.

— To nowe mydło jest niedobre. — Jak zwykle Isabella powiedziała wprost, o co jej chodzi. Amadeo niemal widocznie skulił się, oczekując kolejnego starcia.

— Dlaczego? — zapytał nieporuszony Bernardo.

— Rozbolała mnie po nim głowa. Zapach jest za mocny.

— Gdyby ktoś mi pociął firanki, też by mnie rozbolała głowa.

— Mówię poważnie — spojrzała na niego ostrzegawczo.

— Ja też. Testy wykazały, że jest doskonałe. Nikt nie narzekał na intensywny zapach.

— Może mieli zapchane nosy.

Bernardo wzniósł oczy do góry i wcisnął się głębiej w fotel.

— Na miłość boską, Isabello, właśnie kazałem rozpocząć produkcję. Do cholery, co według ciebie mam teraz zrobić?

— Każ ją wstrzymać. Mydło jest niedobre, tak samo jak na początku była niedobra woda kolońska.

Amadeo zamknął oczy. Wówczas Isabella także miała rację, lecz Bernardo ustąpił dopiero po długiej, pełnej gniewu, wyczerpującej walce. Potem nie rozmawiali ze sobą przez miesiąc.

Bernardo zacisnął mocno wargi i wepchnął dłonie w kieszenie.

— Mydło musi być mocne, bo używasz je w wodzie. Po spłukaniu zapach znika — wycedził przez zęby.

— *Capisco*. Wcześniej też używałam mydła. Po moim głowa mnie nie boli, po twoim tak. Trzeba je dopracować.

— Do diabła, Isabello! — Bernardo trzasnął pięścią w biurko Amadea, piorunując ją spojrzeniem, co jednak nie zrobiło na niej najmniejszego wrażenia.

— Powiedz w laboratorium — zaczęła ze zwycięską miną — że mają się tym zająć po godzinach, a przerwa w produkcji potrwa najwyżej trzy tygodnie.

— Albo trzy miesiące. Już zaczęliśmy reklamować to mydło. Teraz wszystko pójdzie na marne.

— Będzie jeszcze gorzej, jeśli wypuścimy zły produkt. Zaufaj mi, mam rację — uśmiechnęła się do Bernarda, który wyglądał, jakby za chwilę miał eksplodować.

— Masz jeszcze dla mnie jakieś miłe niespodzianki?

— Żadnej poza kilkoma dodatkami do amerykańskiej kolekcji. Rozmawiałam już o tym z Gabrielą. To żaden problem.

— Mój Boże, dlaczego tak mówisz? Naprawdę ci się wydaje, że to będzie proste? Nie, Isabello!... — urwał nagle i jego twarz rozjaśniła się w uśmiechu. Równie szybko potrafił wybaczyć, jak wpaść w furię.

— Dasz mi znać, co z mydłem? — spytała ostro.

— Tak.

— Doskonale. To wszystko, co miałam dzisiaj do załatwienia. Mam jeszcze dwadzieścia minut czasu.

Amadeo patrzył z uśmiechem, jak żona przysiada na jego fotelu. Gdy lekko pogładziła go po policzku, na zdobiący jej dłoń brylant padły słoneczne promienie i odbiły się tęczą na ścianie. Dostrzegła, że na ten widok na twarzy Bernarda pojawił się wyraz niezadowolenia.

— O co chodzi, Bernardo? — spytała wesoło. — Któraś z twoich dziewczyn znowu ci się daje we znaki?

— Bardzo dowcipne!... Tak się składa, że od tygodnia siedzę przykuty do biurka. Zaczynam się czuć jak nadworny eunuch.

Czoło Amadea przecięła głęboka zmarszczka. Z niepokojem pomyślał, czy nie za wiele wymagają od Bernarda. Isabella nie podzielała jego obaw. Znała Bernarda za dobrze, by podejrzewać, że skarży się na nadmiar pracy. I miała rację. Wszyscy troje się przepracowywali, choć może Bernardo najbardziej się angażował.

— Chyba zwariowałaś, że to nosisz — powiedział Bernardo, przenosząc zatroskany wzrok z brylantowego pierścionka Isabelli na jej perły, po czym znaczącym tonem rzekł do Amadea: — Mówiłem ci przecież w zeszłym tygodniu.

— O co chodzi? — odezwała się Isabella, patrząc to na jednego, to na drugiego z wyrazem żartobliwego zaskoczenia.

— Próbuje cię namówić, żebyś odebrał mi pierścionek? — zapytała w końcu męża.

— Coś w tym sensie — wzruszył ramionami Amadeo.

Bernardo jednak nie miał ochoty na żarty.

— Nie udawaj, nie udawaj! I nie zapominaj, co spotkało braci Belloggio w zeszłym tygodniu. Obyś ty nie był następny.

— Masz na myśli porwanie? — zapytała z niedowierzaniem Isabella. — Nie bądź śmieszny, Bernardo. Bracia Belloggio to liczący się politycy. Mieli władzę, a terroryści ich nienawidzili.

— Ale wiedzieli też, że są bogaci. Ich żony przechadzały się po mieście obwieszone kosztownymi świecidełkami. Według ciebie to nie miało nic wspólnego z porwaniem?

— Nie — odparła niewzruszenie Isabella i spojrzała mu w oczy. — Co w ciebie wstąpiło? Dlaczego ni z tego, ni z owego zaczynasz się tym martwić? A może znowu odezwały ci się wrzody? Zawsze wtedy bywasz dziwny.

— Przestań, Isabello. Nie zachowuj się jak dziecko. W tym roku były już cztery porwania, a wbrew temu, co oboje najwyraźniej myślicie, nie każde miało przyczyny polityczne. Czasami powodem jest to, że ludzie obnoszą się ze swoim bogactwem.

— A, więc według ciebie jestem chodzącą reklamą tego, co posiadamy, tak? Mój Boże, Bernardo, nie podejrzewałam cię o taką wulgarność.

— A jakże!... — oczy mu zabłysły. Nagłym ruchem złapał gazetę z biurka Amadea i szybko zaczął ją kartkować. Isabella i Amadeo przypatrywali mu się w bezruchu. — Tak, to okropnie wulgarne. Cieszę się, że ty nigdy czegoś takiego byś nie zrobiła — podsunął im gazetę otwartą na wielkiej fotografii Isabelli i Amadea wchodzących do ogromnego pallazzo. Poprzedniego wieczora z okazji otwarcia opery odbyło się przyjęcie, w którym wzięli udział. Isabella wystąpiła w przepięknej wieczorowej sukni z beżowej mory i długim do kostek płaszczu wykończonym zapierającymi dech w piersi sobolami. Jej szyję i nadgarstki otaczały sznury brylantów błyszczących równie mocno jak ogromny kamień na jej palcu. — Bardzo się cieszę, że odznaczasz się taką prostotą... To dotyczy was obojga — spojrzał ostrzegawczo na Amadea.

Na zdjęciu w tle widać było rolls-royce'a, którego używali tylko przy wielkich okazjach. Spinki przy mankietach Amadea rzucały takie same błyski jak małe brylanty w uszach Isabelli. Oboje bezmyślnie wpatrywali się w fotografię, podczas gdy Bernardo nie spuszczał z nich oskarżycielskiego spojrzenia.

— Nie byliśmy jedyni — odezwała się łagodnie Isabella. Wzruszyło ją, że Bernardo tak się o nich troszczy. Nie po raz pierwszy poruszał ten temat, lecz teraz w jego głosie brzmiała większa determinacja, którą wywołało niedawne porwanie i zamordowanie braci Belloggio. — Mój drogi, naprawdę nie musisz się o nas martwić.

— A to czemu? Wydaje ci się, że jesteście nietykalni? Jeżeli rzeczywiście tak uważasz, jesteś szalona! Ty też, Amadeo. — Przez chwilę wyglądał, jakby miał się rozpłakać. Znał jednego z braci Belloggio i kilka dni wcześniej był na jego pogrzebie. Kidnaperzy zażądali piętnastu milionów dolarów i uwolnienia wielu więźniów politycznych, jednakże rodzina nie była w stanie zaspokoić ich żądań, rząd zaś nie wykazał ochoty, by to zrobić, tak więc sprawa zakończyła się tragicznie. Isabella i Amadeo, aczkolwiek myśleli o tym ze współczuciem, nie zmienili zdania. Według nich Bernardo przesadzał.

Isabella wolno podeszła doń i z uśmiechem mocno go przytuliła.

— Kochany jesteś, że tak się przejmujesz, ale nie przesadzaj.

Amadeo patrzył na przyjaciela, marszcząc czoło. Nie bał się o siebie, martwił go Bernardo.

— Wy nic nie rozumiecie!... — Bernarda ogarniała coraz większa rozpacz.

Tym razem odpowiedział mu Amadeo, Isabella zaś z głębokim westchnieniem usiadła w fotelu.

— Rozumiemy doskonale, ale uważamy, że przesadzasz. Popatrz na nas — ruchem ręki wskazał na siebie i żonę. — Jesteśmy nikim. Zajmujemy się handlem odzieżą. Czego tacy ludzie mogliby od nas chcieć?

— Pieniędzy. A jeżeli porwą Alessandra?

Amadeo zadrżał. Bernardo trafił w jego czuły punkt.

— No tak, ale on nigdy nie jest sam. Willa jest zamknięta, nikt się do niej nie dostanie. Wszyscy troje jesteśmy bezpieczni. Nie ma potrzeby się niepokoić.

— Mylisz się. W dzisiejszych czasach nikt nie jest bezpieczny. A pokazując się w takich strojach — znowu spojrzał na zdjęcie — kusicie los. Jak zobaczyłem to rano, aż mną zatrzęsło.

Amadeo i Isabella wymienili spojrzenie. Bernardo odwrócił się do nich tyłem. Nic nie rozumieli, myśleli, że zwariował, lecz to oni zachowywali się głupio, naiwnie i nieostrożnie. Gdyby wiedział, że coś to da, nakrzyczałby na nich.

— Handlarze odzieżą... — powtórzył. Rzeczywiście. Największy w Europie dom mody, jedna z najznaczniejszych fortun w Rzymie, przystojny mężczyzna, obsypana klejnotami kobieta, bezbronne dziecko... Handlarze odzieżą. Bernardo popatrzył na przyjaciół, pokiwał głową i ruszył do drzwi. — Dam ci znać w sprawie mydła. Zróbcie coś dla mnie — na jego twarz powrócił wyraz rozpaczy. — Zastanówcie się nad tym, co powiedziałem.

— Zastanowimy się — odparł cicho Amadeo. Gdy za Bernardem zamknęły się drzwi, spojrzał na żonę. — Wiesz, może on ma rację? Chyba powinniśmy być ostrożniejsi, szczególnie jeśli chodzi o ciebie i Alessandra.

— A co z tobą?

— Ja nie jestem ciekawym obiektem — uśmiechnął się.
— I nie chodzę w brylantach i futrach.

Isabella roześmiała się, zaraz jednak wydęła wargi.

— Nie możesz odebrać mi pierścionka.

— Nie mam takiego zamiaru — Amadeo czule na nią spojrzał.

— Nigdy? — Z minką kapryśnego dziecka usiadła mu na kolanach.

— Nigdy, obiecuję. Pierścionek jest twój i ja jestem twój. Na zawsze.

Pocałował ją. Isabellę ogarnęła taka sama radość i podniecenie jak wtedy, kiedy zrobił to po raz pierwszy. Objęła go mocno za szyję i oddała mu pocałunek.

— Kocham cię, *carissimo*... Bardziej niż kogokolwiek na świecie...

Znowu się pocałowali. W oczach Isabelli wezbrały się łzy wzruszenia, kiedy w końcu się rozłączyli. Tak wiele razem przeżyli! Łączyły ich nie tylko wspólnie zdobywane nagrody i sława, lecz także wspomnienia wielu cudownych chwil: pobytu we dwoje na greckiej wyspie, gdy poczuli, że powinni oderwać się od pracy, uwieńczonego poczęciem Alessandra, potem jego narodziny... Isabelli w pamięci stanęły tysiące drobnych zdarzeń, dzięki którym Amadeo był tak nieskończenie jej drogi.

— Isabellezza... — spojrzał na nią Amadeo. W jego głębokich szmaragdowych oczach czaił się śmiech. — Uczyniłaś moje życie doskonałym. Mówiłem ci to ostatnio?

— Ty zrobiłeś to samo z moim — odpowiedziała z uśmiechem. — Wiesz, na co miałabym ochotę?

— Na co? — spytał wiedząc, że czegokolwiek pragnie Isabella, on uczyni wszystko, byle ją zadowolić. Nie potrafił niczego jej odmówić. Mogłoby się wydawać, że rozpieszcza i psuje żonę, lecz ona odpłacała mu tym samym. Oboje w miłości umieli wiele dawać.

— Chciałabym znowu pojechać do Grecji.

Żadne z nich nie pamiętało już ostrzeżeń Bernarda.

— Kiedy? — skwapliwie podchwycił Amadeo. Pobyt w Grecji należał do najpiękniejszych okresów w jego życiu.

— Może na wiosnę? — Isabella uniosła ku niemu twarz. Amadeo poczuł, że rodzi się w nim pożądanie.

— Postaramy się o następne dziecko? — wyraził na głos to, co od jakiegoś czasu chodziło mu po głowie. Pora wydawała się właściwa. Zanim na świat przyszedł Alessandro, zamierzali poprzestać na jedynaku, ale synek przyniósł im tyle radości, że Amadeo postanowił przedyskutować tę kwestię z żoną.

— W Grecji? — spojrzała na niego szeroko otwartymi oczyma. Nachylił się i pocałował jej pełne zmysłowe usta.

— Nie musimy czekać do wyjazdu. W Rzymie też można się starać o dzieci.

— Naprawdę? — szepnął, przytulając twarz do jej szyi.

— Będziesz musiała mi pokazać, jak to się robi.

— *Ecco, tesoro* — nieoczekiwanie roześmiała się i spojrzała na zegarek. — Ale dopiero po lunchu. Jestem już spóźniona.

— Niedobrze. Może najlepiej będzie, jeśli w ogóle nie pójdziesz? Wrócimy do domu i...

— Później... — Isabella pocałowała męża na pożegnanie i wolno ruszyła ku drzwiom. W progu przystanęła i z przechyloną głową odwróciła się, patrząc nań pytająco.

— Mówiłeś poważnie?

— Żebyś nie szła na lunch? — zapytał żartobliwie. Isabella potrząsnęła głową.

— Nie, ty zdradziecki potworze. Chodziło mi o dziecko. — Ostatnie słowa wymówiła niezwykle łagodnie, jakby ta sprawa wiele dla niej znaczyła.

— Tak — odparł Amadeo. — A co ty o tym sądzisz, Bellezza?

Posłała mu od drzwi tajemniczy uśmiech.

— Powinniśmy mieć to na uwadze.

Powiedziawszy to, wyszła. Amadeo stał, wpatrzony w drzwi. Pragnął powtórzyć jej, jak bardzo ją kocha, wiedział jednak, że musi poczekać z tym do wieczora. Zaskoczyły go własne słowa o dziecku. Od jakiegoś czasu ta myśl kołatała gdzieś na dnie jego świadomości, lecz nawet przed sobą samym nie ujął jej w słowa. Teraz ogarnęła go pewność, że rzeczywiście tego pragnie. Drugie dziecko nie będzie przeszkadzać Isabelli w pracy, podobnie jak nie przeszkadza jej Alessandro. Oboje tak wiele mogli dać dzieciom! Im więcej o tym myślał, tym bardziej zapalał się do tego pomysłu. Wrócił do biurka i z uśmiechem wziął z niego plik papierów.

Dochodziła pierwsza, gdy Amadeo wstał i przeciągnął się. Zadowolony był z obliczeń, którymi zajmował się od wyjścia żony. Umowy zawarte jesienią w Stanach powinny przynieść niezły zysk. Liczby wyglądały imponująco. Już miał wyjść, by sobie z tej okazji postawić godziwy lunch, gdy rozległo się ciche pukanie do drzwi.

— *Si?* — Zaskoczony Amadeo podniósł głowę znad biurka. Jego sekretarka zwykle porozumiewała się z nim przez interkom, a o tej porze z pewnością poszła już na lunch. W progu nieśmiało stanęła jedna z pracownic sekretariatu.

— Bardzo przepraszam, ale... — wyjąkała i zamilkła. Amadeo był tak nieprawdopodobnie przystojny, że na jego widok słowa zamierały jej na wargach, chociaż rzadko miewała okazję, by z nim rozmawiać.

— Tak? — uśmiechnął się do niej Amadeo. — Co się stało?

— Jacyś dwaj panowie chcą się z panem widzieć.

— Teraz? — Amadeo spojrzał na otwarty kalendarz. Aż do trzeciej nie miał żadnych umówionych spotkań. — Kto taki?

— Chodzi o pański samochód. O ferrari.

— O mój samochód? — na twarzy Amadea pojawiło się zdumienie.

— Mówią, że był... wypadek. — Dziewczyna spodziewała się wybuchu, lecz nic takiego nie nastąpiło. Amadeo był zaniepokojony, nie rozgniewany.

— Są ranni?

— Chyba nie. Ci panowie czekają u panny Alzini.

Amadeo skinął głową i wyminąwszy dziewczynę, poszedł do sekretariatu, gdzie czekali na niego dwaj zakłopotani i speszeni mężczyźni. Ubrania mieli proste, lecz schludne, dłonie wielkie i ogorzałe, twarze rumiane, trudno powiedzieć, ze wstydu czy od słońca. Na pierwszy rzut oka widać było, że na co dzień nie bywają w takich pomieszczeniach. Niższy z mężczyzn bał się postawić stopę na dywanie, jego towarzysz zaś najwyraźniej pragnął zapaść się pod ziemię. Rzeźnicy, może piekarze, pomyślał Amadeo, a może robotnicy. Pełne szacunku głosy mieli chrapliwe i szorstkie. Wypadek bardzo ich przeraził i dołożyli wszelkich starań, aby się dowiedzieć, kto jest właścicielem samochodu.

— Ale właściwie co się stało? — Z twarzy Amadea nie zniknął wyraz zaskoczenia, patrzył jednak łagodnie i głos miał spokojny. Jeżeli obawiał się o los swego samochodu, nie dał tego po sobie poznać.

— Był spory ruch, proszę pana. Wiadomo, pora lunchu.

— Amadeo cierpliwie kiwał głową. — Nagle na ulicę wbiegła kobieta z dziewczynką, więc skręciłem, żeby ich nie przejechać, i... — rumieniec na twarzy niższego mężczyzny pogłębił się. — I stuknęliśmy w pańskie auto. Nie za mocno, ale są ślady. Możemy to naprawić, brat ma warsztat. To dobry fachowiec. Będzie pan zadowolony. Zapłacimy za wszystko.

— Za nic panowie nie będziecie płacić. Wszystko pokryje ubezpieczenie. Czy uszkodzenie jest poważne? — spytał Amadeo, ze wszystkich sił starając się ukryć, jak bardzo ta wiadomość go dotknęła.

— Ma... Bardzo nam przykro. Za skarby świata nie potrącilibyśmy takiego wozu jak pański. Zwykły fiat to co innego, ale taki wspaniały samochód!... — Wyższy z mężczyzn splatał nerwowo dłonie. W końcu Amadeo uśmiechnął się. Przybysze wyglądali groteskowo, gdy tak stali w sekretariacie, najpewniej mocniej zdruzgotani niż auto. Z wysiłkiem powstrzymał wybuch nerwowego śmiechu. Cieszył się, że Isabella wyszła. Trudno by mu było się opanować, gdyby patrzyła na niego swymi kpiącymi oczyma.

— Nic nie szkodzi. Chodźmy to obejrzeć.

Poprowadził ich do małej prywatnej windy i otworzył drzwi kluczem. Gdy zjeżdżali w dół, próbował nawiązać rozmowę, lecz mężczyźni, najwyraźniej przygnębieni, nie śmieli nawet unieść głowy.

Ciana nie było, kiedy Amadeo opuszczał budynek. Spojrzał w górę ulicy. Obok swego ukochanego ferrari zobaczył ich samochód. Był duży, niezgrabny i stary, zdolny rzeczywiście wyrządzić szkodę. Starając się zachować spokój, ruszył naprzód, mężczyźni człapali za nim nerwowo, przerażeni tym, co za chwilę nastąpi. Stanąwszy obok ferrari, dostrzegł w starym fiacie czekającego na mężczyzn kolegę, który z nieszczęśliwą miną na jego widok skłonił głowę. Amadeo zszedł na jezdnię, żeby dokładnie obejrzeć swój samochód. Wolno przesuwał wzrokiem po karoserii, lekko się pochyliwszy, by lepiej widzieć. Nagle aż przymrużył oczy: jego ukochane ferrari nie miało nawet rysy!

Jednakże na pytania było już za późno. Poczuł silne uderzenie w kark i stracił przytomność, po czym błyskawicznie wepchnięto go na tylne siedzenie fiata. Wszystko trwało zaledwie kilka sekund i przebiegło niezwykle sprawnie. Niewinnie wyglądający goście Amadea wsiedli spokojnie do fiata, który wolno ruszył z miejsca. Po chwili Amadeo, związany, zakneblowany i z przepaską na oczach, ledwo oddychając, leżał nieruchomo na podłodze samochodu, który uwoził go coraz dalej od Domu Mody „San Gregorio".

## ROZDZIAŁ DRUGI

Słońce zachodziło pomarańczowo na różowym niebie. Isabella w długiej sukni z zielonej satyny stała na środku salonu rozjaśnionego delikatnym światłem rzucanym przez kinkiety z brązu i kryształu. Spojrzała na zdobiący kominek ciemnoniebieski zegar marki Fabergé, który przed laty kupili z Amadeem w Nowym Jorku. Każdy kolekcjoner by im go pozazdrościł, zegar bowiem był bezcenny, niemal tak bezcenny jak okalający jej szyję odziedziczony po babce szmaragdowo-brylantowy naszyjnik, który podobno należał do Józefiny Bonaparte.

Isabella odwróciła się na pięcie i zaczęła przemierzać pokój. Do ósmej brakowało już tylko pięciu minut i wszystko wskazywało na to, że spóźnią się na kolację do księżnej di Sant'Angelo. Cholerny Amadeo! Dlaczego właśnie dzisiaj nie może zjawić się na czas? Księżna, stara przyjaciółka babki Amadea, należała do niewielu osób potrafiących wyprowadzić z równowagi Isabellę, która szczerze nienawidziła tej osiemdziesięciotrzyletniej kobiety o sercu z karraryjskiego marmuru i oczach ze stali. Przyjęcia u niej odbywały się z wojskową dokładnością: koktajle zawsze podawano o ósmej, kolacje punktualnie o dziewiątej. A przecież musieli przejechać przez pół Rzymu, żeby dostać się do położonego za miastem pałacu Sant'Angelo, gdzie księżna, wsparta na złotej gałce laski z kości słoniowej, królowała na swym dworze, przyodziana w stare, wciąż jednak przykuwające uwagę balowe suknie.

Kątem oka Isabella złapała swoje odbicie w lustrze wiszącym nad ozdobnym francuskim stolikiem. Przyszło jej do głowy, że może powinna zmienić uczesanie. Przez chwilę przyglądała się sobie z niesmakiem, myśląc, że wygląda zbyt surowo, zbyt prosto. Upięła włosy wysoko na głowie w nienagannie spleciony węzeł, by odsłonić naszyjnik i kolczyki, które Amadeo kazał do niego zrobić. Szmaragdy były cudowne, suknia z satyny w tym samym co kamienie odcieniu zieleni spływała miękko z ramion aż do samej ziemi, całość uzupełniać miał biały satynowy płaszcz z wąskim kołnierzem i szerokimi mankietami obszytymi różowym jedwabiem. Może jednak ten wytworny strój zanadto kontrastuje z prostym uczesaniem?... A niech to! gdzie ten Amadeo się podziewa? Dlaczego się spóźnia?... Raz jeszcze zerknęła na zegar. Zaciskając z gniewu usta, usłyszała dobiegający z progu cichy głos. Zaskoczona odwróciła się i zobaczyła szeroko otwarte piwne oczy Alessandra, który w piżamie chował się za drzwiami salonu.

— Szsz... mama, chodź tutaj.

— Co ty wyprawiasz? — zapytała równie konspiratorskim szeptem, natychmiast zapominając o złości.

— Uciekłem jej!

— Komu?

— Marii Teresie!

Maria Teresa była jego nianią.

— Dlaczego nie śpisz? — Podeszła ku niemu i ostrożnie przyklękła, uważając na wysokie obcasy. — Jest bardzo późno.

— Wiem! — W jego śmiechu rozbrzmiewała niczym nie zmącona radość pięciolatka. — Chciałem cię zobaczyć. Popatrz, co dostałem od Luisy — wyciągnął rękę, w której trzymał ciasteczka podsunięte mu przez kucharkę. Spomiędzy pulchnych paluszków sypały się okruchy, a czekoladowa polewa zdążyła się już zamienić w brunatną maź. — Chcesz jedno? — zaproponował, szybko wrzucając ciasteczko do ust.

— Powinieneś być w łóżku! — szepnęła Isabella, z trudem powstrzymując śmiech.

— Dobrze, dobrze. — Zanim matka zdążyła zareagować, połknął następne ciastko. — Zaprowadzisz mnie?

Spojrzenie chłopca sprawiło, że serce jej stopniało. Powodem, dla którego przestała pracować po jedenaście godzin na dobę, choć czasami żałowała, że nie może każdej chwili spędzać przy boku męża, były te oczy, ten łobuzerski uśmiech rozjaśniający twarz jej synka. I warto było.

— Gdzie tatuś?

— Mam nadzieję, że jedzie do domu. No, idziemy.

Alessandro wsunął czystą rączkę w jej dłoń i ruszyli długim mrocznym holem. Jego ściany zdobiły portrety przodków Amadea i obrazy, które wspólnie kupili we Francji. Dom bardziej przypominał pałac niż willę. Kiedy wydawali wielkie przyjęcia, pary przy dźwiękach walca granego przez orkiestrę wirowały po parkiecie holu, a liczne lustra powtarzały ich odbicia.

— Co zrobimy, jak Maria Teresa nas znajdzie? — Alessandro znów spojrzał na matkę swymi rozczulającymi oczyma.

— Nie wiem. Może się rozpłaczemy? Jak myślisz?

Chłopczyk pokiwał głową z namysłem, zaraz jednak się roześmiał, przykrywając usta pokrytą okruszkami ciastek dłonią.

— Mądra jesteś.

— Ty też. Jak się wymknąłeś z pokoju?

— Przez drzwi do ogrodu. Luisa powiedziała, że wieczorem będzie piekła ciastka.

Utrzymany w błękitnej tonacji pokój Alessandra zarzucony był książkami, grami i zabawkami i w przeciwieństwie do reszty domu nie odznaczał się ani elegancją, ani przepychem. Isabella głośno westchnęła, z uśmiechem prowadząc synka do łóżka.

— No, udało się.

Tego już było Alessandrowi za wiele. Piszcząc z radości, rzucił się na łóżko i wysypał z kieszeni ciastka — jak się okazało, w ręku miał tylko to, co się w niej zmieściło — które ze smakiem jął zajadać. Isabella otuliła go kołdrą.

— Nie narób bałaganu. — Ostrzeżenie nie miało sensu, poza tym wcale się tym nie przejmowała. Z małymi chłopcami tak właśnie jest: wszędzie walają się okruchy ciastek, połamane koła i bezgłowe żołnierzyki, a ściany znaczą wielobarwne smugi. Lubiła to, reszta jej życia była wystarczająco uporządkowana. — Obiecujesz, że zaśniesz, jak tylko skończysz jeść?

— Obiecuję! — Spojrzał na nią poważnie, wzrokiem pełnym uwielbienia. — Jesteś śliczna.

— Dziękuję. Ty też. Dobranoc, kochanie, śpij dobrze.
— Pocałowała go w policzek, potem w szyję. Alessandro zachichotał.

— Kocham cię, mamo.
— Ja ciebie też.

Zamykając za sobą drzwi, czuła, jak łzy wzbierają jej pod powiekami. Zrobiło jej się głupio. Do diabła z księżną di Sant'Angelo! Była zadowolona, że Amadeo się spóźnia. — Dobry Boże, która to może być godzina? Stukając obcasami, pośpieszyła do salonu. Zegar na kominku wskazywał za pięć wpół do dziewiątej. Jak to możliwe? Czyżby coś się stało? Z drugiej strony jednak doskonale wiedziała, co prawdopodobnie zaszło: wynikł nagle jakiś problem, pilny telefon z Paryża, Hongkongu czy Stanów w sprawie na przykład materiału, którego nie można dostarczyć, ponieważ w fabryce wybuchł strajk. Kryzysy takie jak ten o wiele za długo trzymały ją co wieczór z dala od Alessandra. Doszła do wniosku, że chyba najlepiej będzie, jeśli zadzwoni do Amadea i umówi się z nim w biurze, gdzie zjawi się z jego smokingiem przerzuconym przez ramię.

Weszła do swego małego buduaru obitego różowym jedwabiem i podniosła słuchawkę. Nie musiała się zastanawiać, numer znała na pamięć. Telefon odebrała ostatnia wyczerpana pracą sekretarka.

— *Pronto.* Dom Mody „San Gregorio".

— Dobry wieczór. — Przedstawiła się szybko i niepotrzebnie, po czym poprosiła sekretarkę, by połączyła ją z mężem. Nastąpiła krótka przerwa, po niej przeprosiny i znowu przerwa. Isabella marszcząc czoło zaczęła stukać obcasem. Może rzeczywiście coś się stało? Może Amadeo wjechał tym swoim stanowczo zbyt szybkim autem na drzewo?... Nagle zrobiło jej się za gorąco w sukni z ciężkiej satyny. Gdy w słuchawce odezwał się Bernardo, serce na moment przestało jej bić.

— *Ciao*, Isabello. O co chodzi?

— Gdzie do diabła jest Amadeo? Jest prawie o dwie godziny spóźniony. Obiecał, że wróci do domu wcześniej. Jemy dzisiaj kolację u tej wiedźmy.

— U księżnej di Sant'Angelo? — Bernardo dobrze ją znał.

— Jasne. Gdzie on się podziewa?

— Nie mam pojęcia. Myślałem, że jest z tobą — powiedział bez zastanowienia, marszcząc głęboko czoło.

— Co takiego? Nie ma go w biurze? — Po raz pierwszy Isabella poczuła strach. Może naprawdę miał wypadek?

— Prawdopodobnie jest gdzieś w budynku — odparł pośpiesznie Bernardo spokojnym głosem, którego brzmienie niczym nie odbiegało od normalnego. — Cały czas męczę się nad tym cholernym mydłem, które nie przypadło ci do gustu. Nie byłem w jego gabinecie od południa.

— Poszukaj go i powiedz, żeby zadzwonił do domu. Niech się zdecyduje, czy wraca do domu się przebrać, czy ja mam przyjechać po niego. Ta stara gropa chyba nas zabije. Teraz na pewno nie zdążymy na kolację.

— Idę go szukać.

— Dzięki, Bernardo. Chyba nic złego się nie stało?

— Oczywiście, że nie. Zaraz go znajdę. — Po tych słowach Bernardo przerwał połączenie. Isabella odłożyła słuchawkę, z niepokojem wpatrując się w telefon.

Jej słowa brzmiały wciąż w uszach Bernarda. „Chyba nic złego się nie stało"... Zaprzeczył, lecz w głębi duszy tak właśnie myślał. Przez całe popołudnie usiłował znaleźć Amadea, żeby przedyskutować z nim sprawę tego przeklętego mydła. Na przeprowadzenie nowych testów należało wyłożyć spore sumy, musiał więc od Amadea uzyskać zgodę, lecz od lunchu nikt go nie widział. Bernardo tłumaczył sobie, że pewnie swoim zwyczajem urwali się z Isabellą na randkę, skoro jednak ta ewentualność nie wchodziła w grę, gdzie w takim razie się podziewał? I z kim? Czyżby z inną kobietą? Tę ostatnią możliwość Bernardo natychmiast odrzucił.

Amadeo nie zdradzał żony. Ale gdzie był przez całe popołudnie?

Sprawdził dokładnie wszystkie pomieszczenia w budynku, lecz znalazł jedynie zdenerwowaną młodą sekretarkę przy maszynie do pisania. Dowiedział się od niej, że w biurze zjawiło się dwóch mężczyzn, którzy chcieli zobaczyć się z panem di San Gregorio, ponieważ przypadkiem uszkodzili jego samochód. Wybiegając na ulicę, Bernardo miał wrażenie, że włosy mu siwieją. Wsiadł do swego fiata i ruszył z miejsca. Ferrari Amadea stało na zwykłym miejscu przy krawężniku. Zwolnił, gdy koło niego przejeżdżał. Samochód nie był uszkodzony. Serce zaczęło mu walić jak młot. Przydeptał pedał gazu i przekraczając dozwoloną prędkość pojechał do domu Isabelli i Amadea.

Bernardo najwyraźniej dotrzymał słowa. Isabella z uśmiechem na ustach pobiegła, by w swoim buduarze odebrać telefon. Idiota, pewnie zapomniał o kolacji u księżnej i stracił poczucie czasu. Już ona mu pokaże! Wiedziała jednak dobrze, że w awanturę nie włoży zbyt wiele serca. Była równie zdolna do robienia awantur mężowi jak do zakazywania synkowi czekoladowych ciasteczek. Kiedy podnosiła słuchawkę, przed oczyma stanął jej obraz uśmiechniętej pulchnej twarzyczki Alessandra, pokrytej okruchami.

— No, no, kochanie. Trochę się dzisiaj spóźniliśmy, prawda? Ciekawe, co teraz zrobimy z księżną? — powiedziała nie czekając, aż Amadeo się odezwie, przekonana, że to on dzwoni.

Myliła się. Odpowiedział jej obcy głos.

— *Pronto, signora.* Nie mam pojęcia, co zrobimy z księżną, ale ciekawe, co zrobimy z pani mężem.

— Co takiego? — Boże, to jakiś wariat. Tylko tego potrzebowała! Przez krótką chwilę poczuła się głupio. Może to jakiś cichy wielbiciel? Mimo że numer mieli zastrzeżony, czasami trafiały się telefony od nieznajomych. — Przykro mi, ale chyba zadzwonił pan pod zły numer.

Już miała odłożyć słuchawkę, gdy mężczyzna ponownie się odezwał, tym razem ostrym tonem.

— Proszę poczekać, pani di San Gregorio. Wydaje mi się, że zaginął pani mąż. Mam rację?

— Myli się pan. — Serce waliło jej w piersiach. Kim jest ten człowiek?

— Spóźnia się, prawda?

— Kim pan jest?

— To nieistotne. Mamy pani męża. Proszę...

W słuchawce rozległ się jęk, jakby kogoś pchnięto lub uderzono, po czym odezwał się Amadeo.

— Kochanie, nie wpadaj w panikę. — Głos miał zmęczony, słaby.

— Co to ma znaczyć? Czy to żart?

— Niestety, to nie żart.

— Gdzie jesteś? — Słowa z trudem przechodziły jej przez gardło. Czuła, że ogarnia ją przeraźliwy strach. Bernardo miał rację.

— Nie wiem, zresztą to i tak nieważne. Musisz się trzymać. I pamiętaj... — Amadeo długą chwilę milczał. Isabella, kurczowo ściskając słuchawkę, zaczęła drżeć na całym ciele. — Pamiętaj, że cię kocham.

Musieli chyba odciągnąć go od telefonu. W słuchawce znowu odezwał się głos nieznajomego.

— Zadowolona? Mamy go. Czy chce go pani odzyskać?

— Kim pan jest? Czy pan oszalał?

— Jeśli nawet, to tylko z chciwości. — Isabella usłyszała głośny rechot. Musiała włożyć wiele wysiłku, by utrzymać słuchawkę w ręku. — Chcemy dziesięć milionów dolarów. Wtedy mąż do pani wróci.

— Pan zwariował! Nie mamy tyle pieniędzy!... Nikt nie ma!

— Niektórzy mają, na przykład wasza firma. Niech je pani zdobędzie. Ma pani na to cały weekend. My tymczasem poniańczymy pani męża.

— Nie jestem w stanie... na litość boską... niechże pan...

Mężczyzna jednak przerwał połączenie. Isabellą wstrząsnęło łkanie. Amadeo! Mają jej męża! Boże, to szaleńcy.

Nie usłyszała ani dzwonka do drzwi, ani służącej, która pobiegła je otworzyć, ani szybkich kroków Bernarda.

— Co się stało? — zapytał, patrząc na nią z przerażeniem.

— Isabella, powiedz, co się stało?

Przez chwilę nie była w stanie wydobyć z siebie słowa. Wpatrywała się w niego oślepiona łzami, które strumieniem płynęły z jej oczu. Kiedy się w końcu odezwała, jej głos był żałosnym jękiem:

— Porwali go.

— Dobry Boże!...

## ROZDZIAŁ TRZECI

Kiedy po godzinie porywacze znów zadzwonili, Isabella nadal siedziała w swoim buduarze, kurczowo ściskając dłoń Bernarda.

— I jeszcze jedno: niech pani przypadkiem nie zawiadamia glin, bo się o tym dowiemy i zabijemy go. A jak nie dostaniemy pieniędzy, też go zabijemy.

— Nie możecie. Przecież...

— O to niech panią głowa nie boli. Radzę trzymać się z daleka od glin, bo zamrożą wam konto, jak tylko banki zostaną otwarte, a wtedy ani pani, ani mąż nie będziecie warci złamanego grosza.

Tym razem rozmowie przysłuchiwał się Bernardo. Isabella płakała głośno, odkładając słuchawkę.

— Isabello, należało zawiadomić policję już godzinę temu.

— Nie ma mowy! Policja będzie mieć nas na oku przez cały weekend, a w poniedziałek rano zablokuje wszystkie konta i nie będziemy mogli zapłacić okupu.

— To i tak niemożliwe. Na zdobycie takiej kwoty musiałabyś mieć z rok. Poza tym dobrze wiesz, że tylko Amadeo jest w stanie uruchomić wszystkie fundusze.

— Nic mnie to nie obchodzi. Zbierzemy pieniądze. Musimy!

— Nie damy rady. Trzeba zawiadomić policję. To jedyne rozwiązanie. Nie masz sumy, której żądają. Nie możesz ryzykować, że ich rozdrażnisz. Najpierw trzeba ich znaleźć.

— Bernardo, którego twarz była tak blada jak Isabelli, desperackim ruchem przeczesał włosy.

— Ale jak? Ten człowiek powiedział...

— Nie zrobią tego. A my musimy komuś zaufać. Na litość boską, nie możemy ufać im!

— Ale może gdyby dali nam czas na zebranie pieniędzy... Ludzie by nam pomogli. Moglibyśmy zadzwonić do Stanów.

— Stany nie wchodzą w grę. Nawet o tym nie myśl. W żadnym razie nie możemy im dać zbyt dużo czasu. Zastanowiłaś się, co będzie przeżywał Amadeo?

— Boże, Bernardo, nawet nie chcę o tym myśleć... — jej głos przeszedł w słaby jęk. Bernardo wziął ją w swoje drżące ramiona.

— Proszę, pozwól mi zadzwonić — wyszeptał. W odpowiedzi tylko skinęła głową.

Policjanci zjawili się po kwadransie. W starych ubraniach, z postrzępionymi kapeluszami w dłoniach zapukali do kuchennych drzwi, jakby przyszli z wizytą do służących. Przynajmniej starają się ukryć, kim naprawdę są, pomyślała Isabella, gdy Bernardo wprowadził ich do salonu. Może jednak była to słuszna decyzja?

— Pani di San Gregorio?

Isabella jak sparaliżowana siedziała na krześle. Wyglądała niczym królowa w swych szmaragdach i satynowej sukni.

— Tak — odparła ledwo słyszalnym szeptem i z oczu znowu popłynęły jej łzy. Bernardo mocno uścisnął jej dłoń.

— Bardzo nam przykro. Wiemy, co pani teraz przeżywa, ale musimy się dowiedzieć paru szczegółów. Kto i kiedy widział go po raz ostatni, czy wcześniej ktoś mu groził, czy wśród służby lub pracowników państwa firmy jest ktoś, kogo macie powody podejrzewać? Nie można nikogo pominąć. Nie czas na uprzejmość, dobre wychowanie czy lojalność względem starych przyjaciół. Stawką jest życie pani męża. Musi nam pani pomóc.

Policjanci obrzucili podejrzliwym wzrokiem Bernarda, który bez zmrużenia powiek wytrzymał ich spojrzenie. Isabella wyjaśniła, że to właśnie on nalegał, by zawiadomić policję.

— Powiedzieli, że jeśli do was zadzwonimy... — Dalsze słowa nie chciały przejść jej przez gardło.

— Wiemy.

Najpierw dokładnie przesłuchali Bernarda, potem przez dwie ciągnące się w nieskończoność godziny wypytywali Isabellę o zwolnionych z firmy pracowników, konkurentów, zapomnianych wrogów i chowających urazy przyjaciół. Wreszcie o północy doszli do wniosku, że wiedzą już wszystko, co trzeba.

— Porywacze nie powiedzieli, kiedy, gdzie i w jaki sposób chcą dostać pieniądze?

Isabella żałośnie pokręciła głową.

— Moim zdaniem — ciągnął oficer — to amatorzy. Udało im się dostać pani męża, ale to nie zmienia faktu, że są amatorami. Zawodowcy zaczęliby rozmowę od tego, żeby nie zawiadamiać policji, a ci specjalnie po to drugi raz zadzwonili.

— Też tak myślałam, dlatego z początku się nie zgadzałam zadzwonić do was.

— Mądrze pani zrobiła, zmieniając zdanie — powiedział oficer łagodnie i z wielkim współczuciem. Był specjalistą od porwań w rzymskiej policji. Niestety, w ostatnich latach zajęć miał aż nadto.

— Czy to, że są amatorami, jakoś nam pomoże? — Isabella patrzyła na niego z nadzieją, modląc się w duchu, by szybko odpowiedział „tak".

— Niewykluczone. To sprawy niezwykle delikatne i każda ma inny przebieg. Proszę nam zaufać. Obiecuję, że zrobimy wszystko, co w naszej mocy. — Nagle o czymś sobie przypomniał. — Wybieraliście się państwo gdzieś dzisiaj wieczorem? — zapytał, obrzucając spojrzeniem jej klejnoty i suknię.

— Tak. Mieliśmy iść na kolację... Ale czy to teraz ważne?

— Wszystko jest ważne. Do kogo mieliście iść?

— Do księżnej di Sant'Angelo. — Na twarzy Isabelli zagościł cień uśmiechu. — Czy ją też będziecie przesłuchiwać?

Biedna stara wiedźma.

— Jeśli okaże się to niezbędne. — Inspektor znał to nazwisko. Księżna była najdostojniejszą starą damą w Rzymie. — Na razie nikomu proszę o tym nie mówić. Nie może pani wychodzić z domu ani kontaktować się ze znajomymi. Niech pani wszystkim powie, że jest chora, ale telefony proszę odbierać osobiście. Porywacze mogą nie chcieć rozmawiać z kimś innym, a musimy jak najszybciej poznać ich żądania. Pani ma synka, prawda?

Isabella skinęła głową.

— Jego też proszę nie wypuszczać. Dom będzie pod ochroną, naturalnie dyskretną.

— A co ze służbą?

— Nie mogą się o niczym dowiedzieć — rzekł inspektor zdecydowanym tonem — bo jeszcze ktoś niechcący mógłby się zdradzić. Proszę traktować ich jak zwykle. Moi ludzie będą ich mieli na oku.

— Myśli pan, że to któreś z nich? — na poszarzałej twarzy Isabelli pojawiła się nadzieja. Nie obchodziło jej, kto to zrobił, pragnęła jedynie, by policji udało się odnaleźć Amadea, zanim ci szaleńcy zrobią mu krzywdę, zanim... Nie była w stanie o tym myśleć. Nie chciała. Coś takiego nie może się im przecież przydarzyć! Jej oczy znowu wypełniły się łzami. Inspektor na ten widok odwrócił wzrok.

— To się okaże. Obawiam się, że czekają panią bardzo trudne chwile.

— Co z pieniędzmi? — spytała i natychmiast pożałowała swoich słów. Twarz inspektora ściągnęła się w oschłą maskę.

— A co ma być?

— Czy będziemy...?

— Wszystkie pani konta prywatne oraz konta firmy zostaną zamrożone w poniedziałek rano. Powiadomimy bank jeszcze przed otwarciem.

— O mój Boże! — Isabella z przerażeniem spojrzała na Bernarda, potem jej oczy rozbłysły furią. — Jak według pana mam prowadzić interesy?

— Chwilowo na kredyt. — Żaden mięsień na jego twarzy nawet nie drgnął. — Jestem przekonany, że Dom Mody „San Gregorio" nie będzie miał z tym problemów.

— W takim razie, inspektorze, nasze przekonania zasadniczo się różnią. — Isabella zerwała się z miejsca. W jej oczach płonął gniew. Nie chodziło jej wcale o pieniądze dla firmy, chciała tylko wiedzieć, czy będzie miała do nich dostęp, jeśli plany policji spalą na panewce. Przeklęci gliniarze, przeklęty Bernardo, przeklęci!...

— Teraz niech pani się prześpi — powiedział policjant.

Po raz pierwszy w życiu Isabella miała chęć głośno krzyknąć „Odpieprz się", lecz zamiast tego w milczeniu zacisnęła wargi i dłonie. Po chwili policjanci wyszli i została sama z Bernardem.

— Sam widzisz! Mówiłam, że tak będzie. I co teraz?

— Poczekamy. Niech policja robi, co do niej należy, a my będziemy się modlić.

— Czy ty nic nie rozumiesz? Oni mają Amadea! Jeśli nie damy im dziesięciu milionów dolarów, zabiją go! Czy to jeszcze nie dotarło do twojego zakutego łba?

Ogarnęła ją ochota, by go spoliczkować, ale jedno spojrzenie powiedziało jej, że już to zrobiła.

Tę noc Bernardo spędził w pokoju gościnnym. Isabella w swojej sypialni szalała z bezsilności. Nic nie mogła zrobić, bo do pieniędzy nie miała dostępu.

Aż do świtu nie zmrużyła oka. Siedziała, czekała, płakała, marzyła. Najpierw chciała potłuc wszystkie przedmioty w domu, potem każdy z nich, nawet najmniejszy, starannie opakować i dać porywaczom, byleby tylko wypuścili Amadea.

Na następny telefon musieli czekać całą dobę. Porywacze nie powiedzieli nic nowego: we wtorek chcą dostać dziesięć milionów dolarów. Był sobotni wieczór, Isabella więc próbowała z nimi dyskutować, tłumaczyć, że przecież w żaden sposób nie zbierze takiej sumy w weekend, kiedy wszystkie banki, biura, nawet ich własna firma są zamknięte. Jej słowa trafiały w próżnię. Dziesięć milionów na wtorek, koniec, kropka. Tym razem nie pozwolili jej porozmawiać z Amadeem.

— Skąd mam wiedzieć, że on żyje?

— Musi nam pani uwierzyć na słowo. I będzie żył, dopóki pani nie zawali sprawy. Włos mu z głowy nie spadnie, jeśli policja o niczym się nie dowie i dostaniemy forsę. Odezwiemy się jeszcze. *Ciao, signora.*

W niedzielę rano Isabella, upiornie blada i z podkrążonymi oczyma, rzeczywiście sprawiała wrażenie chorej. Bernardo przychodził i wychodził, usiłując zachować pozory normalności i wspominając, że Amadeo dzwonił do niego z podróży. Jednakże żaden ze służących się nie zdradził, żaden najwyraźniej nie znał prawdy. Co więcej, policja także niczego nie odkryła. Wieczorem Isabella czuła, że od szaleństwa dzieli ją maleńki krok.

— Nie mogę już dłużej, Bernardo. Oni nic nie robią. Musi być jakiś inny sposób.

— Jaki? Moje konta też zostaną zamrożone. Jutro pożyczam od matki sto dolarów, bo policja mi oznajmiła, że nie będę mógł zrealizować czeku.

— Twoje konta też zamrożą? Cholera!

Bernardo bez słowa pokiwał głową.

Było wszakże coś, na czym policja w poniedziałek nie mogła położyć ręki. Całą noc Isabella leżała w łóżku, licząc, sumując, zgadując. Rano poszła do sejfu. Dziesięciu milionów z tego nie będzie, lecz jeden, może nawet dwa z pewnością. Wyjęła długie pudełka obite ciemnym aksamitem, zaniosła do sypialni, rozłożyła na łóżku i zamknęła drzwi na klucz. Przed nią na pościeli skrzyły się szmaragdy, nowy dziesięciokaratowy pierścionek, rubinowy naszyjnik, którego nie lubiła, bo był zbyt krzykliwy, perły, szafirowy pierścionek zaręczynowy, brylantowa bransoleta jej matki, perły jej babki. Zrobiwszy dokładny spis, starannie złożyła kartkę, po czym wysypała zawartość wszystkich pudełek na wielki jedwabny szal i upchnęła ciężkie zawiniątko do starej skórzanej torby. Aż się ugięła, gdy ją przewiesiła przez ramię, lecz nie zwróciła na to uwagi. Do diabła z policją, ich wiecznym obserwowaniem i czekaniem na rozwój wypadków! Wiedziała, że jedynym człowiekiem, któremu może zaufać, jest Alfredo Paccioli. Rodziny jej i Amadea od lat robiły z nim interesy. Jego klientami byli książęta i królowie, mężowie stanu i bogate wdowy, cała rzymska socjeta. Do Isabelli zawsze odnosił się z wielką przyjaźnią.

Isabella spokojnie włożyła brązowe spodnie i stary kaszmirowy sweter. Już wyciągnęła rękę po futerko z norek, zaraz jednak zmieniła zdanie i narzuciła starą zamszową kurtkę, po czym na głowie zawiązała chustkę. W tym stroju nie przypominała Isabelli di San Gregorio. Chwilę zastanawiała się, jak wyjść z domu, żeby zmylić obstawę, ale potem doszła do wniosku, że przecież przed nimi nie musi się ukrywać, ważne jest bowiem tylko zdobycie pieniędzy i zachowanie incognito w trakcie wizyty u jubilera. Zadzwoniła do znajdującego się nad garażem mieszkania Enza i poleciła, aby za dziesięć minut czekał na nią przy tylnych drzwiach, ponieważ wybiera się na krótką przejażdżkę.

Samochód już stał na podjeździe, kiedy ukradkiem opuszczała dom. Nie chciała spotkać się z Alessandrem, nie chciała odpowiadać na jego pytające spojrzenie. Powiedziała mu, że jest chora, więc żeby się od niej nie zaraził, musi bawić się w swoim pokoju z Marią Teresą, bo w dodatku tatuś wyjechał, a przedszkole jest zamknięte. Dzięki Bogu, skończył dopiero pięć lat. Kiedy bez przeszkód znalazła się w samochodzie, poczuła wdzięczność do Marii Teresy, że tak skutecznie zapełnia mu czas. Nie zniosłaby spotkania z nim. Gdyby go zobaczyła, z pewnością zbyt mocno by go przytuliła i wybuchnęła płaczem.

— Jest pani chora? — Enzo przyglądał jej się z namysłem w lusterku wstecznym. Odpowiedziała skinieniem głowy. Zauważyła, że w ślad za nimi rusza nie oznakowany samochód policyjny.

Podała kierowcy adres sklepu położonego obok firmy jubilera i jej własnego domu mody. Guzik ją obchodziło, czy Enzo się domyśla, dlaczego tam jedzie. Jeśli należał do porywaczy, tym lepiej. Dowie się, że ona robi wszystko, co w jej mocy. Dranie! Nikomu nie mogła ufać i tak już będzie do końca życia. Do diabła, czy słowa Bernarda musiały się tak dokładnie sprawdzić? Siłą powstrzymywała się od płaczu, kiedy po niespełna kwadransie Enzo zatrzymał samochód. Zajrzawszy na krótko do dwóch sąsiednich butików, szybko zniknęła w firmie Pacciolego. Podobnie jak w przypadku Domu Mody „San Gregorio", fasada budynku nie rzucała się w oczy, znaczył ją jedynie szyld.

— Chciałabym rozmawiać z panem Pacciolim — zwróciła się do młodej kobiety siedzącej za wielkim biurkiem w stylu Ludwika XV. Choć była bez makijażu, a na głowie miała chustkę, mimowolnie przybrała rozkazujący ton, co wszakże na recepcjonistce nie zrobiło najmniejszego wrażenia.

— Bardzo mi przykro, ale pan Paccioli ma ważne spotkanie z klientami z Nowego Jorku. — Spojrzała Isabelli prosto w oczy, jakby oczekując, że ta zrozumie, lecz się pomyliła.

— Nic mnie to nie obchodzi. Proszę mu powiedzieć, że przyszła... Isabella.

— No dobrze — powiedziała recepcjonistka po chwili wahania. Bała się tej kobiety, która z wyrazem szaleństwa w oczach co chwila poprawiała wrzynające się jej w ramię ucha ciężkiej torby. Zmówiła w duchu krótką modlitwę, by nie okazało się, że kobieta ma w torbie broń, zaraz jednak przyszło jej do głowy, że jeśli tak jest, tym bardziej należy wywołać szefa z gabinetu.

Ruszyła śpiesznie korytarzem, zostawiając Isabellę w towarzystwie dwóch wartowników w błękitnych uniformach. Po niecałej minucie wróciła razem z jubilerem. Paccioli miał po sześćdziesiątce, jego prawie łysą głowę otaczał wianuszek włosów równie srebrnych jak wąsy i podkreślających roześmiane niebieskie oczy.

— Isabello, kochanie, co się stało? Chcesz kupić biżuterię do najnowszej kolekcji?

Isabella potrząsnęła głową.

— Czy możemy porozmawiać? — zapytała.

— Naturalnie. — Przyjrzał jej się dokładniej i nie spodobało mu się to, co zobaczył. Sprawiała wrażenie poważnie chorej albo obłąkanej. Jego podejrzenia umocniły się, gdy znaleźli się w jego gabinecie. Isabella bez słowa otworzyła torbę i wyciągnęła jedwabne zawiniątko, z którego posypały się na biurko klejnoty.

— Chcę to sprzedać. Wszystko.

Może jednak oszalała? Albo pokłóciła się z mężem? Może ją zdradził? Na litość boską, o co tu chodzi?

— Isabello, chyba nie mówisz poważnie?... Niektóre z tych kamieni od lat należą do twojej rodziny. — Jubiler ze strachem wpatrywał się w szmaragdy, rubiny, pierścionek, który przed kilkoma zaledwie miesiącami kupił u niego Amadeo.

— Muszę. I proszę, nie pytaj o powody. Alfredo, jesteś mi potrzebny. Po prostu je sprzedaj.

— Mówisz poważnie? — upewnił się. Czyżby jakiś nagły krach w interesach?

— Całkowicie.

Teraz widział wyraźnie, że nie jest ani chora, ani obłąkana. Pojął, że stało się coś bardzo złego.

— To może potrwać jakiś czas. — Z lubością przesuwał palcami po klejnotach, zastanawiając się, jak znaleźć dla nich dom. Jednakże to zadanie nie sprawiało mu przyjemności. To tak, jakby miał sprzedać rodzinę lub wystawić na aukcję dziecko. — Czy naprawdę nie ma innego wyjścia?

— Naprawdę. Poza tym nie mam czasu. Musisz mi natychmiast dać za wszystko tyle, ile możesz. I z nikim o tym nie rozmawiaj. Absolutnie z nikim. To sprawa... to... o Boże, błagam, Alfredo, pomóż mi.

Jej oczy wypełniły się łzami. Jubiler wyciągnął do niej rękę, patrząc na nią badawczo.

— Boję się zapytać. — Już dwukrotnie coś takiego mu się przydarzyło. Pierwszy raz przed rokiem, drugi przed tygodniem. To było straszne, potworne... I źle się skończyło.

— Nie pytaj. Nie mogę ci nic powiedzieć. Po prostu mi pomóż. Proszę...

— Dobrze. Ile potrzebujesz?

Dziesięć milionów dolarów, pomyślała. Dobry Boże!

— Tyle nie masz. Daj, ile możesz. Gotówką.

Jubiler wzdrygnął się, potem skinął głową.

— Od ręki mogę ci dać... — dokonał w myślach szybkich obliczeń — jakieś dwieście tysięcy. I drugie tyle za tydzień.

— Nie mogę dostać wszystkiego dzisiaj? — Na jej twarz powrócił wyraz rozpaczy. Jubilera ogarnęła obawa, że Isabella zaraz zemdleje.

— Przykro mi. Dokonaliśmy ogromnych zakupów na Bliskim Wschodzie i wszystkie nasze aktywa są teraz w kamieniach. A tobie najwyraźniej nie o to chodzi. — Obrzucił wzrokiem brylanty leżące na biurku, potem z namysłem spojrzał jej w oczy. Nagle ogarnął go strach. Jej rozpacz była zaraźliwa. — Możesz chwilę poczekać? Zadzwonię w parę miejsc.

— Do kogo? — zapytała z paniką w głosie, nie potrafiąc zapanować nad drżeniem rąk.

— Zaufaj mi. Paru moich przyjaciół może będzie mogło pożyczyć. Isabello... — przerwał, umacniając się w przekonaniu, że już wie, o co tu chodzi. — To musi być... gotówka?

— Tak.

Miał więc rację! Teraz jemu także zaczęły drżeć dłonie.

— Zrobię, co będę mógł.

Usiadł, podniósł słuchawkę i zadzwonił do pięciu, może sześciu osób. Byli wśród nich jubilerzy, kuśnierze, cokolwiek podejrzany bankier, zawodowy szuler, który najpierw był jego klientem, a potem został przyjacielem. W sumie wszyscy byli w stanie zebrać następne trzysta tysięcy. Isabella, usłyszawszy sumę, skinęła głową. Pół miliona dolarów, jedna dwudziesta kwoty, której zażądali porywacze! Jubiler przyglądał jej się ze smutkiem.

— Czy to coś pomoże? — zapytał, modląc się w duchu, by odpowiedziała twierdząco.

— Będzie musiało. W jaki sposób dostanę te pieniądze?

— Natychmiast wyślę po nie gońca. Muszę dać zastaw innym jubilerom.

Isabella beznamiętnie patrzyła, jak bierze ze stosu kilka klejnotów. Kiedy wybrał brylantowy pierścionek, przygryzła wargi, żeby się nie rozpłakać. Nic nie jest ważne, tylko Amadeo.

— To chyba wystarczy. Powinienem mieć pieniądze za jakąś godzinę. Możesz poczekać?

— Tak. Gońca wyślij tylnymi drzwiami.

— Jestem śledzony?

— Ty nie, ale ja jestem. Mój samochód stoi przed frontowym wejściem, więc może będą obserwować, kto stąd wychodzi.

O nic więcej nie musiał już pytać.

— Napijesz się kawy?

Bez słowa pokręciła głową. Paccioli przed wyjściem lekko poklepał ją po ramieniu. Czuł się bezradny i wiedział, że niewiele może zrobić.

Isabella spędziła samotnie godzinę, dokładając starań, by odsunąć od siebie myśli o tych wspaniałych szczęśliwych chwilach, które przeżyła z mężem, lecz nadaremnie. Przed oczyma stawały jej pierwsze dni ich znajomości i zdarzenia z zeszłego tygodnia, chwila, w której Amadeo po raz pierwszy wziął w ramiona ich synka, dzień, w którym z brawurą przedstawili swoją pierwszą kolekcję, ich miesiąc miodowy, pierwszy wyjazd na wakacje, pierwszy dom, pierwsze zbliżenie fizyczne i ostatnie, przed zaledwie czterema dniami...

Wspomnienia rozrywały jej serce na strzępy. Ogarnięta paniką czuła, że dłużej tego nie zniesie. Zdawało jej się, że minęła wieczność, kiedy wreszcie Alfredo Paccioli wrócił, trzymając w dłoni dużą brązową kopertę. Zawierała pół miliona dolarów w gotówce.

— Dziękuję, Alfredo. Będę ci wdzięczna do końca życia.

— I do końca życia Amadea. Nie miała dziesięciu milionów, lecz to był jakiś punkt zaczepienia. Jeśli policja ma rację i porywacze rzeczywiście są amatorami, to może wystarczy im pół miliona. Więcej i tak nie zbierze, bo wszystkie konta zostały zamrożone.

— Isabello, czy mogę jeszcze jakoś pomóc?

Bez słowa potrząsnęła głową, otworzyła drzwi i szybkim krokiem przeszła obok recepcjonistki, która pożegnała ją z uśmiechem.

— Co pani powiedziała? — Zaskoczona Isabella przystanęła.

— Powiedziałam, że życzę pani miłego dnia, pani di San Gregorio. Jak pan Paccioli wspomniał o kolekcji, zdałam sobie sprawę, kim pani jest... Bardzo mi przykro, że w pierwszym momencie pani nie poznałam...

— Nie poznała mnie pani — gwałtownie przerwała jej Isabella — ponieważ wcale mnie tu nie było. Zrozumiano?

— Tak... naturalnie... przepraszam... — Dobry Boże, ta kobieta chyba naprawdę oszalała! O co tu chodzi? Ta torba... teraz zwisała luźno z ramienia, jakby była pusta. Co tak ciężkiego przedtem zawierała?

— Czy pani mnie rozumie? — Isabella wpatrywała się w recepcjonistkę. Wyczerpana po trzech bezsennych nocach, rzeczywiście wyglądała na obłąkaną. — Bo jeśli komuś pani piśnie, że tu byłam, pożegna się pani z pracą. Na zawsze. Już ja tego dopilnuję.

— Rozumiem. — W takim razie sprzedała biżuterię, suka. Recepcjonistka uprzejmie skłoniła głowę. Isabella śpiesznie ruszyła do drzwi.

Kazała Enzowi jechać prosto do domu. Przez kilka godzin zamknięta na klucz siedziała w swojej sypialni, nie odchodząc ani na krok od telefonu. Kiedy Luisa zapytała, czy przynieść lunch, usłyszała krótkie i oschłe „nie". Czuwanie się przedłużało, Isabella jednak nie wątpiła, że porywacze zadzwonią. Był poniedziałek, następnego dnia mieli odebrać okup. Muszą powiedzieć jej, gdzie i kiedy im go przekazać.

Minęła siódma wieczorem, a telefon wciąż milczał. Z korytarza dobiegały okrzyki bawiącego się Alessandra i napomnienia Marii Teresy, żeby pamiętał o grypie mamy. Kiedy chłopiec poszedł spać, zapadła głucha cisza, którą w końcu przerwało pukanie do drzwi.

— Wpuść mnie. — To był Bernardo.

— Zostaw mnie w spokoju. — Isabella nie chciała, żeby z nią był, kiedy porywacze zadzwonią. Nie zamierzała wtajemniczać go w sprawę biżuterii, bo prawdopodobnie o wszystkim powiedziałby policji. Miała już dość wtrącania się obcych w jej sprawy. Teraz sama się wszystkim zajmie. Była w stanie obiecać porywaczom milion: pół nazajutrz, pół w następnym tygodniu.

— Isabello, muszę z tobą porozmawiać, proszę, otwórz.

— Jestem zajęta.

— Muszę... muszę ci coś pokazać — powiedział łamiącym się głosem.

— Wsuń pod drzwi.

Była to wieczorna gazeta. Na stronie piątej przeczytała: „Dziś widziano Isabellę di San Gregorio w firmie jubilerskiej Pacciolego..." Dalej następował dokładny opis jej stroju, wyglądu oraz prawie wszystkich klejnotów, które chciała sprzedać. Jak do tego doszło? Kto powiedział dziennikarzom? Alfredo?... Nagle zrozumiała: to ta mała żmija, recepcjonistka! Na moment serce Isabelli przestało bić.

Na korytarzu ze zwieszoną głową stał zapłakany Bernardo.

— Dlaczego to zrobiłaś?

— Musiałam — odparła matowym głosem, uświadamiając sobie, że porywacze również dowiedzą się o jej wizycie u jubilera. Co więcej, nie będą mieć wątpliwości, że biżuterię sprzedaje dlatego, iż ma zamrożone konta, z czego wypływa oczywisty wniosek: policja została powiadomiona o porwaniu.

— Boże drogi, nie!

Oboje nic więcej nie mówili. Bernardo wszedł do pokoju i usiadł obok telefonu, który zadzwonił dopiero o dziesiątej. W słuchawce rozległ się znajomy już głos:

— *Capito, signora.* Spieprzyła pani sprawę.

— Nieprawda, proszę mi wierzyć. — Wbrew tym słowom w jej rozgorączkowanym głosie pobrzmiewała nuta nieszczerości. — Brakowało mi pieniędzy. Nie mogłam zebrać całej sumy.

— I tak pani nie zbierze. A nawet jeśli nic pani nie powiedziała glinom, to teraz się zorientują. Zaczną węszyć i w końcu się dowiedzą.

— Ale nikt poza mną nie wie.

— Bzdura! Ma nas pani za idiotów? Chce pani pożegnać się ze staruszkiem?

— Nie... proszę... niech pan poczeka... mam pieniądze. Milion... — zaczęła, lecz mężczyzna nie dał się przekonać.

— Isabellezza, najdroższa... — usłyszała po krótkiej chwili głos Amadea. — Wszystko będzie dobrze.

Dobrze? Czy on postradał zmysły? Niewiele jednak o to dbała. Nigdy przedtem nie mówił do niej z taką dobrocią, nigdy przedtem jej serce nie biło tak mocno. Żył, choć nie wiedziała, gdzie jest, nie zrobili mu krzywdy! Może rzeczywiście wszystko dobrze się skończy?

— Byłaś bardzo dzielna, kochanie. Jak się ma Alessandro? Wie, co się stało?

— Oczywiście, że nie. Ma się dobrze.

— Doskonale. Ucałuj go ode mnie.

Wydało jej się, że głos mu zadrżał, i mocno zacisnęła powieki. Nie może się rozpłakać, nie w tej chwili. Musi być dzielna, nie może zawieść jego oczekiwań.

— Chcę, żebyś wiedziała, jak bardzo cię kocham — mówił Amadeo. — Byłaś dla mnie doskonałą, cudowną żoną. Nie przeżyłem z tobą ani jednego smutnego dnia. Ani jednego!

Isabella nie była w stanie dłużej tłumić płaczu.

— Amadeo, najdroższy, tak bardzo cię kocham... — Słowa ledwie jej przechodziły przez ściśnięte gardło. — Proszę... wróć do domu.

— Wrócę, kochanie, na pewno. Obiecuję. Teraz też jestem z tobą. Musisz tylko jeszcze jakiś czas być dzielna.

— Ty też, ukochany. Ty też...

Po tych słowach połączenie zostało przerwane.

Następnego dnia rano koło magazynu na przedmieściach Rzymu policja znalazła martwego Amadea di San Gregorio z pętlą zaciśniętą na szyi.

## ROZDZIAŁ CZWARTY

Limuzyna, którą prowadził Enzo, w otoczeniu policyjnej eskorty wolno posuwała się ku samemu sercu Rzymu. Isabella wybrała kościół Świętego Stefana położony niedaleko ich firmy, tuż obok piazza di Spagna. Często z Amadeem do niego wstępowali, kiedy na początku znajomości chcieli odetchnąć po długich spacerach w porze lunchu. Kościół, stary, prosty i piękny, wydał jej się bardziej odpowiedni niż o wiele okazalsze, bogato zdobione katedry.

Isabella ślepym wzrokiem wpatrywała się przed siebie, w tył głowy Enza. Czy to on?... Kto ich zdradził?... Cóż, teraz to i tak nie miało już znaczenia. Amadeo odszedł, zabierając ze sobą ciepło, śmiech, miłość i marzenia. Odszedł na zawsze.

Zaledwie dwa dni upłynęły od wizyty u Alfreda Pacciolego, do którego poszła z biżuterią zawiniętą w jedwabny szal. Dwa dni. Miała wrażenie, że cała jest z ołowiu, że sama także umarła.

— Isabello, kochanie... — Towarzyszący jej w limuzynie Bernardo łagodnie ujął ją za rękę. Tak niewiele mógł dla niej zrobić. Sam ledwo się trzymał. Płakał po telefonie z policji, płakał, gdy Alessandro rzucił mu się w ramiona.

— Zabili tatusia!... Zabili...

Chłopczyk szlochał rozpaczliwie, a Isabella stała obok, pragnąc, by obecność Bernarda, dorosłego mężczyzny, przyniosła mu ulgę. Usłyszawszy wiadomość, Alessandro wpatrzył się w matkę przerażonymi, nieszczęśliwymi oczyma.

— Czy ciebie też zabiorą? — zapytał.

— Nie — odparła wtedy, tuląc go mocno. I nie pozwolę, dodała w myśli, żeby tobie stała się krzywda.

Bernardo nie mógł znieść widoku ich cierpienia ani wtedy, ani teraz. Isabella siedziała w limuzynie nieruchoma jak kamień, a głęboka czerń żałobnego stroju jeszcze podkreślała jej urodę, zamiast ją ukryć. Na ręku miała tylko ślubną obrączkę i pierścionek, który tak niedawno dostała od męża z okazji rocznicy ślubu. Zaraz po informacji z policji Bernardo bez słowa przyniósł jej całą biżuterię z powrotem. Czy to wszystko naprawdę się zdarzyło? Czy rzeczywiście minęło dopiero pięć dni, odkąd po raz ostatni widzieli Amadea? Bernardo miał wrażenie, że sam jest pięcioletnim dzieckiem, kiedy patrzył na martwą twarz Amadea di San Gregorio, spokojną i nieruchomą, bardziej niż kiedykolwiek przedtem przywodzącą na myśl starożytne posągi i malowidła urodziwych rzymskich młodzieńców.

Pomógł Isabelli wysiąść z samochodu i mocno trzymał ją pod rękę, kiedy wchodzili do kościoła. Przy każdych drzwiach stali policjanci, ławki zapełniał tłum żałobników.

Pogrzeb był krótki i nieznośnie bolesny. Isabella siedziała obok Bernarda, po jej twarzy ukrytej za gęstą woalką płynęły strumienie łez. Pracownicy, przyjaciele i krewni płakali otwarcie. Przybyła nawet ,,stara wiedźma'' ze swą laską z kości słoniowej.

Zdawało się, że minęły lata, zanim wreszcie wrócili do domu. Wbrew zwyczajom Isabella dała wszystkim do zrozumienia, że nikogo nie będzie przyjmować. Nikogo. Chciała zostać sama. Kto wie, który z przyjaciół zdradził? Bernardo wszakże nie podzielał jej podejrzeń, uznawszy za mało prawdopodobne, by sprawcą był ktoś z kręgu ich znajomych lub współpracowników. Prowadzący śledztwo nie odkryli żadnych śladów, żadnych odcisków palców ani świadków, nie było też kolejnych telefonów, założyli więc, chyba słusznie, że porwania dokonali znęceni bogactwem rodziny San Gregorio ,,amatorzy, którym się udało''. Policja była przekonana, że na tym koniec. Należało się jednak spodziewać, że teraz zboczeńcy i wariaci, którym największą przyjemność sprawiają wypowiadane przez telefon groźby i obsceniczne zwierzenia, rozpoczną swą makabryczną zabawę. Uprzedzono o tym Isabellę i w oczekiwaniu na ich atak założono na jej aparacie podsłuch. Bernarda ta perspektywa przerażała. Isabella i tak za wiele już przeszła.

— Gdzie Alessandro? — zapytał, popijając gorącą kawę. Jakże pusty wydawał się teraz dom! Poczuł, że ogarnia go wstyd, gdy przemknęło mu przez głowę, że skoro już ktoś z tej rodziny musiał zginąć, to lepiej, że ofiarą był Amadeo, a nie dziecko. Isabella z pewnością nie zdobyłaby się na dokonanie takiego wyboru, dla Bernarda jednak sprawa była jasna. Wiedział, że Amadeo zgodziłby się z nim. Bez namysłu poświęciłby swoje życie, by uratować jedynego syna.

— Jest w swoim pokoju z nianią. Chcesz go zobaczyć? — Isabella martwym wzrokiem patrzyła na niego znad filiżanki.

— Może później. Chciałbym z tobą porozmawiać.

— O czym?

Rozmowa z nią nie była łatwa, w dodatku nie zgodziła się, by lekarz dał jej jakieś środki uspokajające. Bernardo słusznie podejrzewał, że w gruncie rzeczy nie spała od prawie tygodnia.

— Uważam, że powinnaś gdzieś wyjechać.

— Bez sensu. — Gwałtownym ruchem odstawiła filiżankę, nie odrywając od niego wzroku. — Czuję się dobrze.

— I dobrze wyglądasz.

Isabella z wysiłkiem się uśmiechnęła. Po raz pierwszy od tygodnia pojawiło się między nimi zwykłe napięcie, poprawiając Bernardowi nastrój.

— Niech ci będzie: jestem zmęczona, ale to minie.

— Nie, jeżeli tu zostaniesz.

— Mylisz się. Ja muszę tu być. — Blisko jego rzeczy, dodała w myśli, jego domu... blisko niego...

— A może byś się wybrała do Stanów?

— Lepiej pilnuj swoich interesów. — Isabella z westchnieniem wyprostowała ramiona. — Nigdzie nie pojadę, Bernardo. Nie nalegaj.

— Słyszałaś, co mówiła policja. Będą cię nękać wariaci, prasa też nie da ci spokoju. Czy tak chcesz żyć? Tego chcesz dla Alessandra? Nie możesz nawet posłać go do przedszkola.

— W końcu będzie mógł tam wrócić.

— W takim razie wyjedź na ten okres. Na miesiąc, dwa. Co cię tu trzyma?

— Wszystko. — Spojrzała mu w oczy z namysłem i wolnym ruchem zdjęła kapelusz z gęstą woalką. W jej wzroku była jakaś przerażająca determinacja.

— Co to znaczy?

— To znaczy, że w poniedziałek wracam do pracy. Niczego nie zamierzam zmieniać. Codziennie będę w firmie po kilka godzin, od dziewiątej do pierwszej albo do drugiej, w zależności od potrzeb.

— Żartujesz sobie?

— Ani mi to w głowie.

— Isabello, nie mówisz chyba poważnie? — Bernardo był do głębi wstrząśnięty.

— Ależ tak. Kto według ciebie zajmie się interesami teraz, kiedy... kiedy j e g o nie ma? — Przy ostatnich słowach głos jej się załamał.

— Sądziłem, że ja — odparł gniewnie, z nutą głębokiej urazy.

— Możesz to robić, naturalnie, ale ja nie mogę siedzieć tu bezczynnie. Nie mogę zrezygnować z tego, co było naszym wspólnym dziełem, co kochaliśmy oboje. Jestem mu to winna. Jemu i naszemu synowi. Kiedyś firmę przejmie Alessandro, dlatego ty i ja musimy nauczyć go wszystkiego. Jeśli teraz przestanę pracować, później nie potrafię wywiązać się z tego obowiązku i będę mu mogła tylko opowiadać, jak to było, „kiedy żył jego tatuś". Muszę dać mu coś więcej. Powinnam to zrobić ze względu na niego, Amadea i siebie samą. Wracam w poniedziałek.

— Nie twierdzę, że nie powinnaś pracować, uważam tylko, że to za wcześnie. — Bernardo starał się przemawiać łagodnie, lecz nie potrafił postępować z nią delikatnie jak Amadeo, był na to zbyt porywczy.

Isabella uparcie kręciła głową. W oczach znowu zalśniły jej łzy.

— Nieprawda, Bernardo, to wcale nie jest za wcześnie. To... to o wiele za późno — dokończyła szeptem. Bernardo przykrył jej dłoń swoją i czekał, aż Isabella się uspokoi. — Co ja tu będę robiła? Siedziała i rozmyślała? Przeglądała jego szafy? Przechadzała się po ogrodzie? Czekała w moim buduarze? Na kogo? Na mężczyznę... — z piersi wyrwał jej się szloch. Siedziała nieruchomo, z wysoko uniesioną głową. — ...Na mężczyznę... którego kochałam... i który już nigdy... nie wróci do domu. Muszę... muszę iść do pracy. Praca jest moim żywiołem, tak jak była j e g o żywiołem. Tam go odnajdę, codziennie będę odnajdywać na tysiące sposobów. Muszę wrócić do pracy i już! Nawet Alessandro to zrozumiał. Rozmawiałam z nim rano — powiedziała z dumą. Jej synek był takim wspaniałym chłopcem!

— Co oznacza, że doprowadzisz go do takiego samego szaleństwa, jakie ciebie ogarnęło. — W jego słowach nie było złośliwości, o czym Isabella dobrze wiedziała.

— Mogę doprowadzać go do szaleństwa, Bernardo. Chcę to robić i chcę, żeby był tak uroczy jak jego ojciec — oznajmiła wstając z fotela. Po raz pierwszy od tamtego tragicznego dnia Bernardo zobaczył na jej twarzy prawdziwy uśmiech, w oczach zaś błysk będący jednak zaledwie cieniem tego, który w przeszłości tak często w nich gościł. — Chcę teraz zostać sama.

— Kiedy się zobaczymy? — Nie spuszczając z niej wzroku, wolno podniósł się z miejsca. Nie wątpił, że prawdziwa Isabella, teraz uśpiona, kiedyś znowu powróci do życia. Zbyt wiele miała w sobie energii, by to nie nastąpiło.

— W poniedziałek. W moim gabinecie.

Popatrzył na nią bez słowa i wyszedł. Miał wiele spraw do przemyślenia.


ROZDZIAŁ PIĄTY


Isabella di San Gregorio rzeczywiście pojawiła się w pracy w poniedziałek rano. Od tego dnia przychodziła codziennie o dziewiątej, wychodziła o drugiej, wzbudzając przestrach, podziw, uwielbienie i szacunek. Była dokładnie taka, jak ją sobie zawsze wyobrażał Amadeo. Stworzona z ognia i stali, odznaczała się i sercem, i wielką siłą. Wzięła na siebie podwójny ciężar, wykonując jego obowiązki równie dobrze jak swoje. Do późnej nocy, długo po tym, jak ucałowała synka na dobranoc, siedziała w swoim pokoju, zatopiona w stosach dokumentów. Nic poza pracą i dzieckiem jej teraz nie interesowało. Żyła w napięciu, wiecznym zmęczeniu i stresie, co coraz wyraźniej odbijało się na jej wyglądzie, lecz co do joty realizowała swoje zamierzenia. Posyłała nawet Alessandra do przedszkola, wprawdzie pod opieką ochroniarza, ale robiła to, postanowiwszy żyć normalnie. Własnym przykładem uczyła go, by dumnie i odważnie stawiał czoło życiu, zamiast reagować na przeciwności strachem czy złością, starała się wpoić mu cierpliwość, nie zapominała także o śmiechu, choć bywało, że razem płakali. Wraz z odejściem Amadea oboje utracili najdroższą im istotę, lecz to zbliżyło ich do siebie, sprawiło, że stali się przyjaciółmi.

Najbardziej w tej nowej sytuacji ucierpiał Bernardo, na niego bowiem spadł cały ciężar smutków, niepokojów, zmęczenia Isabelli. Jego pozycja w firmie nie zyskała wcale na ważności, wręcz przeciwnie, zdawało mu się, że ma coraz mniej do powiedzenia. Pracował ciężej, mimo to Isabella dokładała wysiłków, aby być sercem, duszą i krwiobiegiem Domu Mody ,,San Gregorio", jemu pozostawiając najmniej satysfakcjonującą, a zarazem najtrudniejszą część codziennej harówki, nic dziwnego więc, że rosły w nim poczucie goryczy i gniew. A to nie pozostawało bez wpływu na ich wzajemne stosunki, które obecnie były tak napięte jak nigdy przedtem. Znajdowali się w stanie nieustannej wojny, po śmierci Amadea zaś nie było nikogo, kto by ich spory łagodził. Isabella przejęła całkowitą kontrolę nad firmą i nie traktowała Bernarda jak równego sobie — ona wydawała polecenia, on miał je wykonywać. Jedynym plusem było to, że interesy szły dobrze. Po miesiącu obroty pozostały bez zmian, po dwóch okazały się wyższe niż rok wcześniej.

Zgodnie z przewidywaniami policji do ataku przystąpili szaleńcy. Telefony w domu i w pracy urywały się przez całą dobę, a ze słuchawek płynęły groźby, wyznania, wyrazy współczucia i oskarżenia, wulgarne słowa i niedwuznaczne propozycje. Odbieraniem ich zajmowali się pracujący na zmiany wywiadowcy, po trzech w biurze i w domu, Isabella natomiast w ogóle przestała zbliżać się do aparatu. Jednakże nie pojawił się żaden nowy ślad, żadna poszlaka pozwalająca zidentyfikować porywaczy, należało więc pogodzić się z tym, że policja nigdy ich nie złapie. Isabella to rozumiała, nie miała zresztą innego wyjścia. Wiedziała także, że w końcu wszyscy ci maniacy, szaleńcy, obłąkańcy dadzą jej spokój. Poczeka na ten dzień, tyle jeszcze wytrzyma Bernardo wszakże uważał inaczej.

— Zwariowałaś. Nie możesz tak dłużej żyć. Schudłaś już dziesięć kilo, została z ciebie skóra i kości. — Naturalnie tak nie myślał, dla niego Isabella zawsze była piękna, choć teraz rzeczywiście wyglądała na chorą.

— To nie ma nic wspólnego z telefonami, a raczej z tym, czy regularnie jadam. — Próbowała się do niego uśmiechnąć. Wałkowali ten temat przez całe przedpołudnie i nie miała sił dalej się z nim kłócić.

— Narażasz Alessandra.

— Na litość boską, Bernardo, to nieprawda! — spojrzała na niego z furią. — W domu mamy siedmiu ochroniarzy, w samochodzie z Enzem ósmego, w przedszkolu dziewiątego. Nie bądź głupi.

— Poczekaj, poczekaj, ty idiotko! Pamiętasz, co wam mówiłem na temat waszego stylu życia? Nie miałem racji?

Cios był okrutny.

— Wynoś się z mojego biura! — krzyknęła Isabella. — Nie chcę cię więcej widzieć!

— Doskonale

Drzwi zatrzasnęły się z hukiem. Isabella była zbyt oszołomiona, by pobiec za nim i go przeprosić. Miała już serdecznie dość tych ciągłych sprzeczek. Próbowała sobie przypomnieć, czy zawsze tak było. Przecież przedtem często razem się śmiali i lubili ze sobą przebywać. A może te dobre chwile były wyłączną zasługą Amadea, który rozładowywał atmosferę, kiedy za daleko się posuwali? Sama już nie wiedziała, nie potrafiła się skupić na niczym poza stosem papierów leżących na biurku. Wspomnienia powracały dopiero nocą, aż nazbyt wyraźne i bolesne: ciche posapywanie śpiącego Amadea i jego dłonie na jej udach, sposób, w jaki ziewał i przeciągał się po obudzeniu, wyraz jego oczu, kiedy patrzył na nią znad porannej gazety, zapach, z jakim wracał z łazienki ogolony i wykąpany, wybuchy śmiechu, kiedy gonił się z Alessandrem po korytarzu... Zabierała do domu pracę, by odpędzić od siebie przeszłość, mając nadzieję, że zatraci się w zamówieniach materiałów, detalach kolekcji, statystyce, bilansach i inwestycjach. Bała się tych samotnych, ciągnących się w nieskończoność godzin, które czekały na nią, gdy Alessandro szedł spać.

Zacisnęła powieki i głośno westchnęła, usiłując zmusić się do pracy, kiedy nagle rozległo się ciche pukanie do drzwi. Mimowolnie aż podskoczyła na krześle. Pukanie dochodziło z gabinetu Amadea, zawsze tych drzwi używał. Zadrżała. Wciąż nie odstępowało jej przemożne wrażenie, że on wróci, że to był tylko straszny sen, okropne kłamstwo, że któregoś wieczoru ferrari zajedzie przed dom, drzwi otworzą się z hukiem i Amadeo zawoła: „Isabellezza! Już jestem!"

— Proszę — powiedziała, gdy pukanie się powtórzyło.

— Mogę wejść? — zza drzwi dobiegł pełen napięcia głos Bernarda.

— Naturalnie. Co ty tam robisz?

Był w gabinecie Amadea, a ona nie chciała, by tam wchodził. Nie chciała, by ktokolwiek tam wchodził. Dla niej gabinet stanowił kryjówkę, w której w czasie lunchu czy przed wyjściem do domu na chwilę chowała się przed całym światem. Jednakże zdawała sobie sprawę, że nie może trzymać Bernarda z dala od tego pomieszczenia. Miał prawo korzystać z dokumentów i książek Amadea, które stały na regale za biurkiem.

— Szukałem pewnych akt. A o co chodzi?

— O nic.

Wyraz bólu w jej oczach był aż nadto wyraźny. Bernarda ogarnęło współczucie. Trudno było z nią wytrzymać, ich wyobrażenia o prowadzeniu firmy bardzo od siebie odbiegały, ale przecież doskonale rozumiał, jak wielką stratę poniosła.

— Czy przeszkadza ci, że tam wchodzę? — zapytał tonem innym niż przed chwilą, kiedy krzyczał i trzaskał drzwiami.

Pokiwała głową, na chwilę uciekając przed jego spojrzeniem.

— To głupie, prawda? Wiem, że tak samo jak mnie potrzebne ci są czasem jakieś rzeczy z jego gabinetu.

— Nie możesz zamienić go w kapliczkę, Isabello. — Z łagodną nutą w jego głosie kontrastowało stanowcze spojrzenie. Zdawał sobie sprawę, że tak właśnie, jak kapliczkę, Isabella traktuje całą firmę, i zastanawiał się, jak długo może to jeszcze potrwać.

— Wiem.

Bernardo stał w progu, nie do końca pewien, czy to odpowiednia pora. Lecz czy kiedyś będzie odpowiednia pora, by mógł jej powiedzieć, co myśli?

— Możemy porozmawiać czy jesteś bardzo zajęta?

— Mam chwilę czasu — odparła mało zachęcająco, z wysiłkiem nadając głosowi łagodne brzmienie. Może chciał ją przeprosić za ten niedawny incydent? — Czy to coś ważnego?

— Tak mi się wydaje. — Z cichym westchnieniem usiadł na krześle. — Dotąd nie chciałem cię tym martwić, ale dłużej chyba nie mogę już zwlekać.

— Chryste. O co chodzi? — wystraszyła się. Ktoś zrezygnował, zerwał umowę, jakieś dostawy zostały wstrzymane? — Znowu to przeklęte mydło? — Miała już tego tematu powyżej uszu, poza tym przy każdej dyskusji przed oczyma stawał jej tamten dzień, gdy Amadeo... tamten ostatni poranek...

Odwróciła wzrok.

— Nie rób takiej miny. To nic przykrego — uśmiechnął się, by ją przekonać. — W gruncie rzeczy to może być nawet przyjemne.

— Nie jestem pewna, czy zdołam znieść szok „czegoś przyjemnego". — Wyprostowała się na krześle, zmagając się z wyczerpaniem, z bólem w krzyżu. Nerwy, napięcie, ból pojawiły się, kiedy... — Dobrze, niech mam to za sobą. Mów, o co chodzi.

— A więc, szanowna pani... — Nagle pożałował, że nie zaprosił jej na lunch. Może dobrze by jej zrobiła godzinka w lokalu, butelka dobrego wina. Tylko czy ktoś jest w stanie zmusić ją, by dokądkolwiek teraz wyszła? W dodatku opuszczenie budynku oznacza, że w ślad za nimi ruszy armia ochroniarzy. Nie, już lepiej zostać tutaj. — Mieliśmy telefon ze Stanów.

— Ktoś zamówił dziesięć tysięcy sztuk odzieży, ubieramy pierwszą damę Ameryki i wygrałam międzynarodowy konkurs, tak?

— No cóż... — Oboje się uśmiechnęli. Dzięki Bogu, była łagodniej usposobiona niż rano. Bernardo nie potrafiłby jednoznacznie stwierdzić, jakie przyczyny się na to złożyły. Może to, że tak bardzo był jej potrzebny, a może miała już dość tych wiecznych kłótni? — Telefon niezupełnie dotyczył tych spraw. Dzwonili z firmy Farnham-Barnes.

— Wszystkożerny potwór handlu towarami różnymi? Do diabła, czego chcą teraz? — Przez ostatnie dziesięć lat FB, jak tę firmę nazywano, wchłaniał każdy znany sklep w Stanach i teraz był potęgą, z którą należało się liczyć, oraz dysponował kontem stanowiącym przedmiot zazdrości wszystkich konkurentów. — Nie są zadowoleni z ostatniego zamówienia? Nie, już wiem, o co chodzi. Chcą więcej. Powiedz im, że to niemożliwe. Sam zresztą dobrze o tym wiesz. — Ze względu na wielkość ich sieci Isabella pilnowała, by sprawy nie wymknęły jej się z rąk, i przeznaczyła dla FB stałą liczbę odzieży gotowej wraz z niewielką nadwyżką strojów pochodzących z kolekcji. Nie zależało jej, by wszystkie kobiety w Bostonie, Des Moines czy Miami nosiły takie same suknie, dlatego nawet ubrania seryjne sprzedawała ostrożnie i z ołówkiem w ręku. — Mam rację? — patrzyła nań płonącym wzrokiem, gotowa wybuchnąć.

— Niezupełnie — powiedział czując, że sztywnieje mu górna warga. — Chodzi o coś innego. International Holdings and Industries, spółka-matka holdingu, w którego skład wchodzą także Farrington Mills, Inter Am Airlines i Harcourt Foods, od czasu, kiedy Amadeo... przez dwa ostatnie miesiące prowadzi na nasz temat dyskretny wywiad.

— Czego on dotyczy? — Oczy Isabelli zamieniły się w zimne ostre sztylety.

— Chcą wiedzieć, czy interesuje nas sprzedaż firmy — rzekł Bernardo świadom, że nie ma sensu owijać w bawełnę.

— Oszaleli?

— Wcale nie. Byłoby to świetne uzupełnienie tego, co już zrobili z FB. W Stanach należą do nich wszystkie większe sklepy warte posiadania, ale każdy zachował swój charakter. To sieć nie będąca siecią. Każdy sklep pozostał taki jak przedtem, a równocześnie korzysta z tego, że należy do wielkiej organizacji, która dysponuje większymi funduszami, większymi kapitałami. Z ekonomicznego punktu widzenia to system niemal idealny.

— Możesz im przekazać moje gratulacje i powiedzieć, żeby się odpieprzyli. Co oni sobie myślą? Że nasz dom mody to jakiś włoski sklepik, który mogą włączyć do swojej sieci? Nie gadaj głupstw, Bernardo. My nie mamy z nimi nic wspólnego.

— Wręcz przeciwnie, możemy mieć bardzo wiele. Przystając na ich propozycję, zyskalibyśmy dostęp do najlepszych surowców i maszyn, a nasze produkty reklamowano by na całym świecie. Firma bardzo by na tym skorzystała.

— Chyba postradałeś zmysły — zaśmiała się nerwowo. — Sugerujesz, że powinnam sprzedać firmę? Do tego zmierzasz?

Po chwili wahania skinął głową, obawiając się najgorszego. I nie pomylił się.

— Oszalałeś? — krzyknęła Isabella zrywając się z miejsca. — Więc o to ci chodziło, kiedyś mi rano wygadywał te bzdury? „Wyglądasz na zmęczoną, Isabello, schudłaś, Isabello!"... Co jest grane, Bernardo? Zaproponowali ci rekompensatę, jeśli mnie przekonasz? Chciwość! Wszystkimi powoduje wyłącznie chciwość! Jak tymi... tymi... — słowa uwięzły jej w krtani, gdy pomyślała o porywaczach męża. Szybko się odwróciła, by ukryć łzy. — Nie zamierzam o tym rozmawiać.

Stała przy oknie, tyłem do Bernarda, podświadomie szukając przed budynkiem samochodu Amadea, choć przecież doskonale wiedziała, że ferrari dawno już zostało sprzedane.

— Nikt mi nic nie obiecał — rzekł nadspodziewanie łagodnie Bernardo. — Pobieram wynagrodzenie wyłącznie u ciebie, Isabello. Wiem, że dla ciebie jeszcze za wcześnie, żeby o tym myśleć, ale propozycja warta jest zastanowienia. Moim zdaniem taki krok musimy zrobić, jeśli chcemy, żeby interesy szły dobrze.

— Co to ma znaczyć? — Odwróciła się na pięcie i Bernardo z bólem zobaczył, że w jej oczach wciąż lśnią łzy. — Czy według ciebie Amadeo tak by postąpił? Sprzedałby firmę jakiemuś komercyjnemu potworowi z Ameryki, korporacji, jakiemuś IHI, FB czy diabli wiedzą komu? To jest Dom Mody „San Gregorio", Bernardo. Rodu San Gregorio. Dynastii.

— To królestwo z pustym tronem. Jak długo jeszcze wystarczy ci sił? Wykończysz się, zanim Alessandro osiągnie pełnoletność. Co więcej, narażasz siebie i jego na to samo, co spotkało Amadea. Wiesz, co się teraz dzieje we Włoszech. A jeżeli tobie coś się stanie? Jak długo chcesz tak żyć? Przecież bez obstawy nie możesz się ruszyć na krok!

— Na razie, dopóki to jest konieczne, bo w końcu całe zamieszanie ucichnie. A twoim zdaniem sprzedaż to właściwe wyjście? Jak możesz tak mówić po tym wszystkim, cośmy razem zbudowali, po tylu poświęceniach... — Nie mogła powstrzymać łez.

— To nie jest zdrada z mojej strony, Isabello. — Z wysiłkiem próbował nad sobą zapanować. — Chcę ci pomóc. Sprzedaż to jedyne rozwiązanie. W grę wchodziłaby naprawdę przyzwoita cena. Pomyśl, Alessandro zostałby niezwykle bogatym człowiekiem — dodał, aczkolwiek zdawał sobie sprawę, że tym argumentem jej nie przekona.

— Alessandro będzie tym, kim był jego ojciec: głową Domu Mody „San Gregorio" w Rzymie.

— Jeśli tego dożyje — rzekł Bernardo spokojnie, choć z nutą gniewu.

— Przestań! Natychmiast przestań! — Ręce jej drżały, a twarz ściągnęła się w okropnym grymasie. — I więcej o tym nie mów! Nic takiego więcej się nie zdarzy. Nie sprzedam firmy. Powtórz to tym ludziom. Nie sprzedam! To ostateczna odpowiedź. Nie chcę słyszeć o tej ofercie i nie życzę sobie, żebyś z nimi o tym dyskutował! W ogóle zabraniam ci z nimi rozmawiać!

„Chryste, te kobiety!" — przemknęło Bernardowi przez głowę, głośno zaś wykrzyknął:

— Nie bądź niemądra! Prowadzimy z nimi interesy. I wbrew twoim idiotycznym restrykcjom IHI jest wciąż naszym największym klientem.

— Zerwij z nimi umowę.

— Nie zrobię tego.

— Guzik mnie obchodzi, co zrobisz. Zostaw mnie w spokoju.

Tym razem to Isabella trzasnęła drzwiami, szukając schronienia w gabinecie Amadea, Bernardo zaś po chwili poszedł do siebie.

Isabella postępowała bardzo nierozsądnie. Wiedział, że nigdy się nie zgodzi na sprzedaż, choć lepszej oferty już nie dostanie. Coś się z nią działo. Dawniej firma dodawała radości jej życiu, stanowiła cel, wzbogacała ją i czyniła silniejszą, teraz Bernardo widział, jak ją niszczy. Każdy dzień w tym budynku sprawiał, że stawała się bardziej samotna i rozgoryczona, wieczna obecność ochroniarzy wzmagała tylko w niej strach, mimo że głośno temu przeczyła, a powracające nieustannie wspomnienia o mężu rozrywały jej serce na coraz drobniejsze strzępy. Wbrew temu jednak Isabella di San Gregorio mocno trzymała lejce w dłoniach.

Następnego dnia rano Bernardo powiadomił prezesa IHI o odmowie Isabelli. Rozmyślania o propozycji, którą tak łatwo odrzuciła, przerwał mu dzwonek interkomu.

— Tak?

— Ktoś chce się z panem widzieć.

— O co chodzi?

— O rower. Dostawca twierdzi, że kazał mu pan przynieść go do biura.

Bernardo uśmiechnął się do siebie. Po tak ciężkim przedpołudniu rower był jedyną sprawą, z którą mógł sobie jakoś poradzić.

— Już idę.

Rowerek był błękitny, miał biało-niebieskie siodełko, dzwonek, szybkościomierz i małą tablicę rejestracyjną z nazwiskiem Alessandra, a z kierownicy zwisały czerwone, białe i niebieskie wstążki. Bernardo nie wątpił, że dziecko, które od lata marzyło o ,,prawdziwym rowerze'', wpadnie na jego widok w zachwyt. Zamówił go Amadeo, by razem ze srebrnym kombinezonem kosmonauty i tuzinem gier podarować synkowi na gwiazdkę. Bernardo rzucił okiem na kalendarz i stwierdził, że do świąt, które w tym roku zapowiadały się na mało wesołe, zostały tylko dwa tygodnie.

## ROZDZIAŁ SZÓSTY

— Mamusiu, mamusiu, patrz, to Bernardo! — Alessandro przyciskał nos do okna salonu, w którego centrum królowała błyszcząca od ozdób choinka.

Isabella objęła synka i z uśmiechem spojrzała na podjazd. Kilka dni temu ogłosili z Bernardem zawieszenie broni, tego roku bowiem rozpaczliwie wręcz go potrzebowała. Ona i Amadeo w ciągu ostatnich dziesięciu lat stracili rodziców, oboje byli jedynakami, tak więc rodzina, jaką mogli zaoferować swojemu dziecku, składała się z nich dwojga i ich najlepszego przyjaciela. Bernardo jak zawsze nie zawiódł pokładanych w nim nadziei.

— Mamusiu, patrz! Ma jakieś paczki!

Bernardo z przejęciem odgrywał pantomimę, uginając się pod ciężarem wielkiego płóciennego worka z prezentami. Ubrany był w nieodłączny ciemny garnitur, do którego włożył czerwoną czapę Świętego Mikołaja.

Isabella także się śmiała, gdy ochroniarz otworzył drzwi i wpuścił przybysza.

— Witaj, Bernardo, jak się miewasz?

Bernardo cmoknął ją w policzek, po czym całą uwagę skierował na chłopca. Mieli za sobą kilka trudnych tygodni w firmie. Sprawa IHI została definitywnie zamknięta — Isabella wystosowała zwięzły, nie pozostawiający żadnych niedomówień list, co Bernarda szalenie rozdrażniło. Pojawiło się kilka nowych problemów, które w końcu udało się rozwiązać, i oboje byli bardzo zmęczeni, jednakże wraz ze zbliżającymi się świętami dołożyli starań, by na chwilę zapomnieć o dzielących ich nieporozumieniach.

Isabella podała mu kieliszek brandy i wszyscy troje usiedli koło kominka.

— Kiedy będę mógł je otworzyć? Teraz? Mogę już teraz? — Alessandro, w czerwonej piżamce przywodzący na myśl elfa, nie potrafił usiedzieć na miejscu. Maria Teresa dyskretnie go doglądała, co chwila odrywając się od przyjęcia w kuchni, na którym cała służba popijała wino i oglądała prezenty wręczone im przez Isabellę poprzedniego wieczoru. Tylko ochroniarze nie brali udziału w świętowaniu. Traktowano ich, jakby byli niewidzialni, od tego bowiem, czy bez przerwy trwali na swoich posterunkach przy każdym wejściu do domu, zależało bezpieczeństwo jego mieszkańców. W gabinecie Amadea pełnili służbę wywiadowcy odbierający telefony od maniaków, których liczba nie wiedzieć czemu w czasie świąt uległa podwojeniu. Jakby rodzina di San Gregorio i tak nie przeszła już wiele. Bernardo zdawał sobie sprawę, że cała ta sytuacja zaczyna odbijać się na Isabelli. Wiedziała o każdym telefonie, wyczuwała go siódmym zmysłem. Nie ufała nikomu. Wyzbywała się powoli łagodności i życzliwości dla innych, tak niegdyś dla niej charakterystycznych.

— No kiedy będę mógł otworzyć te prezenty? — Alessandro ciągnął za rękaw Bernarda, który udawał, że nie słyszy błagania w jego głosie.

— Jakie prezenty? W tym worku jest moje pranie.

— Nie, nieprawda! Mamusiu... proszę...

— Wątpię, żeby wytrzymał do północy, a co dopiero do jutra rana! — Isabella czule patrzyła na synka. — A może najpierw dałbyś prezent Marii Teresie?

— Mamo!

— No, idź do niej — wepchnęła mu w ręce wielką paczkę.

Chcąc nie chcąc, chłopczyk poszedł do niani, by wręczyć jej ładny różowy szlafrok, najlepszy z amerykańskiej serii Isabelli, która już wcześniej dała jej torebkę i elegancki złoty zegarek. W tym roku szczególnie pragnęła obdarować każdego, kto okazał jej i dziecku przywiązanie. Przestała podejrzewać służących, uwierzyła, że porywaczami byli obcy. Enzo dostał nowy ciepły płaszcz z czarnego kaszmiru, żeby wkładał go zimą na uniform, kiedy wozi ją po mieście, oraz doskonałe radio do samochodu. Łapał na nim nawet Paryż i Londyn, jak z dumą jej oznajmił. Żaden z członków służby ani pracowników firmy nie został pominięty, ale najwspanialszy, najbardziej wyjątkowy prezent przeznaczony był dla Alessandra. Jeszcze go nie widział, choć Enzo podarunek już zmontował i przygotował.

— Powiedziała, że jest śliczny, że będzie go nosiła do końca życia i nigdy o mnie nie zapomni — oznajmił Alessandro wróciwszy do salonu, bardzo zadowolony z wrażenia, jakie na niani zrobił różowy szlafrok. — Teraz kolej na moje prezenty.

Isabella i Bernardo roześmiali się i spojrzeli w szeroko otwarte pełne światła oczy chłopca. Przez chwilę zdawało się, że wszystko jest jak dawniej, że nic strasznego się im nie przydarzyło, a ból ostatnich miesięcy gdzieś zniknął.

— Dobrze, signor Alessandro, może się pan tym zająć! — Bernardo zamaszystym ruchem wskazał przyniesiony tobół.

Chłopczyk z okrzykiem radości rzucił się do płóciennego worka. W powietrzu zaczęły fruwać strzępy papieru i wstążki, a zaraz potem na środku pokoju stanął kosmonauta w srebrzystym kombinezonie, spod którego wystawały czubki czerwonych papuci. Śmiejąc się wesoło, Alessandro jednym ślizgiem po wypolerowanej posadzce znalazł się przy Bernardzie i mocno go pocałował, po czym równie szybko wrócił do worka. Gry, kredki, ogromny pluszowy niedźwiadek, a w końcu rower ujrzały światło dzienne.

— Och!... jaki piękny... Czy to rolls-royce?

Isabella i Bernardo z rozbawieniem patrzyli, jak chłopczyk wsiada na rowerek.

— Naturalnie. Czy dałbym ci coś gorszego od rollsa?

Alessandro jeździł jak szalony po salonie. Najpierw potrącił stolik w stylu Ludwika XV, potem wpadł na ścianę. Oboje dorośli zaśmiewali się do łez, aż w progu stanął Enzo, patrząc pytająco na Isabellę, która w odpowiedzi skinęła głową i szepnęła coś Bernardowi do ucha.

— Coś mi się wydaje, że mnie przebiłaś — rzekł Bernardo, unosząc brwi do góry.

— Mylisz się. Jutro na śniadanie przyjedzie na rowerze, zobaczysz. Wiesz, chodziło mi o to... chciałam mu jakoś osłodzić to ciągłe zamknięcie w domu. Nie może... nie może przecież chodzić na plac zabaw.

Bernardo bez słowa odstawił kieliszek z brandy i wstał z krzesła. Z oczu Isabelli, kiedy zwróciła się do syna, zniknął wyraz smutku.

— Poszukaj Marii Teresy i powiedz, żeby włożyła ci kurtkę.

— Wychodzimy? — zapytał chłopczyk z ciekawością.

— Tylko na chwilę.

— A nie mogę zostać w tym? — popatrzył na swój kombinezon kosmonauty. Bernardo delikatnie klepnął go po plecach.

— Idź już. Kurtkę możesz włożyć na kombinezon.

— Okay — powiedział malec z wyraźnym rzymskim akcentem i w mgnieniu oka zniknął za drzwiami.

— Może trzeba będzie przestawić lustra w holu — zauważył Bernardo.

— Że nie wspomnę o przestawieniu stołu w jadalni, wszystkich szaf stąd do jego pokoju i prawdopodobnie szklanych drzwi... — Isabella przerwała, gdyż z drugiego końca długiego holu dobiegł ich dzwonek roweru. — Ten prezent to strzał w dziesiątkę — stwierdziła wiedząc, że Bernardo po prostu zrealizował plany Amadea. Przez chwilę oboje milczeli, w końcu Isabella spojrzała na Bernarda badawczo i cicho westchnęła. — Bardzo się cieszę, że możesz te święta spędzić z Alessandrem... i ze mną.

Ogień w kominku z trzaskiem strzelił wysokim płomieniem.

— Nigdzie indziej nie chciałbym ich spędzić — odparł, delikatnie dotykając jej dłoni. — Chociaż przez ciebie mam wrzody — nie omieszkał dodać. Jednakże sprawy zawodowe to była inna sprawa. Niespodziewanie w ich wzajemnym stosunku nastąpiła jakaś zmiana.

— Przepraszam, tyle mam teraz na głowie. Ale ciągle wierzę, że zrozumiesz. — Uniosła ku niemu swą piękną, teraz pobladłą twarz.

— Rozumiem. Wiesz, że bym ci pomógł, gdybyś mi tylko pozwoliła.

— Tak, tylko że ja muszę się wszystkim zajmować sama. To silniejsze ode mnie. Nie umiem tego wyjaśnić. Rzecz w tym, że poza Alessandrem pozostała mi tylko firma.

— Któregoś dnia będziesz miała coś więcej.

Któregoś dnia... Isabella potrząsnęła przecząco głową.

— Nigdy. Już nie spotkam nikogo takiego jak Amadeo. Był wyjątkowy.

Jej oczy zalśniły od łez. Uwolniła dłoń z uścisku Bernarda i w milczeniu zapatrzyła się w kominek. Bernardo odwrócił się, popijając brandy. Tymczasem z korytarza dobiegł dzwonek roweru i w progu pojawił się Alessandro, a tuż za nim Maria Teresa.

— Gotowi? — Oczy Isabelli może trochę za bardzo błyszczały, lecz gdy się odwróciła do syna, nic w jej twarzy nie zdradzało, jak bardzo cierpi.

— Tak. — Spod ogromnego plastykowego kaptura kombinezonu wyglądała łobuzerska twarzyczka.

— W takim razie idziemy.

Ochroniarz dyskretnie usunął się na bok, kiedy Isabella poprowadziła całą grupkę ku drzwiom wiodącym na taras. Alessandro widząc, że ogród aż płonie od różnokolorowych świateł, wstrzymał oddech.

— Mamusiu... och, mamusiu!

W ogrodzie stała śliczna mała karuzela, w sam raz dla pięciolatka. Kosztowała fortunę, lecz Isabella nie żałowała wydatku patrząc na rozpromienioną twarzyczkę synka, który nie potrafił oderwać roziskrzonego wzroku od czterech koni tańczących wesoło pod rzeźbioną drewnianą kopułą w biało-czerwone pasy. Bernardo pomyślał, że nigdy jeszcze nie widział tak szeroko otwartych dziecięcych oczu. Enzo pomógł chłopcu wsiąść na niebieskiego konia, który do złotej uzdy wykończonej srebrnymi dzwoneczkami miał przywiązane zielone wstążki, po czym przekręcił włącznik i karuzela zaczęła się kręcić. Radosnym piskom Alessandra zawtórowała wesoła muzyka, w oknach pojawiły się twarze zwabionej tymi odgłosami służby.

— Wesołych świąt! — zawołała do synka Isabella, po czym wskoczyła na grzbiet następnego konia, żółtego z siodełkiem ze złotą obwódką. Oboje głośno się śmiali, podczas gdy karuzela wolno się obracała. Bernardo patrząc na nich czuł, jak serce rwie mu się na kawałki, Maria Teresa odwróciła się, by otrzeć płynącą po policzku łzę, Enzo i ochroniarz wymienili uśmiechy.

Alessandro szalał na karuzeli przez pół godziny, aż w końcu Isabella kazała mu wracać do domu.

— Rano karuzela dalej tu będzie.

— Ale ja chcę teraz pojeździć.

— Jak zostaniesz tu na noc, Święty Mikołaj do ciebie nie przyjdzie.

Święty Mikołaj? Bernardo uśmiechnął się do siebie. Czego jeszcze brakowało temu dziecku? I nagle twarz mu spoważniała. Ojca. Alessandro nie miał ojca. Pomógł chłopcu zejść z karuzeli i mocno trzymał go za rękę, kiedy wracali do salonu. Isabella i Bernardo zajęli swoje miejsca przy kominku, chłopczyk zaś pobiegł do kuchni.

— Prześliczna jest ta karuzela, Isabello — powiedział Bernardo, w uszach wciąż mając dźwięki muzyki. Na twarzy Isabelli gościł uśmiech, jakiego nie widział od miesięcy.

— Jak byłam dzieckiem, chciałam mieć własną karuzelę. Jest wspaniała, prawda? — Na chwilę jej oczy pojaśniały, a Bernarda ogarnęła ochota, by powiedzieć: „Ty też". Isabella była niezwykłą kobietą. Kochał ją i nienawidził, ale z nikim nie łączyła go tak bliska przyjaźń.

— Jak myślisz, czy pozwoli nam pojeździć, jeśli będziemy bardzo, bardzo grzeczni? — zapytała ze śmiechem, nalewając sobie czerwonego wina. A potem, nagle o czymś sobie przypomniawszy, zerwała się na równe nogi i pobiegła ku choince.

— Omal nie zapomniałam. — Podniosła z ziemi dwa małe pudełka owinięte w złoty papier i wróciła do kominka. — To dla ciebie.

— Jeśli to nie karuzela, to tego nie chcę. — Znowu się roześmiali, lecz Bernardo szybko spoważniał, gdy stwierdził, co zawiera pierwsza paczuszka: miniaturowy wieloczynnościowy kalkulator w srebrnym etui, które przypominało elegancką papierośnicę i doskonale się mieściło w kieszonce marynarki.

— Zamówiłam go w Stanach. Nie mam pojęcia, jak go obsługiwać, ale ty sobie z nim poradzisz.

— Isabello, chyba zwariowałaś!

— Nie bądź niemądry. Powinnam ci podarować termofor ze względu na wrzody, ale doszłam do wniosku, że z tego się bardziej ucieszysz.

Pocałowała go w policzek i wręczyła mu drugą paczuszkę. Kiedy ją odpakowywał, odwróciła się do kominka. Bernardo także milczał. Bo i cóż mógł powiedzieć? Otrzymał kieszon-kowy zegarek, który Amadeo odziedziczył po ojcu i traktował jak świętość, prawie nigdy go nie nosząc. Na kopercie zegarka wygrawerowano ozdobnymi literami inicjały trzech pokoleń San Gregoriów, a poniżej... poniżej Bernardo nagle dostrzegł swoje inicjały.

— Nie wiem, co powiedzieć.

— Nic, mój drogi. Nie musisz nic mówić.

— Powinien należeć do Alessandra.

— Nie, Bernardo — pokręciła głową Isabella. — Powinien należeć do ciebie.

Nieskończenie długą chwilę patrzyła mu w oczy. Chciała, by wiedział, że pomimo wszystkich nieporozumień i różnicy zdań w sprawach zawodowych jest i będzie dla niej kimś bardzo ważnym i bliskim. Teraz miała tylko jego i syna. Był jej przyjacielem, tak jak wcześniej był przyjacielem Amadea. Ten zegarek miał mu przypominać, że jest nie tylko dyrek-torem Domu Mody „San Gregorio", podwładnym, którego Isabella ofukuje kilka razy dziennie, ale też członkiem rodziny, częścią jej prywatnego życia. Bernardo to wszystko wyczytał z jej oczu. Sprawiał wrażenie, jakby się nad czymś zastanawiał, jakby usiłował przeciwstawić się przypływowi uczuć, nad którym jednak nie miał kontroli.

— Isabello... — odezwał się wreszcie tonem dziwnie oficjalnym. Isabella czekała, wiedząc, jak bardzo jej dar go poruszył. — Muszę... muszę ci coś powiedzieć. Już dawno chciałem to zrobić. Może to nie jest odpowiednia pora, sam nie wiem, ale na pewno powinienem być wobec ciebie szczery. To... bardzo dla mnie... ważne. — Słowa przychodziły mu z trudnością, w jego oczach malowało się cierpienie.

— Stało się coś? — spojrzała na niego z głębokim współ-czuciem. Wyglądał na bardzo nieszczęśliwego, a ona tak źle go ostatnio traktowała! Na Boga, w czym rzecz? — Bernardo, ty się boisz! Niepotrzebnie. Cokolwiek to jest, możesz mi powie-dzieć. Przecież przez wszystkie te lata byłeś zawsze taki otwarty! — Próbowała sprawić, aby się uśmiechnął, lecz bez powodzenia.

Bernardo zaś, po raz pierwszy od początku znajomości z Isabellą, pomyślał, że brak jej wrażliwości. Dobry Boże, jak mogła się nie domyślić?... Lecz to nie była kwestia wrażliwości — ona po prostu niczego nie zauważyła. Zrozumiawszy to, pokiwał głową i odstawił kieliszek.

— Masz rację, boję się. Zawsze się bałem tego, co mam ci do powiedzenia, a teraz dodatkowo się boję, że i ciebie wystraszę. Nie chciałbym, żeby tak się stało. Naprawdę bym nie chciał...

— Bernardo... — Isabella wyciągnęła do niego swą śliczną białą dłoń. Ujął ją i mocno trzymał, nie spuszczając wzroku z jej twarzy.

— Powiem ci to po prostu, Bellezza. Tak będzie najlepiej. Kocham cię... Od wielu lat — dodał łagodnie.

Na dźwięk jego słów zerwała się z miejsca, jakby przeszedł ją prąd.

— Co takiego?

— Kocham cię. — Teraz wyglądał na mniej przestraszonego, bardziej przypominał Bernarda, którego znała.

— Och, Bernardo... przez wszystkie te lata?

— Przez wszystkie te lata — powtórzył z dumą. Czuł się o wiele lepiej teraz, kiedy miał to za sobą.

— Jak mogłeś?...

— Och, z tym problemu nie miałem. Często trudno z tobą wytrzymać, ale to jakoś nie przeszkadza miłości.

Nagle Isabella zaśmiała się, rozładowując napięcie.

— Ale dlaczego? — zapytała z namysłem, podchodząc do kominka.

— Dlaczego cię kocham czy dlaczego ci o tym nie mówiłem?

— I to, i to. I czemu akurat teraz musiałeś mi powiedzieć? Akurat teraz... — Jej głos zdradzał, że walczy ze łzami. Oparła się o kominek i zapatrzyła w ogień. Bernardo podszedł, stanął obok niej i łagodnie odwrócił ją twarzą do siebie, by widzieć jej oczy.

— Nie mówiłem ci wcześniej, bo kochałem was oboje. Wiesz sama, ile dla mnie znaczył Amadeo. Nigdy w życiu nie zrobiłbym niczego, co mogłoby któreś z was zranić. Stłumiłem swoje uczucie, zamieniłem na pasję, którą wkładałem w pracę i może też — uśmiechnął się smutno — w kłótnie z tobą. Ale teraz... wszystko się zmieniło. Nie ma już Amadea. Dzień po dniu patrzę, jak niszczysz siebie, biorąc za wiele na swoje barki. Dłużej nie mogę tego znieść. Jestem tu tylko dla ciebie, i to odkąd się poznaliśmy. Najwyższy czas, żebyś się o tym dowiedziała. Najwyższy czas, żebyś zwróciła na mnie uwagę, Isabello. Poza tym... — Długo się wahał, wreszcie jednak wyrzucił to z siebie: — Wydaje mi się, że teraz przyszła moja kolej. Że to odpowiednia pora, żeby ci powiedzieć, jak bardzo cię kocham, żeby wziąć cię w ramiona, zastąpić Alessandrowi ojca, a nie tylko być jego przyjacielem, jeśli oczywiście mi na to pozwolisz. Może oszalałem, mówiąc ci o tym, ale po prostu musiałem... Już zbyt długo cię kocham.

Tłumiona od lat namiętność nadała jego głosowi szorstkie, chrapliwe brzmienie. Isabella patrzyła na niego w milczeniu, a po jej twarzy spływały łzy i kapały na suknię. Bernardo wolno uniósł dłoń i otarł jej policzki. Po raz pierwszy w życiu dotknął ją w taki sposób i poczuł, jak jego ciało przenika pożądanie. Niemal nieświadomie przyciągnął ją i mocno pocałował. Nie opierała się, przez chwilę zdawało mu się nawet, że oddaje pocałunek. Była spragniona, samotna, smutna i przerażona, lecz to co teraz się z nią działo, okazało się za wielkim wstrząsem. Gwałtownie odepchnęła go od siebie. Obojgu brakowało tchu. Isabella szeroko otwartymi oczyma wpatrywała się w starego przyjaciela.

— Nie, Bernardo!... Nie! — Ten protest skierowany był zarówno przeciw jego słowom, jak i pocałunkowi.

— Przepraszam — wyszeptał Bernardo, bardziej niż ona przerażony. — Nie za to, co ci powiedziałem, ale za to, że tak szybko próbowałem... próbowałem... Dobry Boże, tak mi przykro! Popełniłem błąd, powinienem był poczekać.

Isabella popatrzyła na niego, ogarnięta wielkim współczuciem. Nie miała wątpliwości, że przez wszystkie te lata Bernardo bardzo cierpiał. A ona nie domyślała się niczego, podobnie jak Amadeo, o czym była przekonana. Lecz jak mogła być taka głupia i ślepa? Wyciągnęła do Bernarda obie dłonie.

— Nie musisz przepraszać, Bernardo, wszystko w porządku. — W jego oczach pojawił się błysk nadziei, prędko więc potrząsnęła głową. — Nie, źle mnie zrozumiałeś. Ja... sama nie wiem. Jest jeszcze za wcześnie. Ale ty nie popełniłeś błędu.

Jeśli tak właśnie czujesz, to dobrze, że mi powiedziałeś. Już dawno powinieneś był to zrobić.

— I cóż by to zmieniło? — zapytał z goryczą, nie potrafiąc ukryć zazdrości o zmarłego przyjaciela.

— Nie wiem. Ale przez cały ten czas musiałam ci się wydawać bezmyślna i okrutna. — Spojrzała na niego z czułością, a on odpowiedział uśmiechem.

— Nie, tylko ślepa. Ale może lepiej, że tak było. Gdybym ci powiedział, sprawy bardzo by się skomplikowały.

— Niekoniecznie.

— Istniała jednak taka możliwość. Chcesz, żebym odszedł z firmy, Isabello? — zapytał ze znużeniem w głosie. Ten wieczór wiele go kosztował.

— Oszalałeś? — Oczy zapłonęły jej z gniewu. — Niby dlaczego? Zamierzasz odejść, bo mnie pocałowałeś i wyznałeś mi miłość? Nie rób mi tego, Bernardo, jesteś mi bardzo potrzebny. Ale ja jeszcze nie wiem, co naprawdę czuję, i nie mogę nic ci obiecać. Dniem i nocą o nim myślę... nie do końca do mnie dotarło, że on nigdy nie wróci... Ciągle na niego czekam... Słyszę go, widzę i czuję jego zapach... Wciąż jestem w szoku. Słyszę, co do mnie mówisz, ale twoich słów nie rozumiem. Może któregoś dnia to się zmieni. Teraz wiem tylko, że w moim życiu nie ma miejsca dla nikogo poza Alessandrem. Ciebie zawsze kochałam jak brata i to uczucie mogę ci teraz zaofiarować. Jeśli to dla ciebie za mało i dlatego zdecydujesz się odejść z firmy, nie będę cię zatrzymywać, choć do końca życia tego nie zrozumiem. Nasze stosunki mogą przecież pozostać takie jak dawniej.

— Ale nie na zawsze, kochanie. Rozumiesz to?

Kiedy ich oczy się spotkały, Isabella nie potrafiła ukryć bólu.

— Co chcesz przez to powiedzieć?

— Tylko to, co usłyszałaś. Nie mogę wiecznie tak żyć. Musiałem wyznać ci moje uczucia, bo dłużej nie jestem w stanie ich ukrywać, zresztą nie ma powodu. Amadeo nie żyje, Isabello, czy chcesz to przyjąć do wiadomości, czy nie. Jego nie ma, a ja cię kocham, to dwa niezbite fakty. Ale jeżeli się okaże, że ty nie odwzajemniasz mojej miłości, będę musiał odejść. Nie mogę bez końca pracować dla ciebie, bo w gruncie rzeczy pracuję dla ciebie, nie z tobą, nie mogę wiecznie grać drugich skrzypiec... po prostu nie mogę. Chciałbym kiedyś stać się częścią twojego życia, a nie tylko egzystować gdzieś na marginesie, w tle. Chciałbym dać ci wszystko, na co będzie mnie stać. Chciałbym uczynić cię szczęśliwą i silną, słyszeć twój śmiech, dzielić z tobą sukcesy firmy. Chciałbym stać przy tobie i patrzeć, jak Alessandro dorasta.

— Przecież i tak przy mnie będziesz.

— Tak — skinął głową. — Jako twój mąż albo przyjaciel, lecz w żadnym wypadku podwładny.

— Rozumiem. Chcesz powiedzieć, że albo wyjdę za ciebie, albo ty zrezygnujesz z pracy, tak?

— Tak, choć nie od razu. To może długo potrwać, jeśli będę wiedział, że... mogę mieć nadzieję... Mogę? — zapytał po chwili.

Na odpowiedź musiał długo czekać.

— Nie wiem — odparła wreszcie Isabella. — Zawsze cię kochałam, ale nie w taki sposób. Był przy mnie Amadeo.

— Rozumiem.

Siedzieli potem w milczeniu, zapatrzeni w ogień, zatopieni w myślach, aż w końcu Bernardo delikatnie ujął dłoń Isabelli i odwrócił wnętrzem do góry. Popatrzył na subtelne długie palce, po czym każdy z nich lekko ucałował. Nie cofnęła ręki, spoglądając na niego ze smutkiem. Pomimo wszystkich swoich zalet, pomimo przyjaźni, jaką go darzyła, był Bernardem, nie Amadeem. Nigdy nim nie będzie... nigdy. Oboje doskonale zdawali sobie z tego sprawę.

— Pytałem poważnie — odezwał się Bernardo, uwalniając jej dłoń z uścisku. — Chcesz, żebym odszedł?

— Z powodu dzisiejszego wieczoru? — zapytała ze znużeniem. To nie była zdrada, ale strata, w pewnym sensie bowiem utraciła w nim przyjaciela. Chciał być jej kochankiem i nie brał pod uwagę żadnej innej możliwości. Na układy zawodowe nie pozostało już miejsca.

— Tak. Jeśli z powodu mojego zachowania nie będziesz mogła dalej ze mną pracować, odejdę, i to natychmiast.

— Nie chcę. To byłoby jeszcze gorsze. Po tygodniu kompletnie bym się załamała, Bernardo.

— Zdziwiłabyś się, bo na pewno by do tego nie doszło. Ale rozumiem, że chcesz, żebym został?

— Tak, choć nie wiem, co mam ci powiedzieć o całej reszcie.

— W takim razie nic nie mów. Kiedyś to wszystko powtórzę, jeśli będę uważał, że nadeszła odpowiednia pora. A na razie bardzo bym nie chciał, żebyś się tym dręczyła. Nie obawiaj się, nie będę się czaił za drzwiami, żeby znienacka porwać cię w ramiona. Łączy nas długa przyjaźń i nie zamierzam z niej rezygnować.

Isabella poczuła wielką ulgę. Może jednak nie wszystko straciła?

— Miło mi to słyszeć. Jeszcze nie jestem w stanie poradzić sobie z sytuacją, która wymaga natychmiastowego wyboru. Nie jestem do tego gotowa. Może nigdy nie będę.

— Mylisz się, choć niewykluczone, że nie będzie chodziło o mnie. To też rozumiem.

Popatrzyła na niego z czułym uśmiechem i pocałowała go w policzek.

— Kiedy to zrobił się z pana taki mądrala, panie Franco?

— Zawsze taki byłem, tylko ty tego nie widziałaś.

— Doprawdy?

Atmosfera w pokoju uległa kolejnej odmianie, teraz bowiem twarze obojga rozjaśniał uśmiech.

— Naturalnie. Tak się składa, że ostatnio w pracy okazałem się geniuszem. Czyżbyś nie zauważyła?

— Nic nie zauważyłam. Co rano patrzę w lusterko i pytam: „Lustereczko, lustereczko, powiedz przecie, kto jest najmądrzejszy na calutkim świecie?..."

Wybuchnęli radosnym śmiechem. Nagle ich twarze znowu się do siebie zbliżyły. Bernardo czuł na policzku lekki oddech Isabelli i nade wszystko zapragnął raz jeszcze ją pocałować. Wiedział, że jej usta na to czekają, lecz się powstrzymał. Zmieszana Isabella dziwnie się zaśmiała, wstała i odeszła w drugi kąt pokoju. Żadne z nich nie miało teraz wątpliwości, że w pracy nie będzie im łatwo.

— Zobaczcie, co Luisa upiekła dla Świętego Mikołaja!

W pokoju niczym duch pojawił się Alessandro, poruszający się bezszelestnie w swoich miękkich papuciach. Przed sobą trzymał dwa talerze z ciepłymi jeszcze ciasteczkami, które ostrożnie postawił na małym taborecie koło kominka. Szybko porwał jedno z nich i natychmiast zjadł, po czym znowu zniknął. Jego wejście rozładowało panującą w pokoju napiętą atmosferę.

— Isabello... nie martw się — rzekł Bernardo. W odpowiedzi poklepała go po ramieniu. Wymienili uśmiechy, gdy w progu stanął Alessandro z dwoma kubkami gorącego mleka.

— To dla ciebie czy dla Świętego Mikołaja? — zapytał Bernardo, siadając przy kominku.

— Nie, nie dla mnie.

— Wszystko przyniosłeś dla Mikołaja? — Bernardo uśmiechał się szeroko, lecz twarzyczka chłopca nagle spoważniała. Zamaszyście potrząsnął głową. — A może mnie chcesz poczęstować? — zapytał Bernardo.

— To dla tatusia. Bo może... aniołki pozwolą mu przyjść dzisiaj w nocy do domu?

Obrzucił wzrokiem dwa nakrycia, które postawił koło kominka, a potem pocałował mamę i Bernarda na dobranoc. Pięć minut później Bernardo także się pożegnał. Isabella wolno poszła do swojej sypialni. Ten wieczór był naprawdę bardzo długi.

## ROZDZIAŁ SIÓDMY

— Jak tam karuzela? — zapytał Bernardo, wyciągając przed siebie nogi, gdy skończyli z Isabellą naradę po długim dniu pracy.

Od świąt upłynęły trzy tygodnie, dla obojga wypełnione wyłącznie sprawami zawodowymi. Wszystko zaczynało świadczyć o tym, że wprawdzie powoli i z niejakim wysiłkiem, ale wracają do normy. Nawet ich ostatnia kłótnia miała miejsce przed dziesięcioma dniami. Co więcej, Bernardo ani razu nie wspomniał o swych wigilijnych wyznaniach, co Isabella przyjęła z wielką ulgą.

— Wydaje mi się, że lubi ją prawie tak samo jak rower od ciebie.

— Rozbił już jakiś mebel?

— Nie, ale bardzo się stara. Wczoraj urządził sobie rajd w jadalni i przewrócił tylko pięć krzeseł — odpowiedziała ze śmiechem, wstając z krzesła i przeciągając się. Na pierwszy rzut oka widać było, że jest w dobrym nastroju. Rzeczywiście, cieszyła się, że święta już minęły, i zadowolona była z właśnie wykonanej pracy. Kiedy jednak w gabinecie Amadea zadzwonił telefon, Bernardo zobaczył, że cała sztywnieje.

— Dlaczego ktoś dzwoni pod ten numer?

— Pewno nie może dodzwonić się tutaj. — Bernardo usiłował zbagatelizować zdarzenie, choć sam także był zaniepokojony. Z drugiej strony jednak oboje doskonale wiedzieli, że wywiadowcy czasami blokują wszystkie linie. — Chcesz, żebym odebrał?

— Nie — odparła, znikając w gabinecie Amadea. Zaraz potem Bernardo usłyszał jej przeraźliwy krzyk i w jednej chwili znalazł się przy niej. Blada i przerażona, Isabella obiema dłońmi zasłaniała usta, wpatrując się szeroko otwartymi oczyma w aparat.

— Co się stało?

Kiedy wreszcie po długiej chwili spróbowała coś powiedzieć, z jej gardła zamiast słów wydobył się chrapliwy jęk, któremu towarzyszył kolejny krzyk.

— Isabella, mów, co się stało! — Trzymał ją za ramiona i mocno nią potrząsał, przyglądając jej się badawczo. — Co powiedzieli? Czy to ma związek z Amadeem? Dzwonił ten sam człowiek? Isabello... — Już zaczynał się zastanawiać, czy nie powinien uderzyć jej w twarz, gdy do gabinetu wbiegł ochroniarz przebywający zwykle w sekretariacie. — Isabello, mów!

— Alessandro! Powiedzieli... że... mają Alessandra! — Szlochając osunęła się w ramiona Bernarda, ochroniarz tymczasem gorączkowo wykręcał jej domowy numer, lecz nie mógł się połączyć.

— Dzwoń na policję! — krzyknął Bernardo ponad ramieniem Isabelli, po czym chwyciwszy jej płaszcz i torebkę, powiódł ją ku drzwiom. — Jedziemy do domu. — W progu przystanął, spojrzał na nią uważnie i mocno ją ujął za ramiona. — To prawdopodobnie znowu jakiś wariat. Wiesz o tym, prawda? Alessandrowi nic złego się nie stało.

Isabella nie była w stanie wydobyć z siebie głosu, patrzyła tylko na niego i kręciła głową.

— Czy to był ten sam mężczyzna, ten sam głos? — zapytał Bernardo.

W odpowiedzi zaprzeczyła. Bernardo gestem polecił ochroniarzowi, by z nimi poszedł, po czym we troje zbiegli z trzeciego piętra na dół. Po drodze dołączył do nich następny ochroniarz. Samochód Isabelli, jak zwykle o tej porze, już czekał przed wejściem. Enzo patrzył na nich pytająco, gdy szybko wsiadali do auta. Jeden z ochroniarzy odsunął go na bok i zajął miejsce przy kierownicy.

— Ale... — wyjąkał Enzo, lecz spojrzenie na Isabellę wystarczyło, by zrozumiał tragiczną prawdę. — Co się stało? Coś z dzieckiem?

Nikt mu nie odpowiedział. Isabella kurczowo ściskała rękę Bernarda, podczas gdy samochód z rykiem silnika kierował się ku willi przy Via Appia Antica.

Kierowca wjechał na podjazd w momencie, gdy elektronicznie sterowana brama się otworzyła. Jeden z ochroniarzy wyskoczył, zanim jeszcze samochód zahamował, i wbiegł do domu. W ślad za nim podążyli Isabella, Bernardo, Enzo i drugi ochroniarz, gorączkowo przeszukując wszystkie pomieszczenia. Pierwszą osobą, na którą natknęła się Isabella, była Luisa.

— Gdzie Alessandro? — Teraz już mogła mówić. Obiema rękoma mocno złapała przerażoną kucharkę za ramię.

— Ja... proszę pani... on...

— Mów!

Starsza kobieta zaczęła płakać.

— Nie wiem. Maria Teresa zabrała go godzinę temu... Co się stało? — zapytała, lecz widząc histerię Isabelli, pojęła wszystko. — O Boże, nie! O Boże!

Powietrze wypełniło się jej długim żałosnym krzykiem, który dźgnął Isabellę jak ostrze. W głowie miała tylko jedną myśl: niech wreszcie zapanuje cisza, niech ten lament ucichnie! Bez namysłu wymierzyła Luisie policzek, zanim Enzo zdążył odciągnąć kucharkę. Zaraz potem Bernardo objął

Isabellę w pasie i na poły ją prowadząc, na poły ciągnąc ruszył z nią do jej pokoju. Byli już w progu, kiedy z drugiego końca domu dobiegły ich odgłosy czyichś kroków, a potem, niczym najsłodsza muzyka, rozległ się głos Alessandra, któremu wtórował jak zwykle spokojny głos Marii Teresy. Isabella spojrzała na Bernarda szeroko otwartymi oczyma i co sił w nogach pobiegła do holu.

— Mamusiu! — zawołał Alessandro, zaraz jednak głos uwiązł mu w krtani. Mama wyglądała jak wtedy, gdy powiedzieli mu, że jest chora na grypę, a potem... Wspomniawszy tamte okropne dni, przez chwilę wpatrywał się w nią przestraszony, po czym z płaczem rzucił się ku niej.

Przytuliła go mocno i głosem przerywanym łkaniem zwróciła się do niani:

— Gdzie byliście?

— Wybraliśmy się na przejażdżkę. — Maria Teresa, widząc wyraz twarzy Isabelli i oddział ochroniarzy, powoli zaczynała uświadamiać sobie, co musiało zajść. — Pomyślałam, że odmiana dobrze chłopcu zrobi.

— I nic wam się nie przydarzyło? — Kiedy niania zaprzeczyła ruchem głowy, Isabella spojrzała na Bernarda. — W takim razie... to musiał być jeden z t y c h telefonów.

Lecz przecież uwierzyła temu człowiekowi! Miał głos taki jak tamci, przerażający, groźny głos. I jak udało mu się połączyć z gabinetem Amadea? Poczuła, że ziemia usuwa jej się spod nóg, i mgliście zdała sobie sprawę, że ktoś zabiera z jej objęć dziecko.

Po pięciu minutach odzyskała świadomość w swoim pokoju. Nad sobą zobaczyła zaniepokojone twarze Bernarda i pokojówki.

— Dziękuję. — Bernardo, odprawiwszy pokojówkę kiwnięciem głowy, podał Isabelli szklankę wody i usiadł na brzegu łóżka. Był niemal tak blady jak ona.

— Wezwać lekarza?

Pokręciła głową. Przez chwilę siedzieli w milczeniu, roztrzęsieni i zbici z tropu swoimi podejrzeniami.

— W jaki sposób udało mu się połączyć? — zapytała w końcu Isabella.

— Ochroniarze mówią, że od rana są jakieś zakłócenia na linii. Prawdopodobnie urządzenie do wychwytywania rozmów w gabinecie na chwilę przestało działać albo wywiadowcy tę rozmowę przegapili. Do połączenia z gabinetem Amadea mogło dojść z różnych powodów, na przykład zwarcia na linii.

— Dlaczego mi to robią? O Boże!... — Zamknęła oczy i osunęła się na poduszkę. — Biedna Luisa — dodała po chwili.

— Nie myśl o niej.

— Zaraz do niej pójdę. Byłam przekonana...

— Ja też. Naprawdę myślałem, że ktoś porwał Alessandra. A jeśli któregoś dnia do tego dojdzie? Jeśli ktoś go naprawdę porwie?... — Nie odrywał od niej bezlitosnego spojrzenia. Isabella z zamkniętymi oczyma pokręciła głową.

— Nawet tak nie mów.

— Co zamierzasz zrobić? Wynająć następny tuzin goryli?... Wybudować fortecę dla siebie i syna?... Dostać ataku serca przy następnym telefonie od jakiegoś maniaka?

— Jestem za młoda na atak serca. — Próbowała się uśmiechnąć, lecz w twarzy Bernarda nie drgnął żaden mięsień.

— Nie możesz dłużej tak żyć. I daruj sobie przemowy o tym, że robisz to dla Amadea, że chcesz zająć jego miejsce. Gdyby wiedział, że żyjesz zamknięta w domu i w pracy, że tak samo zamknięty jest chłopak, gdyby wiedział, na jakie niebezpieczeństwo narażasz to dziecko, pozostając w Rzymie, zabiłby cię. Wiesz dobrze, że mam rację. Nie próbuj się nawet usprawiedliwiać, że robisz to dla niego. Amadeo nigdy by ci tego nie wybaczył, a któregoś dnia tak samo może zareagować Alessandro, bo przez ciebie ma dzieciństwo pełne strachu. Już nawet nie wspomnę, co wyrabiasz ze sobą! Jak możesz! — mówił coraz głośniej Bernardo, miotając się po pokoju, gestykulując zamaszyście i co chwila piorunując wzrokiem Isabellę. W końcu usiadł i przeczesał włosy palcami. Żałował swego wybuchu, przygotowany na gniew Isabelli. Lecz nagle z osłupieniem zrozumiał, że tym razem nie usłyszy od niej, iż ma iść do diabła. Isabella nie wspominała o mężu, nie upierała się przy słuszności swych poczynań.

— Więc co według ciebie mam zrobić? Uciec stąd? Wyjechać z Rzymu i ukrywać się do końca życia? — zapytała, chociaż w jej głosie nie było śladu sarkazmu, jedynie cień strachu, który znowu ją ogarnął.

— Wcale nie musisz się ukrywać do końca życia. Niewykluczone natomiast, że na jakiś czas byłoby to wskazane.

— A potem co? Bernardo, jak mogę coś takiego zrobić? — Przypominała małą, zmęczoną, przerażoną dziewczynkę. Bernardo łagodnie ujął ją za rękę.

— Musisz, Isabello. Nie masz wyboru. Oszalejesz, jeżeli tu zostaniesz. Wyjedź na pół roku, na rok. Jakoś wszystko załatwimy, będziemy w kontakcie. Będziesz mi dawać instrukcje, doprowadzać do wrzodów, co tylko zechcesz, ale błagam, nie zostawaj tutaj. Na litość boską, wyjedź! Nie zniósłbym, gdyby... — zaskoczył ją i samego siebie, kiedy opuścił głowę, nie potrafiąc opanować szlochu. — Gdyby coś stało się tobie albo dziecku. — Uniósł ku niej mokrą od łez twarz. — Jesteś dla mnie jak siostra. Amadeo był moim najlepszym przyjacielem. Na rany Chrystusa, błagam, wyjedź!

— Dokąd?

— Na przykład do Paryża.

— Nikogo tam nie mam. Dziadek i rodzice umarli. Poza tym we Francji będę dla tych ludzi tak samo łatwym celem jak tutaj. A może lepiej znaleźć jakieś odosobnione miejsce gdzieś za miastem, niedaleko Rzymu? Gdyby nikt nie wiedział, gdzie jestem, efekt byłby taki sam.

Bernardo spojrzał na nią z gniewem.

— Nie zaczynaj od nowa tej zabawy. Do cholery jasnej, wyjedź, i to natychmiast. Wyjedź daleko, nie do miejsca, które jest o dziesięć minut drogi od Rzymu, Mediolanu czy Florencji, ale poza granice kraju, do diabła!

— Czyli gdzie? Do Nowego Jorku? — zapytała ironicznie, choć w tej samej chwili oboje zrozumieli, że to jedyne wyjście.

Isabella długo milczała, pogrążona w myślach, podczas gdy Bernardo nie spuszczał z niej oczu, modląc się w duchu, by podjęła właściwą decyzję. W końcu bez słowa skinęła głową. Patrzyła na niego przez chwilę z uwagą, raz jeszcze rozważając wszystkie za i przeciw, po czym wstała z łóżka i podeszła do telefonu.

— Co robisz?

Coś w jej postawie powiedziało mu, że nie została przekonana, że wciąż tli się w niej iskierka nadziei. Nie zamierzała wyjechać na rok. Nie pozwoli, by ktokolwiek odsunął ją od domu, pracy, miejsca, do którego całą sobą należy. Mimo to na jakiś czas wyjedzie, jeżeli tylko sprawy da się ułożyć po jej myśli. Kiedy podnosiła słuchawkę, w jej oczach znowu płonął dawny ogień.

## ROZDZIAŁ ÓSMY

Niezwykle wysoka szczupła blondynka z włosami opadającymi na jedno oko siedziała przy biurku, z rozmachem waląc w maszynę do pisania. U jej stóp spał mały rudy spaniel, wokół na podłodze i meblach stały książki, kwiaty doniczkowe oraz sterty papieru, walały się puste kubki po kawie, wywrócone przez wszędobylski psi nos. Za okienną ramę zatknięty był plakat z panoramą San Francisco, który właścicielka nazywała „widokiem z okna". Nie ulegało wątpliwości, że ten niewielki pokój stanowi pracownię pisarza. Na jaskrawożółtej ścianie wisiały krzywo oprawione obwoluty pięciu książek gospodyni, upchane pomiędzy równie byle jak zawieszone fotografie jachtu cumującego w Monte Carlo, dwójki dzieci na plaży w Honolulu, prezydenta, księcia i niemowlaka. Wszystkie fotografie miały związek z wydawnictwami, kochankami i przyjaciółmi z wyjątkiem tej, która przedstawiała niemowlę. Dziecko było jej, a zdjęcie pochodziło sprzed pięciu lat.

Spaniel poruszył się i leniwie przeciągnął w zimowym cieple nowojorskiego mieszkania. Kobieta z roztargnieniem pogłaskała go bosą stopą.

— Jeszcze chwilka, Ashley, zaraz kończę.

Szczupłą, pozbawioną biżuterii dłonią chwyciła czarne pióro i dokonała kilku pośpiesznych poprawek. Jej głos bez cienia wątpliwości zdradzał, że pochodzi z Południa, najprawdopodobniej z Savannah, a jego arystokratyczne brzmienie nasuwało na myśl plantacje, przyjęcia, eleganckie salony.

— Cholera! — Znowu złapała pióro, przekreśliła pół strony, po czym gorączkowo zaczęła szukać na podłodze dwóch kartek, których nie widziała od godziny. Gdzieś tu muszą być, zmienione, poklejone, poprawione i naturalnie niezwykle istotne. Kobieta pracowała nad ostateczną wersją powieści.

Przekroczywszy trzydziestkę, wciąż miała figurę, z jaką w wieku dziewiętnastu lat przybyła do Nowego Jorku, by mimo gwałtownych sprzeciwów rodziny zostać modelką. Wytrwała w tym zawodzie przez rok, choć serdecznie go nienawidziła. Zwierzyła się z tego tylko jednej osobie: ukochanej przyjaciółce z Rzymu, z którą dzieliła wówczas mieszkanie, a która przyjechała do Stanów, by zapoznać się z amerykańskim wzornictwem odzieży. Podobnie jak Natasza, Isabella również miała spędzić w Nowym Jorku rok, ale różnica polegała na tym, że Natasza na ten okres przerwała studia w college'u, pragnęła bowiem skosztować samodzielnego życia. Jej rodzice nie o takim losie dla niej marzyli. Bogaci w arystokratycznych przodków i biedni w pieniądze, chcieli, żeby skończyła studia i wyszła za jakiegoś miłego chłopca z Południa, co z kolei wcale nie uśmiechało się Nataszy.

Jako dziewiętnastolatka pragnęła jedynie wyrwać się z rodzinnych stron, zamieszkać w Nowym Jorku, zdobyć pieniądze i wolność. I udało jej się zrealizować te marzenia. Zarobiła wiele pieniędzy, najpierw jako modelka, potem pisarka, i była wolna — do czasu gdy poznała Johna Walkera, krytyka teatralnego. Po roku urodziło im się dziecko, a po następnym się rozwiedli. Natasza została ze swym zapierającym dech ciałem, piękną twarzą, talentem pisarskim i piętnastomiesięcznym synkiem. Po pięciu latach miała na swoim koncie pięć powieści, dwa scenariusze filmowe i w świecie literatury była prawdziwą gwiazdą.

Przeprowadziła się do wygodnego eleganckiego mieszkania przy Park Avenue, syna oddała do prywatnej szkoły, zatrudniła gosposię, zainwestowała pieniądze — czegóż więcej było jej trzeba? Do urody dodała sukces, który zawdzięczała własnej pracy.

— Pani Walker? — Rozległo się ciche pukanie do drzwi.

— Nie teraz, Hattie, jestem zajęta. — Natasza odgarnęła włosy z czoła, przerzucając od nowa stos papierów.

— Ale to telefon. Wydaje mi się, że ważny.

— Uwierz mi na słowo, na pewno nie jest ważny.

— Dzwonią z Rzymu.

Natasza, bosonoga, w obcisłych dżinsach uwydatniających jej biodra i w męskiej koszuli zawiązanej tuż pod drobnymi piersiami, stanęła w drzwiach, zanim Hattie zdążyła otworzyć usta, i energicznym krokiem ruszyła do telefonu.

— Dlaczego od razu nie powiedziałaś, że to z Rzymu? — Spojrzała z naganą na czarną kobietę z miękkimi siwymi lokami, po czym szeroko się do niej uśmiechnęła. — Nie martw się. Wiem, że nie można mnie znieść, jak pracuję. Najlepiej wtedy do mnie nie wchodź. Żadnych czystych kubków do kawy, żadnego podlewania kwiatków. Potrzebny mi bałagan.

Hattie wykrzywiła się, słysząc znajomy refren, i przez jasny, zalany słońcem hol poszła w kierunku sypialni. Natasza podniosła słuchawkę.

— Proszę?

— Signora Natasza Walker?

— Tak.

— Łączę rozmowę z Rzymem. Proszę czekać.

Natasza usiadła wygodnie. Nie rozmawiała z Isabellą od czasu, gdy z przerażeniem usłyszawszy w wiadomościach o tragicznym losie Amadea, natychmiast się z nią skontaktowała. Zamierzała się wybrać na pogrzeb, ale kiedy Isabella poprosiła, by nie przyjeżdżała, dostosowała się do życzenia przyjaciółki, poprzestając na długim liście, na który po raz pierwszy w czasie ich jedenastoletniej znajomości nie otrzymała odpowiedzi. Od śmierci Amadea minęły cztery miesiące; nigdy dotąd Natasza nie czuła się tak odcięta od Isabelli jak w tym okresie. Wprawdzie również po wyjeździe z Nowego Jorku Isabella przez kilka miesięcy nie dawała znaku życia, wówczas jednak powodem było to, że całą jej energię pochłaniało projektowanie oraz wielka miłość. Była bardzo zakochana. Natasza wciąż pamiętała jej pełne zachwytu listy: „...jest cudowny, kocham go... Taki przystojny, wysoki, ma wspaniałe jasne włosy... Pracuję w jego firmie i zajmuję się prawdziwą modą..." Radość i podniecenie nie malały z upływem czasu, wręcz przeciwnie, zdawało się, że tych dwoje przeżywa wciąż miesiąc miodowy. Przerwali go dopiero swym brutalnym czynem zabójcy Amadea.

— Signora Walker?

— Tak, słucham.

— Łączę.

— Natasza? — W słuchawce rozległ się dziwnie przytłumiony głos Isabelli.

— Dlaczego, do cholery, nie odpowiadasz na moje listy?

— Och... sama nie wiem, Nataszo. Nie wiedziałam, o czym pisać.

— Rozumiem, ale bardzo się o ciebie martwiłam. Wszystko u ciebie dobrze? — Jej zatroskany głos powędrował pięć tysięcy mil, by pocieszyć Isabellę, która wierzchem dłoni otarła łzy i niemal się uśmiechnęła.

— Tak, dziękuję. Chciałam cię prosić o przysługę.

Mogły nie rozmawiać ze sobą przez pół roku, a mimo to zawsze odnosiły się do siebie jak siostry. Ich przyjaźń należała do tego rzadkiego gatunku, którego nie może ochłodzić żadne rozstanie.

— Mów.

Isabella krótko wyjaśniła, co zdarzyło się tego dnia Alessandrowi, lub raczej co się nie zdarzyło, choć mogło.

— Dłużej nie jestem w stanie tego wytrzymać. Nie mogę narażać go na niebezpieczeństwo.

Nataszy przed oczyma stanął jej synek. Zadrżała.

— Doskonale cię rozumiem. Chcesz go do mnie przysłać? — Chłopcy byli prawie w tym samym wieku, dzieliło ich zaledwie kilka miesięcy różnicy, poza tym Natasza nie była osobą, której mogłoby przeszkadzać jeszcze jedno dziecko w domu. — Jason bardzo by się ucieszył. Zamęcza mnie wyrzutami, że nie ma brata, a oni doskonale do siebie pasują.

— Rok wcześniej, kiedy wszyscy spotkali się na nartach w Saint-Moritz, chłopcy świetnie się bawili, obcinając sobie nawzajem włosy. — Mówię poważnie, Isabello. Uważam, że powinnaś wywieźć go z Rzymu.

— Zgadzam się... Co byś powiedziała na współlokatorkę?

— Isabella wstrzymała oddech, niepewna reakcji Nataszy.

Niepotrzebnie się wszakże obawiała, gdyż w słuchawce natychmiast rozległ się przeciągły radosny pisk. Isabella ku własnemu zaskoczeniu zaczęła się śmiać.

— Cudownie. Naprawdę masz taki zamiar?

— Tak. Bernardo i ja doszliśmy do wniosku, że nie ma innego wyjścia. Muszę wyjechać, naturalnie tylko na jakiś czas, nie na stałe. I jeszcze jedno, Nataszo... — przerwała, szukając słów, by jak najlepiej wytłumaczyć, że nie chodzi o zwykłą wizytę. — To może się okazać trochę kłopotliwe. Będę się musiała ukrywać. Nie chcę, żeby ktokolwiek się dowiedział, gdzie jestem.

— To rzeczywiście problem. Nie będziesz mogła wystawić nosa z mieszkania.

— Naprawdę sądzisz, że ludzie mnie rozpoznają?

— Żartujesz? Naturalnie, że tak, może z wyjątkiem murarzy jeżdżących do pracy metrem. Poza tym jeżeli znikniesz z Rzymu, będą o tym pisały gazety na całym świecie.

— W takim razie muszę się ukrywać.

— Będziesz umiała tak żyć? — spytała Natasza z powątpiewaniem.

— Nie mam wyboru, przynajmniej na razie. Muszę to zrobić.

Natasza zawsze podziwiała w przyjaciółce jej wielkie poczucie obowiązku, odwagę, styl.

— Ale czy ty jesteś pewna, że ze mną wytrzymasz? Mogę się gdzie indziej zatrzymać — powiedziała Isabella.

— Niech mnie diabli, jeśli ci na to pozwolę! Jeżeli zatrzymasz się gdzie indziej, do końca życia się do ciebie nie odezwę. Kiedy przyjeżdżasz?

— Jeszcze nie wiem, dosłownie przed chwilą podjęłam decyzję. Trochę czasu mi zajmie poukładanie spraw w firmie. Bez względu na to, gdzie będę, zamierzam nią kierować.

W odpowiedzi Natasza przeciągle gwizdnęła.

— Jak to sobie wyobrażasz?

— Musimy się nad tym zastanowić. Biedny Bernardo, jak zwykle przypadnie mu najgorsza robota. Mogę codziennie kontaktować się z nim telefonicznie, jeśli zajdzie taka potrzeba, poza tym w Nowym Jorku mamy przedstawicielstwo.

Mogę do nich dzwonić nie zdradzając, że jestem w Stanach. Wydaje mi się, że to się uda.

— Tobie na pewno, bez względu na to, czy to możliwe, czy nie.

— Szkoda, że nie jestem tak przekonana jak ty. Nie chcę zostawiać firmy. Och, Nataszo... — westchnęła smutno Isabella. — To był straszny okres. Mam wrażenie, że przestałam być sobą.

Natasza nie podzieliła się z przyjaciółką spostrzeżeniem, że głos Isabelli także nie przypomina jej dawnego głosu. Najwidoczniej minione cztery miesiące zbierały swoje żniwo.

— Czuję się jak maszyna — ciągnęła Isabella. — Jakoś mi się udaje przetrwać kolejne dni. Pracuję do upadłego, w wolnych chwilach bawię się z Alessandrem, ale wciąż mi się wydaje... — głos jej się załamał. — Wciąż mi się wydaje, że on wróci, że nie odszedł na zawsze...

— Myślę, że zawsze tak jest, kiedy ktoś, kogo bardzo kochasz, nagle znika z twojego życia. Potrzebujesz dużo czasu, żeby przyjąć to do wiadomości, zrozumieć.

— Ja przestałam cokolwiek rozumieć.

— Nie musisz — powiedziała łagodnie Natasza. — Po prostu wróć do domu. — W jej oczach zalśniły łzy. — Powinnaś mi była pozwolić przyjechać do Rzymu cztery miesiące temu. Zabrałabym cię do Ameryki.

— Nie pojechałabym.

— Pojechałabyś. Zapomniałaś już, że jestem od ciebie o sześć cali wyższa?

Niespodziewanie dla samej siebie Isabella wybuchnęła śmiechem. Cieszyła się, że znowu zobaczy Nataszę. A może nawet wyjazd do Nowego Jorku okaże się jakąś rozrywką? Rozrywka!... Chyba zwariowała, że w głowie jej rozrywki po tym, co ostatnio przeżyła.

— Powiedz, kiedy byś się zjawiła w Stanach... — Natasza szybko coś obliczała, zapisując w notesie. — Chcesz najpierw wysłać Alessandra? A może wolisz, żebym po niego przyjechała?

Przez chwilę Isabella rozważała tę propozycję.

— Nie — odparła w końcu. — Pojedziemy razem. Nie chcę spuszczać go z oka.

Słuchając jej Natasza zadała sobie pytanie, jaki ta sytuacja może mieć wpływ na chłopca, ale pora nie była odpowiednia, by tę kwestię poruszać.

— Pamiętaj — mówiła dalej Isabella — nikomu o tym nie wspominaj. Nataszo, jestem ci bardzo wdzięczna, że się zgodziłaś.

— Idź do diabła, makaroniarko.

„Makaroniarka". Isabella od lat nie słyszała tego pieszczotliwego przezwiska, dawno temu nadanego jej przez Nataszę. Żegnając się z przyjaciółką zdała sobie sprawę, że po raz pierwszy od miesięcy się śmieje. Odłożywszy słuchawkę, odwróciła się do Bernarda, który z twarzą ściągniętą niepokojem czekał.

— Wyjeżdżam.

— Kiedy?

— Kiedy ułożymy sprawy w firmie. Jak myślisz, ile nam to zabierze? Kilka tygodni? — W głowie miała zamęt. Czy to w ogóle jest możliwe? Czy naprawdę będzie w stanie kierować firmą, ukrywając się w mieszkaniu Nataszy w Nowym Jorku?

— Tak — skinął głową Bernardo. — Za parę tygodni będziesz mogła się stąd wyrwać.

Wziął z biurka plik kartek i zaczęli układać plany.

## ROZDZIAŁ DZIEWIĄTY

Przez następne trzy tygodnie telefony między Nowym Jorkiem a Rzymem wręcz się urywały. Czy Isabella chce jedną czy dwie linie telefoniczne? Czy Alessandro pójdzie do przedszkola? Czy przyjedzie z nimi ochroniarz?

Isabella śmiała się i rozkładała ręce. Amadeo kiedyś powiedział, że Natasza jest w stanie zbudować most, wyprowadzić państwo z kryzysu albo wygrać wojnę, nie niszcząc przy tym manikiuru. Teraz doszła do wniosku, że ani trochę nie mylił się w tej ocenie.

Dwa telefony, zarządziła. Później postanowi, czy wysłać Alessandra do przedszkola. Nie, nie będzie żadnego ochroniarza, nie ma potrzeby. Eleganckie kamienice przy Park Avenue zmieniły się ostatnio w godne zaufania fortece, a ta, w której mieszkała Natasza, należała do najlepiej strzeżonych w Nowym Jorku.

Równie dobrze strzeżone były plany wyjazdu Isabelli. Żaden generał nigdy tak szczegółowo i w takiej tajemnicy nie zaplanował kampanii jak Isabella i Bernardo ucieczkę rodziny di San Gregorio. Nawet największe figury w firmie nie znały zamierzonego miejsca pobytu, a większość osób w ogóle nie wiedziała, że wyjeżdża. Musiało tak być, wymagały tego względy bezpieczeństwa. Isabella po prostu zniknie. Rozejdzie się fama, że ukrywa się z dzieckiem w mieszkaniu na ostatnim piętrze budynku firmy, do którego regularnie dostarczane będą posiłki i z którego wysyłane będzie pranie do pralni. Ażeby plotki uwiarygodnić, mieszkanie musi zająć jakiś lokator. Livia, zaufana sekretarka Amadea, zgodziła się na to dobrowolne więzienie. Dzięki hałasom i spacerom po skrzypiącym parkiecie wszyscy uwierzą, że ktoś tam przebywa. Czy ktokolwiek będzie mógł podejrzewać, że Isabella w rzeczywistości jest w Nowym Jorku? Plan był dobry, przynajmniej na jakiś czas.

— Wszystko gotowe? — Isabella spojrzała na Bernarda, który wkładał kolejny plik skoroszytów do wielkiej skórzanej torby.

Bez słowa skinął głową. Isabella zdała sobie sprawę, że wygląda na bardzo przybitego i zmęczonego.

— Chyba mam już kopie wszystkich naszych dokumentów — powiedziała. — A co z eksportem do Szwecji? Chcesz, żebym przed wyjazdem podpisała jakieś papiery?

Bernardo poszedł do swego biura po akta, Isabella zaś kontynuowała pakowanie. Jeszcze jedna skórzana aktówka, próbki materiałów, część archiwum Amadea, bilans ich przedstawicielstwa w Stanach... Pracy jej nie zabraknie, bo przecież raporty, dokumenty, informacje napływać będą do niej nieustannie. Czego nie da się powiedzieć przez telefon, Bernardo będzie przekazywał agentowi literackiemu Nataszy. Isabella skupiła się na pracy, którą musiała wykonać. Nie była w stanie znieść myśli o przyczynach, dla których pakuje swoje rzeczy, nie potrafiła przyznać się przed sobą, że ucieka.

Kiedy Bernardo wrócił, otworzyła złote pióro od Tiffany'ego, które należało do Amadea, i złożyła podpis.

— Wiem, że to ani miejsce, ani pora, ale chciałbym, żebyś jeszcze raz zastanowiła się nad tym pomysłem.

— Nad jakim pomysłem? — Isabella spojrzała na niego z niemądrym wyrazem twarzy. Ledwo mogła myśleć, tyle spraw miała na głowie.

— Chodzi mi o przejęcie firmy przez FB. Może w Nowym Jorku będziesz mogła się z nimi spotkać.

— Nie, Bernardo. Powtarzam ci to po raz ostatni. — Nie miała ochoty dłużej na ten temat się kłócić, poza tym nie było już czasu. — Zdawało mi się, że obiecałeś więcej o tym nie mówić.

— Dobrze, dobrze... — Pod pewnymi względami miała rację. Byli teraz zbyt zajęci, żeby zaprzątać sobie tym głowę. Zawsze mogą przedyskutować to później, kiedy Isabella na własnej skórze pozna, czym jest kierowanie firmą z odległości pięciu tysięcy mil. W tym momencie aż się wzdrygnął. Któż pół roku temu by uwierzył, że Amadeo zginie, Isabella będzie się ukrywać, a on, Bernardo, zostanie tu sam? Z uczuciem wielkiej pustki patrzył, jak Isabella zamyka ostatnią walizę. W pamięci stanęło mu lato, kiedy razem pojechali do Rapallo. Amadeo doliczył się wówczas siedemnastu waliz Isabelli: z obrusami, pościelą, strojami kąpielowymi, pudłami na kapelusze, butami. Lecz tym razem nie wyjeżdżała na wakacje. Z dwiema walizami dokumentów, jedną torbą swoich ubrań i jedną z rzeczami Alessandra wyruszała, by rozpocząć nowe życie.

— Alessandro będzie rozczarowany, że nie bierzemy jego roweru — odezwała się niespodziewanie, przerywając zadumę Bernarda.

— Kupię mu nowy w Ameryce, jeszcze lepszy.

Boże, ależ mu będzie brakowało tego dziecka! Isabelli także. Pomyśleć, że nie będzie jej miał koło siebie, że skończą się głośne awantury i nie zobaczy jej onyksowych oczu miotających na niego gromy. Od niej zależał nie tylko stan jego wrzodów, lecz także on sam.

— Wkrótce wrócimy, Bernardo. Nie sądzę, żebym długo tam wytrzymała.

Wstała i rozejrzała się po swoim gabinecie, zastanawiając się, czy czegoś nie zapomniała, po czym na wszelki wypadek otworzyła szafkę z aktami. Bernardo obserwował ją w milczeniu.

— Słuchaj, może lepiej idź do domu i prześpij się? — uśmiechnęła się do niego przez ramię. — Przed nami długa noc.

— Tak, chyba... Isabello. — w jego głosie pojawiła się dziwna nutka. — Będzie mi was bardzo brakowało. Ciebie i chłopca. — Po raz pierwszy od świąt wyrazem oczu zdradzał swe prawdziwe uczucia.

— My też będziemy za tobą tęsknić — powiedziała i wyciągnęła ku niemu ramiona. Objęli się po przyjacielsku. Ile czasu minie, zanim znów zobaczy ten gabinet? I Bernarda?

— Ale przecież wrócimy, i to niedługo. Zobaczysz.

— Dobrze. — Zamrugał powiekami, by nie zobaczyła jego łez. Czym innym było ukrywać swoje uczucia, czym innym zaś w ogóle jej nie widywać. Myśl o rozstaniu z nią sprawiała mu wielki ból, choć wiedział dobrze, że nie ma innego wyjścia. Najważniejsze było bezpieczeństwo jej i Alessandra.

— Idź teraz do domu i trochę się prześpij.

— Czy to polecenie służbowe?

— Naturalnie. — Posłała mu krzywy uśmieszek i osunęła się na fotel. — Wspaniały pomysł, żeby o tej porze roku wybierać się na Riwierę — rzekła z udawaną nonszalancją.

Bernardo przystanął w progu. Na tym właśnie polegał ich plan: on samochodem zawiezie ich na francuską Riwierę, do Nicei, skąd odlecą rannym samolotem do Londynu, by tam z nową obstawą przesiąść się do samolotu do Nowego Jorku. Prawdopodobnie spędzą w podróży całą dobę.

— Czy wieczorem mam coś przynieść dla Alessandra? Może ciasteczka? Albo jakieś gry?

— Dla niego każda okazja jest dobra, żeby połasować, ale tym razem koc, poduszka i mleko bardziej by się chyba przydały.

— A dla ciebie?

— Po prostu przyjdź. I módl się, żeby nic nam się nie przytrafiło.

Bernardo pożegnał się skinieniem głowy i wyszedł, modląc się nie tylko o jej bezpieczny wyjazd, lecz także o szybki powrót. Do niego.

## ROZDZIAŁ DZIESIĄTY

— Mamusiu, opowiesz mi bajkę?

Isabella przysiadła na brzegu łóżeczka. Bajka... tego wieczora trudno jej było zebrać myśli, a co dopiero snuć zawiłe opowieści!

— Proszę, mamusiu.

— Dobrze, zobaczymy, co się da zrobić. — Zmarszczyła czoło z namysłem, ściskając mocno jego rączkę swymi długimi wytwornymi palcami. — Dawno, dawno temu był sobie mały chłopczyk. Mieszkał ze swoją mamą i...

— Nie miał tatusia?

— Już nie.

Alessandro kiwnął ze zrozumieniem głową i ułożył się wygodnie. Isabella opowiedziała mu o miejscu, w którym chłopczyk mieszkał z mamusią, o wielu przyjaznych im ludziach, którzy ich kochali, i o garstce złych, którzy ich nie lubili.

— Co oni zrobili? — Historia zaczynała mu się podobać, dźwięczał w niej jakiś ton prawdopodobieństwa.

— Z czym? — Tyle spraw miała na głowie, że łatwo wpadała w roztargnienie.

— No, z tymi ludźmi, co ich nie lubili.

— Nie zwracali na nich uwagi. I wiesz, co potem się stało? — zniżyła konspiracyjnie głos. — Uciekli!

— Naprawdę? To okropne. — Alessandro sprawiał wrażenie wstrząśniętego. — Tatuś zawsze mówił, że nie należy uciekać, chyba że musisz, na przykład przed lwem albo bardzo złym psem.

Już chciała mu powiedzieć, że niektórzy ludzie przypominają bardzo złe psy, lecz się zawahała. Nie wypuszczając z dłoni jego rączki, przyjrzała mu się z namysłem.

— A jeśli dzięki ucieczce będą bezpieczniejsi? Jeśli to ich ochroni przed napaścią ze strony lwów i złych psów? Co powiesz, jak usłyszysz, że trafili w cudowne miejsce, gdzie znowu mogą być szczęśliwi? Czy tak będzie dobrze?

— Chyba tak. Ale czy takie miejsce, gdzie wszyscy są bezpieczni, w ogóle istnieje?

— Może... Ty w każdym razie jesteś bezpieczny, kochanie. Wiesz o tym, prawda? Nie pozwolę, żeby spotkało cię coś złego.

Spojrzał na nią smutno.

— A ty? — Wciąż miewał koszmarne sny. Jeśli zabrali tatusia, to czy nie mogą zabrać też mamusi? Powtarzanie, że z pewnością do tego nie dojdzie, nie pomagało. Skoro nic im nie grozi, to dlaczego w domu jest tylu ochroniarzy? Alessandro miał swój rozum.

— Mnie też się nic nie stanie. Obiecuję.

— Mamusiu...

— Co?

— Czemu my nie uciekniemy?

— Czy nie byłoby ci smutno? Zostawilibyśmy Marię Teresę, Enza, Luisę... — Karuzelę, rower, Rzym, wszystkie pamiątki po Amadeu, dodała w duchu.

— Ale ty byś ze mną była! — zawołał z zachwytem.

— A to by ci wystarczyło? — spytała rozbawiona.

— Jasne!

Jego uśmiech dodał jej odwagi, z nowym więc zapałem kontynuowała opowieść o chłopczyku i jego mamie, którzy znaleźli dom, bezpieczeństwo i przyjaciół w innym kraju.

— Zostali tam na zawsze?

Długo mu się przyglądała.

— Nie jestem pewna — odparła wreszcie. — Chyba w końcu wrócili do domu.

— Dlaczego? — Ten pomysł najwyraźniej wydał mu się idiotyczny.

— Może dlatego, że dom jest zawsze domem, bez względu na to, jak trudno się w nim mieszka.

— To głupie.

— A gdybyś gdzieś pojechał, nie chciałbyś potem wrócić do domu? — zapytała, zaskoczona jego reakcją.

— Nie, jeśli spotkało mnie w nim coś złego.

— Takiego jak to, co myśmy przeżyli?

Pokiwał głową.

— Zabili mojego tatusia. To są bardzo źli ludzie.

— Nie wszyscy są tacy, Alessandro. Bardzo złych ludzi jest tylko kilku.

— To dlaczego nikomu nie udało się ich złapać i ukarać albo przynajmniej spuścić im lanie? — patrzył na nią z oburzeniem.

Przyciągnęła go do siebie łagodnie i objęła.

— Może ktoś w końcu ich znajdzie.

— Wcale mi na tym nie zależy. Chcę stąd uciec. Z tobą. Kiedy się do niej przytulił, ogrzało ją jego ciepło, jedyne ciepło, jakie czuła od śmierci Amadea.

— Może pewnego dnia uciekniemy do Afryki i zamieszkamy na drzewie.

— Och, genialnie! Ucieknijmy, dobrze?

— Nie, nie zrobimy tego. Na drzewie nie miałbyś takiego przytulnego łóżeczka, prawda?

— Chyba nie. — Długo się jej przyglądał, wreszcie poklepał ją po dłoni. — Podobała mi się ta bajka.

— Dziękuję. A przy okazji, czy już ci dzisiaj mówiłam, jak bardzo cię kocham? — szepnęła mu do ucha.

— Ja też cię kocham.

— To dobrze. A teraz już śpij, kochanie. Niedługo do ciebie przyjdę.

Otuliła go kołderką i cicho zamknęła za sobą drzwi.

Wieczór upłynął jej na męczącym czekaniu. Siedziała w salonie, przeglądając dokumenty i obserwując, jak wskazówki zegara w ślimaczym tempie zbliżają się do ósmej, kiedy to podano w jadalni kolację, którą jak zwykle zjadła szybko i w samotności. Za dwadzieścia dziewiąta była już z powrotem w swoim pokoju. Nie mogła nic zrobić, dopóki w domu nie zapanuje cisza, nie odważyła się nawet pójść do holu. Przesiedziała trzy godziny, usiłując zabić czas rozmyślaniami i wyglądaniem przez okno, z którego miała widok na karuzelę w ogrodzie, okna kuchni, jadalni i małego gabinetu Amadea. Kiedy o północy stwierdziła, że świeci się tylko w jej sypialni, na palcach poszła długim korytarzem do szafy, z której szybko wyjęła dwie torby od Gucciego ze skóry w kolorze czekolady, ozdobione charakterystycznym czerwono-zielonym pasem. Popatrzyła na nie z namysłem. Jak można zapakować całe życie w dwie torby?

Wróciwszy do pokoju, bezszelestnie zamknęła drzwi na klucz, zaciągnęła zasłony i otworzyła szafy. Przez chwilę przyglądała się ich zawartości, potem szybko pościągała spodnie z wieszaków, z plastykowych worków wyjęła kaszmirowe swetry, z szuflad torebki, pończochy i bieliznę. Nie musiała zastanawiać się nad wyborem ubrań, wciąż nosiła żałobę. W ciągu pół godziny spakowała trzy spódnice, siedem swetrów, sześć czarnych wełnianych sukien i kostium, po czym zajęła się butami. Do torby trafiły czarne czółenka, pięć par pantofli na wysokich obcasach, czarne wieczorowe pantofelki z zamszu i satyny. Wieczorowe pantofelki?... Raz jeszcze zajrzała do szafy i ostrożnie wyjęła z niej prostą długą suknię z czarnej satyny.

Uporawszy się z odzieżą, poszła do sejfu, w którym jak dawniej spoczywała jej biżuteria. Od dnia, kiedy Bernardo odniósł jubilerowi pieniądze, których nie miała okazji dostarczyć porywaczom, żadnego klejnotu nie włożyła, bała się jednak tutaj je zostawić. A jeśli ktoś się włamie? Jeśli!... Czuła się jak uchodźca z ogarniętego wojną kraju, kiedy przekładała klejnoty do obciągniętych aksamitem puzderek i umieszczała je w sekretnym schowku swojej przepastnej czarnej torebki z krokodylej skóry, z którą w czasie podróży nie zamierzała ani na chwilę się rozstawać.

Teraz przyszła kolej na rzeczy Alessandra. Isabella cicho zamknęła na klucz swoją sypialnię i z pustą torbą poszła do jego pokoju. Na wszelki wypadek tu także przekręciła klucz w zamku. Chłopczyk spał, tuląc do siebie pluszowego misia, spod przykrywającej go po czubek nosa kołderki wystawała tylko zwisająca bezwładnie ku ziemi ręka. Isabella uśmiechnęła się przelotnie, po czym zaczęła opróżniać szafę. Ciepła odzież, zimowy kombinezon, rękawiczki i wełniane czapki, ubrania po domu, gry... Rozejrzała się dokoła, zastanawiając się, które zabawki zabrać, by nie rozczarować dziecka. O wpół do drugiej skończyła pakowanie i wróciła do siebie. Torby ustawiła rzędem koło drzwi, sama zaś usiadła na łóżku, w słabym świetle nocnej lampki czekając na Bernarda, który przynieść miał walizki z dokumentami.

Zegar na nocnym stoliku bezlitośnie odmierzał czas. Gdzieś tam na zewnątrz czekali dwaj ochroniarze, gotowi do podróży, której celu nie znali. Bernardo dokładnie ich sprawdził, po czym polecił, by przygotowali historyjkę na wypadek, gdyby ktoś pytał, jak spędzili dzień. Do Rzymu mieli wrócić następnego wieczora po dostarczeniu Isabelli i Alessandra na lotnisko w Londynie.

Nagle Isabella poczuła, że nie może złapać tchu, a serce wali jej jak młot. W głowie zaczęły wirować jej pytania i wątpliwości. Co ona właściwie robi? Czy rzeczywiście powinna wyjechać? Czy może zostawić wszystko w rękach Bernarda? I dlaczego porzuca swój dom?

Bezszelestnie otworzyła drzwi i wyszła na korytarz. Wokół panowała absolutna cisza. Zdecydowała, że obudzi Alessandra za kwadrans druga, miała więc jeszcze dziesięć minut na to, by pożegnać się z domem. Ku swemu zaskoczeniu stwierdziła, że jest w salonie, że dotyka oświetlonego księżycową poświatą stołu, patrzy na pustą kanapę. Ten pokój był świadkiem tak wielu szczęśliwych chwil, które przeżyła ze swym mężem, tych prywatnych, tylko we dwoje, i tych spędzonych z przyjaciółmi, kiedy wydawali przyjęcia. Pamiętała, ile zamieszania narobiła, wybierając obicia, pamiętała, jak kupowali meble w Paryżu i ukochany zegar w Nowym Jorku.

Poszła dalej, minęła jadalnię i rzadko używany salonik, by wreszcie przystanąć na progu niewielkiego gabinetu Amadea. Gabinet, za dnia bardzo jasny i słoneczny, pełen był różnego rodzaju skarbów, książek i kwitnących kwiatów. Isabella dołożyła starań, by mężowi było w nim jak w niebie, i to właśnie tutaj często się chronili, by rozmawiać o interesach lub z rozbawieniem przyglądać się przez balkonowe drzwi dokazującemu w ogrodzie Alessandrowi. To z tego pokoju patrzyli, jak ich synek stawia pierwsze kroki, tutaj Amadeo tak często wyznawał jej miłość, tu się czasem kochali na wygodnej skórzanej kanapie, a raz czy dwa nawet na puszystym dywanie. To tu, zaciągnąwszy zasłony, by ukryć się przed całym światem, snuli marzenia, tańczyli, żyli — właśnie tu, w tym pokoju, który teraz był tak straszliwie pusty, że z obawą wchodziła do środka.

— Żegnaj, Amadeo. Wrócę. — Składała tę obietnicę sobie, jemu, domowi, miastu. Podeszła do biurka, na którym wciąż stała jej fotografia w srebrnej ramce, podarunku od Bernarda, i ledwo widoczne w ciemności malutkie złote jajko z Fabergé, prezent od niej dla Amadea na rocznicę ślubu, zanim jeszcze przyszedł na świat Alessandro. Przesunęła dłonią po jajku, po skórzanym blacie, potem wolno się odwróciła. — Żegnaj, Amadeo. — Zamknęła za sobą cicho drzwi i raz jeszcze wyszeptała: — Do widzenia.

Chwilę postała w holu, po czym ruszyła do pokoju Alessandra, modląc się, by chłopiec obudził się szybko i nie zaczął płakać. Serce przeszył jej ostry ból na myśl, że Maria Teresa nie będzie mogła pożegnać się ze swym wychowankiem, którego od pierwszych dni jego życia darzyła uczuciem wielkim i gwałtownym. Isabella prosiła Boga, by niania dzielnie zniosła jego zniknięcie i zrozumiała powody, dla których musiało się tak stać, gdy następnego dnia przeczyta pozostawiony dla niej list.

Otworzyła cicho drzwi i pochyliła się nisko nad synkiem, czując jego lekki oddech na szyi.

— Alessandro, dziecinko, to ja, mama... Kochanie, obudź się.

Chłopczyk odwrócił się na drugi bok. Dotknęła delikatnie jego policzka i ucałowała w oczy.

— Alessandro...

Uniósł powieki i sennie się uśmiechnął.

— Kocham cię.

— Ja też cię kocham. No już, maleńki, obudź się.

— Czy to jeszcze noc? — spytał zaskoczony, widząc za oknem ciemność.

— Tak, ale zaraz wyjeżdżamy, tylko ty i ja. To tajemnica. Czeka nas wielka przygoda.

Spojrzał na nią z zaciekawieniem, szeroko otwierając oczy.

— Mogę zabrać misia?

Skinęła głową, mając nadzieję, że nie usłyszy, jak szybko bije jej serce.

— Spakowałam kilka zabawek i gier. No, kochanie, wstawaj.

Usiadł posłusznie, trąc oczy piąstkami. Isabella wzięła go na ręce.

— Poniosę cię.

Zamknęła drzwi na klucz i szybko skierowała się ku swojej sypialni, szepcząc mu do ucha, że muszą być zupełnie cicho. Gdy znaleźli się na miejscu, posadziła go na łóżku i zaczęła ubierać.

— Dokąd jedziemy? — Wysunął nogę, by nałożyła mu skarpetę.

— To niespodzianka.

— Do Afryki? — zapytał z zachwytem. Naciągnęła mu drugą skarpetę, potem niebieski podkoszulek, dres i czerwony sweter, wreszcie buty. — Jedziemy do Afryki, mamusiu?

— Nie, głuptasku. W o wiele lepsze miejsce.

— Jestem głodny, chcę mleka.

— Wujek Bernardo będzie miał dla ciebie mleko i ciasteczka w samochodzie.

— On pojedzie z nami? — zaciekawił się Alessandro.

— Kawałek. Cała podróż jest tylko dla ciebie i dla mnie.

— A Maria Teresa? — zapytał, odsuwając się od niej.

— Ona nie może z nami pojechać, kochanie. Nie możemy się nawet z nią pożegnać.

— Czy będzie na nas bardzo zła, jak wrócimy?

— Nie, zrozumie, dlaczego tak zrobiliśmy. — Przynajmniej taką miała nadzieję.

— No dobrze — powiedział Alessandro, podnosząc jedną ręką pluszowego misia. — Ja i tak wolę z tobą jeździć.

— Ja też. Jesteś gotowy?

Obrzuciła spojrzeniem pokój. Wszystko było albo schowane, albo w walizkach, tylko papucie Alessandra leżały na jej łóżku. Na biurku zostawiła list do Marii Teresy i gospodyni wyjaśniający, iż pan Franco zdecydował, że najrozsądniej będzie, jak Isabella z dzieckiem wyjedzie z miasta. W razie jakichkolwiek problemów mają natychmiast się z nim skontaktować. Pod żadnym pozorem nie powinny wspominać nikomu o zniknięciu Isabelli ani rozmawiać z dziennikarzami.

— Och, zapomnieliśmy o czymś. — Nakładając mu kurtkę, zauważyła, że chłopczyk tłumi ziewanie. — Masz swojego misia?

Już ubrany, przytulił do siebie pluszowe zwierzątko.

— Gotowy?

Kiwnął głową i mocno chwycił ją za rękę. Kiedy uszu Isabelli dobiegł szum otwieranej zdalnie bramy, szelest żwiru na podjeździe i przyciszone głosy Bernarda i dwóch innych mężczyzn, cała zesztywniała. Zaraz potem ktoś lekko zapukał do drzwi.

— Isabello, to ja — odezwał się Bernardo.

— Ale zabawa — zachichotał Alessandro.

Isabella otworzyła drzwi, wpuszczając do środka Bernarda i ochroniarza.

— Jesteście gotowi? — spytał Bernardo szeptem, a gdy Isabella skinęła głową, wpatrując się w niego szeroko otwartymi oczyma, dodał: — Wezmę Alessandra, Giovanni zajmie się bagażami. Czy to wszystko?

— Tak — odparła równie cicho.

— Doskonale.

Isabella zgasiła światło i teraz panujący w holu mrok rozpraszały tylko reflektory parkującego na podjeździe fiata. Bernardo bez słowa wziął chłopczyka na ręce, ochroniarz zabrał walizki. Isabella wyszła ostatnia, zamykając drzwi za sobą. A więc to koniec. Opuściła swój dom!

Prowadził Bernardo. Jeden ochroniarz siedział obok niego, drugi na tylnym siedzeniu z Isabellą i Alessandrem. Kiedy samochód ruszył, Isabella odwróciła się. Dom wyglądał jak zawsze, lecz teraz był tylko budynkiem. Pustym budynkiem, niczym więcej.

## ROZDZIAŁ JEDENASTY

— Dobrze się czujesz? — spytała Isabella. Już od czterech godzin Bernardo nie odrywał rąk od kierownicy, wioząc ich w ciemnościach nocy. — Nie jesteś zmęczony?

Potrząsnął głową. Zbyt był zdenerwowany, by myśleć o zmęczeniu. Żałował, że ma fiata, z którego może wydusić najwyżej sto czterdzieści kilometrów na godzinę, co po raz pierwszy w życiu wydawało mu się żółwim tempem, a nie o wiele szybsze ferrari Amadea. Słońce wzejdzie za jakąś godzinę, on zaś przed świtem chciał się znaleźć we Francji. W dzień celnicy mogą powiązać jej nazwisko z twarzą na zdjęciu w paszporcie i zawiadomić prasę.

— Ile jeszcze? — zapytała Isabella.

— Godzina, może dwie.

Po tej wymianie zdań, w której nie wziął udziału żaden z ochroniarzy, w samochodzie zapadła cisza. Zaraz na początku podróży Alessandro, pokrzepiwszy się mlekiem i ciastem, zwinął się w kłębek na kolanach Isabelli i smacznie zasnął.

Słońce już wstawało, gdy wreszcie Bernardo zatrzymał samochód na pustym przejściu granicznym i nacisnął klakson, by zwrócić na siebie uwagę włoskich celników.

— *Buongiorno* — powitał nadchodzącego funkcjonariusza, wręczając mu pięć paszportów. Mężczyzna obojętnym wzrokiem obrzucił samochód i polecił otworzyć bagażnik, co Bernardo natychmiast uczynił. Uniesiona klapa bagażnika odsłoniła cztery walizki Isabelli, dwie wypełnione dokumentami, dwie ubraniami.

— Bagaż podręczny? — spytał celnik. Bernardo skinął głową. — Jedziecie do Francji?

— Tak.

— Na jak długo?

— Na kilka dni.

Celnik pokiwał głową i w końcu zajął się paszportami, z których pierwszy należał do jednego z członków obstawy. Bernardo modlił się gorączkowo, by celnik nie okazał się człowiekiem dobrze zorientowanym w aktualnych wydarzeniach, gdyż nazwisko di San Gregorio nigdy przedtem nie było tak znane jak obecnie. Nagle rozległ się klakson i tuż za nimi zatrzymały się dwie ciężarówki. Celnik machnął niecierpliwie ręką, na co kierowca ciężarówki odpowiedział obraźliwym gestem. Nie sprawdzając dalej, celnik wszystkie paszporty wepchnął w dłoń Bernarda i kazał mu ruszać.

— Przyjemnej podróży — powiedział, po czym z wyrazem tłumionej furii na twarzy skierował się ku ciężarówkom.

— Co się stało? Co mówił? — dopytywała się pełna najgorszych obaw Isabella.

— Życzył nam przyjemnej podróży — uśmiechnął się Bernardo, kierując samochód ku francuskiej granicy.

— Powiedział coś o moim paszporcie?

— Nie. Ten idiota za nami wyświadczył nam wielką przysługę. Jestem taki szczęśliwy, że mógłbym go uściskać.

— Słysząc to, dwaj ochroniarze wbrew sobie się uśmiechnęli.

— Wykonał nieprzyzwoity gest, czym wkurzył celnika, tak że przestał się nami interesować.

— A teraz co? — Isabella ze strachem wpatrywała się w zbliżającego się mężczyznę w granatowym mundurze.

— Francuski celnik podbije nam paszporty i już nas tu nie ma — rzekł Bernardo, z uprzejmym uśmiechem opuszczając okno.

— *Bonjour, messieurs, madame.* — Francuz z podziwem spojrzał na Isabellę, potem obrzucił wzrokiem resztę pasażerów. Isabella, skupiwszy wzrok na czerwonej tasiemce zdobiącej jego mundur, żałowała, że nie znajduje się o tysiące mil od tego miejsca. — Wakacje czy interesy?

— Trochę tego, trochę tego. — Tylko taka odpowiedź tłumaczyłaby walizki pełne dokumentów, gdyby celnik zechciał je obejrzeć. — Moja siostra, kuzyni, siostrzeniec. Sprawy rodzinne.

— Rozumiem.

Kiedy celnik wziął od Bernarda paszporty, Isabella z całej siły przytuliła Alessandra.

— Jak długo zostaniecie we Francji?

— Kilka dni. — Nieistotne, co powie, każdy z nich i tak przecież wróci inną drogą, a Isabella i Alessandro w ogóle nie wrócą.

— Co macie w bagażniku? Jedzenie? Rośliny? Nasiona?

— Tylko bagaże osobiste. — Bernardo wykonał ruch, jakby już miał wysiadać, ale celnik go powstrzymał.

— Nie trzeba. *Merci.* — Podszedł do okienka i wbił do paszportów wizy, nawet nie patrząc na nazwiska. — *Bon voyage.*

Gestem dłoni pokazał, że mają jechać. Kiedy szlaban się podniósł, Isabella ze łzami w oczach spojrzała na Bernarda.

— Jak tam twój wrzód?

— Ożywiony i energiczny. Czuję, jak mnie kopie.

— To tak samo jak mój.

Przy wtórze ich serdecznego śmiechu Bernardo dodał gazu i ruszyli dalej.

Kiedy koło południa dotarli do Nicei, Alessandro zaczął się budzić. Isabella, podobnie jak towarzyszący jej mężczyźni, nie zmrużyła tej nocy oka.

— Czy to Afryka? Jesteśmy już na miejscu? — Chłopczyk usiadł, sennie się uśmiechając.

— Jesteśmy na miejscu, ale to nie Afryka, kochanie. To Francja.

— Mamy zostać we Francji? — zapytał rozczarowany. Ten kraj znał, był tu już kilka razy.

— Chcesz ciasteczek? — zaproponował Bernardo.

— Nie jestem głodny.

— Ani ja — poparła go szybko Isabella, ale Bernardo wbrew ich zapewnieniom zatrzymał się przy ulicznym straganie, na którym kupił owoce oraz cztery kubki kawy i kartonik mleka.

— Śniadanie dla wszystkich!

Kawa zdziałała cuda i wszyscy poczuli się lepiej. Isabella uczesała się i poprawiła makijaż, mężczyźni natomiast niewiele mogli poradzić na pokrywający ich policzki ciemny zarost i przekrwione oczy.

— A teraz gdzie jedziemy? — zapytał Alessandro, wycierając wąsy z mleka łapką pluszowego misia.

— Na lotnisko, gdzie ciebie i mamusię wsadzę do samolotu.

— Super! — Alessandro klasnął z zachwytem w dłonie. Isabella przyglądała mu się badawczo. To nadzwyczajne, nie okazywał strachu, żalu czy pretensji. Przyjął ich wyjazd tak, jakby od tygodni wspólnie go planowali. Bernardo także zwrócił na to uwagę. Wzruszył się bardzo, gdy nadeszła chwila pożegnania.

— Opiekuj się mamusią! Niedługo do was zadzwonię. — Patrzył czule na chłopca, ze wszystkich sił starając się powstrzymać łzy. Alessandro przyglądał mu się z dezaprobatą.

— W Afryce nie ma telefonów, głuptasie.

— To tam jedziecie?

— Tak.

Bernardo delikatnie zmierzwił mu czuprynę i zwrócił się ku Isabelli, ponad jej ramieniem obserwując śpieszących do samolotu pasażerów.

— Żegnaj, Isabello. Proszę cię... bądź ostrożna.

— Będę. Ty też na siebie uważaj. Odezwę się zaraz po przyjeździe.

Pokiwał głową i szybko wziął ją w ramiona.

— *Addio*. — Tulił ją dłużej, niż powinien, czując, jak gardło się mu ściska.

Isabella objęła go mocno i popatrzyła mu poważnie w oczy.

— Do zobaczenia wkrótce, Bernardo.

Po raz ostatni go uściskała, a potem otulona w swoje długie futro z norek, z dzieckiem w ramionach i ochroniarzami u boku odeszła. Nie chciał, by wkładała to futro, wolałby, żeby miała na sobie coś prostego, na przykład wełniany płaszcz, ale ona się uparła twierdząc, że w Nowym Jorku futro może być jej potrzebne. Isabellezza... Bernardo czuł, jak cały drży od środka. A jeśli utracił ją na zawsze? Postanowił jednak teraz o tym nie myśleć. Otarł łzy i wyszedł z lotniska, szepcząc: ,,Do widzenia". Isabellę czekała długa podróż, a on wieczorem chciał być w Rzymie.

## ROZDZIAŁ DWUNASTY

Kiedy Isabella z Alessandrem na rękach weszła do saloniku na lotnisku Heathrow, nowi ochroniarze już tam byli. Poczuła, jak serce skacze jej w piersiach, gdy się ku niej zbliżali. Byli wysocy, ciemnowłosi i odznaczali się zdrowym wyglądem amerykańskich futbolistów.

— Pani Walker?

— Tak — potwierdziła, zgodnie bowiem z planem nazwisko Nataszy służyć miało jako hasło, nie bardzo jednak wiedziała, co powinna zrobić dalej. Wyższy z ochroniarzy wybawił ją z kłopotu, wręczając jej liścik od Nataszy, w którym przeczytała:

*Jesteś już prawie w domu, makaroniarko. Ucałuj ode mnie swojego pajacyka i odpręż się.*

*Uściski. N.*

— Dziękuję. Co teraz?

Amerykanie bez słowa podali jej bilety; dostali wyraźne instrukcje, by przy swoich zmiennikach nie otwierać ust. Isabella zerknęła na zegarek. Musi teraz odprawić swoich ludzi. Odwróciła się ku nim, mówiąc coś szybko po włosku, na co obaj wstali i uścisnęli jej dłoń, życząc szczęścia i wyrażając nadzieję, że szybko będzie mogła wrócić do domu. Kiedy po kolei nachylali się, by na pożegnanie ucałować Alessandra, łzy wzruszenia trysnęły jej z oczu. Pomyślała ze smutkiem, że wraz z ich odejściem zrywa ostatnią nić łączącą ją z domem. Przebywali w nim od tak dawna, że teraz dziwne jej się wydało, iż nie będzie ich mieć koło siebie. Podobnie jak Alessandro, zaczynała odczuwać zmęczenie. Miała za sobą długą wyczerpującą noc i nerwowy poranek, który spędziła na zastanawianiu się, jak odnajdzie ludzi przysłanych przez Nataszę i co się stanie, jeśli w jakiś sposób jej się to nie uda.

— Lepiej już chodźmy. — Amerykanin ujął ją pod ramię i poprowadził w kierunku wyjścia.

W samolocie Isabella zajęła swoje miejsce, dręczona przeczuciem, że za chwilę stanie się coś strasznego: okaże się, że na pokładzie jest bomba, nastąpi wybuch, czyjeś ręce wyciągną się po Alessandra... Miała wrażenie, że na jawie przeżywa senny koszmar. Nigdy przedtem nie czuła się tak oddalona od domu. Samolot wszakże bez przeszkód wzbił się w powietrze.

— Gdzie lecimy, mamusiu? — Alessandro wyglądał na bardzo zmęczonego, w jego piwnych oczach malowało się niezrozumienie.

— Do cioci Nataszy, kochanie, do Nowego Jorku. — Łagodnie ucałowała go w czoło, po czym trzymając się za ręce, oboje zapadli w głęboki sen, z którego po czterech godzinach obudził Isabellę Alessandro, wygramoliwszy się z jej objęć.

Nie czując go blisko siebie, bardzo się przestraszyła, zaraz jednak z ulgą wygodnie oparła się o fotel. Amerykańscy ochroniarze siedzieli po obu jej stronach, Alessandro zaś stał w przejściu i bacznie im się przypatrywał.

— *Mi chiamo Alessandro, e lei?*

Mężczyzna w odpowiedzi uśmiechnął się i bezradnie rozłożył ręce.

— *Non capito* — powiedział i spojrzał na Isabellę, wzrokiem prosząc o pomoc.

— Zapytał, jak się pan nazywa.

— Rozumiem... jestem Steve, a ty Alexandro, tak?

— Alessandro — poprawił go chłopczyk z łobuzerskim błyskiem w oczach.

— Okay, Alessandro. Widziałeś już coś takiego? — Wyjął z kieszeni pięćdziesięciocentówkę. Nagle moneta jakimś cudem zniknęła z jego dłoni, w następnej chwili zaś odnalazła się za uchem malca, który aż pisnął z zachwytu i klasnął w ręce, prosząc o powtórzenie. Różnorakie monety pojawiały się i znikały, podczas gdy mężczyzna i chłopiec prowadzili niełatwą rozmowę, jeden na migi, drugi paplając po włosku.

Isabella przymknęła powieki. Jak dotąd wszystko szło gładko, pozostała jej tylko odprawa na lotnisku w Nowym Jorku i dotarcie do mieszkania Nataszy, gdzie wreszcie się rozbierze, zanurzy w wannie pełnej ciepłej wody i ukryje do końca życia. Miała wrażenie, że od tygodnia nie zmieniała ubrania.

Zjedli obiad, potem obejrzeli film. Poza dwoma wyprawami z Alessandrem do toalety, w czasie których dyskretnie towarzyszyli im ochroniarze, nawet na chwilę nie opuścili swoich miejsc. Isabella dość szybko zauważyła, że nikt z pasażerów ani obsługi jakoś specjalnie się nimi nie interesuje. Na liście pasażerów figurowali jako I. i A. Gregorio, S. Connally i J. Falk, co samo w sobie brzmiało zupełnie normalnie. Na jej długie czarne futro z norek z podziwem zerknęła główna stewardesa, lecz nawet ono nie stanowiło niczego nadzwyczajnego w samolotach relacji Londyn — Nowy Jork. Biżuteria ukryta na dnie jej torebki z pewnością zrobiłaby na stewardesach o wiele większe wrażenie.

— Za jakieś pół godziny wylądujemy w Nowym Jorku — powiedział cicho mężczyzna o imieniu Steve, nachylając się ku Isabelli, która w odpowiedzi skinęła głową. — Pani Walker będzie czekała na panią przy odprawie celnej. Odprowadzimy was do jej samochodu.

— Dziękuję.

Gdy odwróciła od niego głowę, przyjrzał jej się uważnie. Był niemal pewien, że ją rozszyfrował. Dwa lata wcześniej zetknął się z podobnym przypadkiem: kobieta porwała dzieci ojcu, który ukrył się z nimi w Grecji. Sposób, w jaki Isabella trzymała chłopca, nasuwał mu przypuszczenie, że tutaj też o to chodzi. To straszne, żeby tak postępować z własnym synem. Czasami nie potrafił zrozumieć tych bogaczy, wyrywających sobie dzieci, jakby to były zabawki. Ta klientka wszakże sprawiała wrażenie miłej kobiety pomimo pojawiającego się przelotnie na jej twarzy wyrazu paniki i zmarszczki, która przecinała jej czoło. Prawdopodobnie śmiertelnie się obawiała, że mąż ją dopadnie i nie uda jej się wywieźć dziecka z Francji. Ochroniarze poza tym, że do Londynu miała przylecieć z Nicei, nic więcej o niej nie wiedzieli.

Kiedy samolot zaczął podchodzić do lądowania, Steve znowu się ku niej odwrócił.

— Chciałbyś jeszcze iść do łazienki, Alessandro? Odprawa może długo potrwać — przetłumaczyła jego słowa Isabella, lecz chłopczyk zdecydowanie potrząsnął głową. — Dobra. Byłeś już w Nowym Jorku?

Usłyszawszy od matki, o co Amerykanin pyta, malec znowu pokręcił głową, dodając, że myślał, że jadą do Afryki. Barczysty ochroniarz roześmiał się i zręcznym ruchem zapiął mu pasy, Alessandro jednak nie zwracał na niego uwagi. Wpatrzony w matkę, chwycił mocno jej dłoń. Isabella oddała mu uścisk, z roztargnieniem obserwując migoczące światła lotniska. Dochodziło wpół do piątej po południu, o tej porze roku, na początku lutego, było więc już ciemno.

Jakże inaczej wyglądał ten przylot! Poprzednio była w Nowym Jorku dwa lata wcześniej razem z Amadeem. Zazwyczaj jeździł do Stanów sam, gdyż Isabella wolała bywać we Francji i Anglii, lecz ten ostatni wspólny pobyt przypominał cudowny sen. Mieszkali w hotelu St. Regis, kolacje jadali w Caravelle, Grenouille i Lutèce, wzięli udział w niezwykle wystawnym przyjęciu wydanym dla amerykańskich projektantów mody i w kilku skromniejszych rautach, chodzili na długie spacery po parku. Tym razem nie będzie żadnych hoteli, drogich restauracji, przyjęć, intymnych chwil we dwoje. Isabella nieodwołalnie straciła Amadea. Nie będzie stawał jej przed oczyma, jak to się zdarzało, gdy wędrowała po domu, bo teraz nie będzie znajomych kątów ani bliskich osób oprócz Nataszy i dzieci. Isabelli nie pozostało nic, co kiedyś stanowiło cząstkę życia Amadea, i nagle ogarnął ją żal, że nie zabrała ze sobą jakiejś rzeczy, która do niego należała, by spojrzawszy na nią, wspominać jego roześmiane, zakochane oczy. „Isabellezza". Wciąż słyszała, jak wymawia jej imię.

— Mamusiu, mamo! — szarpał ją za rękaw Alessandro. Samolot kołował już po płycie. — Popatrz, wylądowaliśmy.

Mężczyźni rzucili jej szybkie spojrzenie.

— Idziemy.

Samolot jeszcze się nie zatrzymał, a oni stali już w przejściu. Steve podał Isabelli futro, jego kolega wziął na ręce Alessandra. W chwili gdy maszyna znieruchomiała, ruszyli ku wyjściu. Przez chwilę Isabella miała wrażenie, że wciąż unosi się w powietrzu, ledwo bowiem dotykała podłogi, kiedy prowadzili ją pod ramiona. Byli już przy odprawie celnej, a pozostali pasażerowie jeszcze opuszczali samolot.

Celnik ruchem ręki polecił, by Isabella otworzyła walizki.

— Cel pani wizyty?

— Sprawy rodzinne.

Celnik zerknął na stojących po obu jej stronach mężczyzn i dziecko.

„Chryste, a jeśli on mnie rozpozna..."

— Co to za papiery? — Celnik wskazał na dwie mocno wypchane walizki.

— Przywiozłam ze sobą pracę.

— Zamierza pani tu pracować?

— Chodzi o sprawy prywatne, rodzinne.

Raz jeszcze obrzucił wzrokiem walizki z dokumentami, po czym zajął się ubraniami, jednakże ani w rzeczach Isabelli, ani Alessandra nie znalazł niczego interesującego.

— W porządku, może pani iść.

Udało się. Teraz musi tylko znaleźć Nataszę i mogą już jechać do domu. Przez chwilę stała bez ruchu, patrząc pustym wzrokiem przed siebie i zastanawiając się, czy coś złego się nie stało, gdy ją zobaczyła. Natasza biegła ku niej, a jej długie jasne włosy powiewały nad futrem z rysia. Rzuciły się sobie w ramiona, zgniatając przy tym Alessandra, którego Isabella trzymała na rękach. Chłopczyk zaprotestował, a kiedy Natasza uszczypnęła go w szyję, głośno pisnął.

— Ciao, Alessandro. Jak się miewasz? — rzekła Natasza, biorąc go na ręce. Przyjaciółki stały, patrząc sobie w oczy.

— Witaj w domu — odezwała się w końcu Natasza zachrypniętym głosem, po czym zwróciła się do Alessandra: — Wiesz, jaki jesteś ciężki, mały? Do samochodu pójdziesz na nóżkach, dobrze?

Isabella jednak potrząsnęła głową.

— Ja go wezmę.

— Rozumiem — powiedziała Natasza i spojrzała na obstawę. — Samochód jest tam.

Zwartą grupką ruszyli ku wyjściu. Na zewnątrz czekał na nich rolls-royce z kierowcą; na tablicy widniały czyjeś inicjały, lecz Isabella nie miała nawet czasu ich odczytać. Zanim zdążyła nabrać powietrza w płuca, wszyscy troje byli już w obitym skórą wnętrzu auta, a walizki w bagażniku. Ochroniarze pomachali im na pożegnanie i samochód ruszył.

Dopiero wówczas Isabella zorientowała się, że oprócz nich w samochodzie jest jeszcze jeden pasażer, zajmujący miejsce obok kierowcy. Na jej twarzy pojawił się wyraz przestrachu, gdy mężczyzna odwrócił się ku nim z uśmiechem. Był bardzo przystojny, niebieskooki, o młodej twarzy i srebrnych włosach.

— Och — westchnęła cicho Isabella.

— Wszystko w porządku, Isabello. — Natasza poklepała ją uspokajająco po dłoni. — To mój przyjaciel, Corbett Ewing.

Mężczyzna skłonił głowę i wyciągnął dłoń.

— Nie chciałem pani przestraszyć. Proszę mi wybaczyć.

Isabella uścisnęła mu rękę. Nie spodziewała się, że w samochodzie oprócz kierowcy będzie jeszcze ktoś. Spojrzała pytająco na Nataszę, ta jednak tylko się uśmiechnęła i wymieniła spojrzenie z Corbettem. Isabella pomyślała, że chyba już wszystko rozumie.

— Jak przeszła podróż?

Ze swobodnego, lekkiego tonu Corbetta jasno wynikało, że nie ma pojęcia, z jakimi niebezpieczeństwami wiązał się dla Isabelli ten przelot z Rzymu do Nowego Jorku, najwyraźniej bowiem tylko tyle wiedział. Isabella z irytacją pomyślała, że Natasza nie powinna była go zabierać. Nie miała ochoty prowadzić towarzyskiej konwersacji przez całą drogę z lotniska do mieszkania przyjaciółki. Szybko wszakże zrozumiała, że samochód jest jego własnością, a poza tym doszła do wniosku, że być może na jego obecności zależało Nataszy. Nie ulegało wątpliwości, że oboje doskonale się rozumieją. Prawdopodobnie Natasza powodowana nadmierną ostrożnością wolała czuć przy sobie jego siłę.

Isabella zmusiła się do uśmiechu. Czuła, że jest to winna przyjaciółce.

— Dziękuję, podróż przeszła dobrze. Ale oboje jesteśmy trochę... — głos jej się załamał. Była tak wyczerpana, że ledwo mogła mówić. — Oboje jesteśmy bardzo zmęczeni.

— Wyobrażam sobie — odparł ze zrozumieniem mężczyzna.

Niedługo potem odwrócił się i zagłębił w prowadzoną szeptem rozmowę z kierowcą. I choć patrzył na Isabellę zaledwie kilka chwil, jej krucha uroda nie uszła jego uwagi.


## ROZDZIAŁ TRZYNASTY


Kiedy rolls-royce zatrzymał się przed domem, w którym mieszkała Natasza, odźwierny i windziarz natychmiast przybiegli, by zaoferować pomoc. Isabella wysiadła, trzymając mocno Alessandra za rączkę. Na jej bladej twarzy malował się wyraz niedowierzania. Przyglądając się budynkowi i obsadzonej drzewami alei, po raz kolejny uświadomiła sobie, jak daleko znalazła się od domu. To był inny świat, inne życie. Dwa dni wcześniej pracowała w Domu Mody „San Gregorio" i mieszkała w swojej willi w Rzymie, a teraz stoi przed kamienicą Nataszy przy Park Avenue w Nowym Jorku. Była szósta po południu, pora, kiedy pustoszeją biura i zakłady pracy. Zapadł już zmrok, powietrze było mroźne, lecz dookoła panował zgiełk, błyskały kolorowe neony, a w ludziach wyczuć można było radość i podniecenie. Isabella zapomniała już, jak hałaśliwy i ruchliwy jest Nowy Jork, pod pewnymi względami miasto bardziej podniecające i szalone niż Rzym. Na widok mijających ją kobiet w kolorowych wełnianych płaszczach i futrzanych czapkach oraz energicznych, o zamożnym wyglądzie mężczyzn zapragnęła wejść między nich, odetchnąć innym powietrzem, oglądać ludzi, przypomnieć sobie zapachy miasta, wstąpić do sklepów. Nie miało znaczenia, że od niemal czternastu godzin nie zmrużyła oczu, że samochodem i samolotem przemierzyła pół świata — zachciało jej się znowu żyć, przestała się bać tłumu.

— Wszystko w porządku, Isabello? — W jej zadumę wdarł się głos Corbetta, który od dłuższego czasu uważnie ją obserwował.

— Tak, w porządku... — odparła ostrożnie. — Dziękuję za podwiezienie.

— Nie ma za co — odparł, po czym zwrócił się do Nataszy: — Czy dalej panie poradzą sobie same?

— Jasne — zapewniła Natasza i cmoknęła go w policzek. — Później do ciebie zadzwonię.

Bez słowa skinął głową, poczekał, aż kobiety i dziecko znikną w budynku, po czym zatopiony w myślach wsiadł do samochodu.

Natasza, Isabella i Alessandro szybkim krokiem przemierzyli hol i weszli do windy z wypolerowanego brązu, którą obsługiwał mężczyzna w czarnym uniformie ze złotym sznurem i w białych rękawiczkach.

— Życzę miłego wieczoru, pani Walker — powiedział windziarz, kiedy dojechali na miejsce.

— Dziękuję, John. Dobranoc.

Wkładając klucz do zamka, Natasza przyjrzała się Isabelli.

— Wiesz, jak na kogoś, kto jest w podróży Bóg wie jak długo — oznajmiła — wyglądasz całkiem nieźle.

Isabella odpowiedziała jej słabym uśmiechem. Kiedy Natasza otworzyła drzwi, ogłuszyło ich podniecone szczekanie Ashleya i gorączkowe okrzyki Jasona, w których utonął spokojny głos Hattie. Dźwięki i zapachy mieszkania owładnęły bez reszty Isabellą. Nie było tu śladu pałacowego przepychu jej willi przy Via Appia Antica, za to mieszkanie doskonale pasowało do Nataszy. Gdyby miała zaprojektować wnętrze podkreślając niezwykłą urodę przyjaciółki, wybrałaby dokładnie takie jak to, które teraz widziała. Ogromny śnieżnobiały salon z kremowymi plamami o bogatej fakturze, gładkie białe obicia, białe ściany, lustra, dużo chromu i skóry, stoliki ze szkła, które sprawiały wrażenie zawieszonych w powietrzu, delikatne oświetlenie, kominek z białego marmuru, rośliny zwisające od sufitu do podłogi. Jedynymi barwnymi plamami na ścianach były ogromne współczesne obrazy.

— Podoba ci się?

— Rewelacyjny!

— Chodź, pokażę ci resztę. A może jesteś zbyt zmęczona?

Południowy zaśpiew Nataszy był tak samo łagodny jak przedtem, przywodził na myśl lekką bryzę w upalną letnią noc. I tak samo jak przedtem kontrastował z jej szybkim krokiem, zdecydowaniem, barwnym słownictwem. Zdawało się, że Natasza ucieleśnia wszystko, co najbardziej charakterystyczne dla Nowego Jorku, dopóki człowiek nie usłyszał tego zaśpiewu i nie spojrzał głęboko w wielkie błękitne oczy, rzucające łobuzerskie błyski.

Isabellę ogarnęła ochota, by zobaczyć mieszkanie. Alessandro już wcześniej zniknął gdzieś z Hattie i Jasonem przy akompaniamencie ujadania nie odstępującego ich na krok spaniela.

Kiedy weszły do jej sypialni, Natasza rzuciła się na fotel.

— Nie podoba ci się? Możesz być szczera. Sama nie wiem, co mi się stało, jak urządzałam ten pokój.

— A ja wiem. To jest jak sen.

Wystrój pozostałych pomieszczeń był na wskroś nowoczesny, natomiast tutaj Natasza bez ograniczeń popuściła wodze fantazji. Środek pokoju zajmowało bogato zdobione łoże z baldachimem z białego jedwabiu, zarzucone poduszkami i poduszeczkami z białej koronki, a sąsiadowała z nim toaletka żywcem wzięta z buduaru Scarlett O'Hary. Po obu stronach niedużego kominka stały dwie niebiesko-białe sofy, a pod oknem przepiękna wiklinowa kanapa z jasnobłękitnymi siedzeniami.

— To jest tak cudownie południowe, Nataszo, jak ty.

Wybuchnęły radosnym śmiechem, takim samym jak wówczas, gdy Natasza miała dziewiętnaście, a Isabella dwadzieścia jeden lat.

— Chodźmy — powiedziała Natasza — musisz zobaczyć resztę.

Jadalnia odznaczała się współczesnym przepychem. Królował w niej ogromny szklany stół z chromowanymi krzesłami, pod ścianami stały kredensy z grubego szkła, lecz i tu Natasza pozwoliła sobie na odrobinę szaleństwa: po błękitnym suficie goniły się pierzaste chmurki.

— To przypomina wycieczkę na plażę, prawda?

Urządziła mieszkanie z wielkim stylem i poczuciem humoru. Na każdym, kto ją odwiedzał, robiło wrażenie, a równocześnie wszyscy czuli się w nim dobrze, udało jej się bowiem harmonijnie pomieszać współczesne cuda z dawnymi: mosiądz, aksamit i trzeszczący ogień na kominku doskonale pasowały do awangardowych dzieł sztuki.

Zajrzały do pracowni Nataszy i obszernej kuchni z jasnożółtą podłogą. Wreszcie gospodyni spojrzała na gościa z wesołym błyskiem w oku.

— Na końcu holu czeka na ciebie niespodzianka.

Przed miesiącem była to zapchana pudłami i starym sprzętem sportowym służbówka, zaraz jednak po pierwszym telefonie z Rzymu Natasza z zapałem przystąpiła do pracy. Kiedy teraz otworzyła drzwi, wyraz oczu Isabelli był dla niej najlepszą nagrodą. Ściany pokrywał francuski jedwab w subtelnym odcieniu różu, który odkupiła od znajomego dekoratora wnętrz. W kącie stało niewielkie francuskie biurko z krzesłem obitym materią w tym samym kolorze, a pod ścianą drewniana szafka i zarzucona poduszkami z różowego jedwabiu mała aksamitna kanapa, której wprost nie można się było oprzeć. Całość uzupełniały półki na książki, kilka kwiatów doniczkowych, przepiękny dywan we wschodnie wzory, w których blade zielenie przeplatały się z barwą maliny i tym samym przytłumionym różem co na ścianach, oraz stojące na biurku i miniaturowym stoliku lampy z brązu.

— Dobry Boże, to wygląda prawie jak mój buduar. — Isabelli z wrażenia zabrakło tchu.

— Niezupełnie, ale się starałam.

— Och, Nataszo, nie powinnaś była... Jak mogłaś?

— Czemu nie? Telefon ma dwie linie. Szafka jest pusta. A jeśli będziesz grzeczna, odstąpię ci moją maszynistkę.

Isabella miała więc absolutnie wszystko, czego mogła potrzebować, a nawet więcej: w tym pokoju było coś bardzo znanego, bliskiego, przypominającego dom. Ze łzami w oczach popatrzyła na przyjaciółkę.

— Jesteś najbardziej niezwykłą kobietą, jaką znam.

Natasza w odpowiedzi uścisnęła ją, a potem wyprowadziła z powrotem do holu.

— Skoro już zobaczyłaś swoje biuro, pokażę ci twoją sypialnię, chociaż z góry uprzedzam, że nie jest tak wspaniała.

— Jak to możliwe? Nataszo, zadziwiasz mnie.

Isabella, wciąż oszołomiona, podążyła za Nataszą. Wróciły do głównego holu, po drodze mijając pokój Jasona, w którym chłopcy zdążyli już rozprawić się z walizką Alessandra, Hattie zaś przygotowywała kąpiel.

— Wszystko w porządku, kochanie? — zawołała po włosku Isabella, przystając w otwartych drzwiach.

— Tak! — Pomachał jej wesoło ręką po czym w pogoni za psem razem z Jasonem zniknął pod łóżkiem.

— Jak myślisz, twój pies to wytrzyma?

— Nie ma obawy, Ashley jest przyzwyczajony. To tutaj.

Otworzyła drzwi i pierwsza weszła do środka. Pokój, choć nie tak ozdobny jak jej sypialnia ani tak nowoczesny jak reszta domu, był przytulny, ciepły i miły. Podłogę przykrywały stare francuskie dywaniki, obok szklanego stolika, na którym w kryształowym wazonie płonęły purpurowe róże, stał fotel obity ciemnozielonym aksamitem, w kącie uwagę zwracał kredensik z drzwiami inkrustowanymi malachitem. Przed łóżkiem nakrytym narzutą z tego samego aksamitu co fotel leżało pofałdowane ciemne futro, przywodzące na myśl zamczysko w jakimś odległym północnym kraju, a w marmurowym kominku trzaskał ogień.

— Mój Boże, jak tu ślicznie! Gdzie udało ci się wyszperać ten kredens?

— We Florencji w zeszłym roku. Honoraria to wspaniała sprawa. Nie uwierzysz, ile dobrego mogą zrobić dziewczynie.

Isabella usiadła na łóżku, Natasza w fotelu.

— Czujesz się dobrze, Isabello?

— Tak — odparła, wpatrując się w ogień i na chwilę pozwalając myślom powędrować z powrotem do domu.

— Jak było?

— Chodzi ci o wyjazd? Trudno i strasznie. Bałam się przez całą drogę, nie mogłam odpędzić od siebie myśli, że za chwilę stanie się coś złego, ktoś mnie rozpozna... Poza tym martwiłam się o Alessandra... Nie mogliśmy zostać w Rzymie. — Widząc Nataszę swobodną i spokojną w swoim mieszkaniu, zatęskniła do własnego domu.

— Wrócisz.

Isabella skinęła głową i spojrzała przyjaciółce w oczy.

— Nie wiem, co mam robić bez Amadea. Ciągle mi się wydaje, że wróci do domu, że... Tak trudno wyrazić, co właściwie czuję.

Cierpienie, wryte głęboko w duszę i serce, wyraźnie odbijało się w jej oczach.

— Chyba tak naprawdę nie potrafię sobie tego wyobrazić — powiedziała Natasza. — Ale musisz pamiętać tylko szczęśliwe chwile, te, dla których warto żyć, a o reszcie po prostu zapomnij.

— Jak? Jak mam zapomnieć tamten głos w telefonie, tamten dzień? To nieskończenie długie czekanie w całkowitej nieświadomości, a potem... Jak poskładać kawałki, żeby znowu zaczęły coś znaczyć, żeby cokolwiek znowu zaczęło się liczyć?...

Zanim Natasza zdążyła odpowiedzieć, w progu stanął Alessandro z psem u nogi.

— On ma pociąg! Prawdziwy, taki jak ten, który z tatusiem widziałem w Rzymie! Pójdziesz zobaczyć? — kusił chłopczyk.

— Za chwilkę, kochanie. Ciocia Natasza i ja chcemy porozmawiać.

Natasza odprowadziła wzrokiem chłopca, który odwrócił się na pięcie i zniknął, po czym rzekła:

— Alessandro, Isabello... Teraz musisz uwagę skupić tylko na nim. Cała reszta z biegiem czasu przyblaknie, straci znaczenie. Nie chodzi mi o dobre wspomnienia, ale o ból. Musi tak się stać. Nie możesz nosić go w sobie do końca życia jak płaszcz.

Isabellę to porównanie rozbawiło.

— Sugerujesz, że jestem niemodna?

— Skądże znowu! Ale wiesz, co mam na myśli.

— Tak... Och, Nataszo, czuję się taka stara i mam tyle pracy! Nie wiadomo tylko, czy z moich planów coś wyjdzie. Bóg jeden wie, jak sobie poradzę, kontaktując się z Bernardem telefonicznie przez ocean. — Nie zamierzała wspominać, co dodatkowo komplikuje ich stosunki, choć zdradzały to jej oczy.

— Jestem pewna, że dasz sobie radę.

— Powiedz, naprawdę nie masz nic przeciwko współlokatorce?

— Już mówiłam. Przypomnimy sobie stare czasy.

Obie jednak zdawały sobie sprawę, że teraz nie będzie dokładnie tak samo jak ongiś. Wtedy bywały razem w restauracjach, operze, teatrze, widywały się z przyjaciółmi, chodziły na randki, urządzały przyjęcia. Teraz żadna z tych ewentualności nie wchodziła w grę. Isabella nie wystawi nosa z mieszkania, chyba że obie uznają, iż nie będzie się z tym wiązało żadne ryzyko. Może, pomyślała Natasza, będą mogły czasami pospacerować po parku. Na wszelki wypadek odwołała większość swoich spotkań z następnych trzech tygodni. Lepiej, żeby Isabella nie widziała, jak biega na koktajle, premiery, koncerty.

Drgnęła, słysząc głos przyjaciółki.

— Zaraz po przyjeździe podjęłam pewną decyzję. — W oczach Isabelli igrał lekki uśmiech.

— Mianowicie?

— Jutro wychodzę, Nataszo.

— Nigdzie nie pójdziesz.

— Muszę. Nie mogę żyć jak w klatce. Muszę pospacerować, odetchnąć świeżym powietrzem, popatrzeć na ludzi. Obserwowałam ich, jak jechaliśmy z lotniska. Muszę ich widywać, Nataszo. Jak mogę prowadzić firmę żyjąc w kokonie?

— Nawet gdyby ktoś na dziesięć lat zamknął cię w łazience, to i tak w sprawach mody nie będziesz się mylić.

— Bardzo w to wątpię.

— A ja nie — odparła wojowniczo Natasza. — Zobaczymy.

— Niech ci będzie: masz rację.

Wychodząc z pokoju, Natasza z ulgą, a równocześnie z troską pomyślała, że Isabella wraca do życia. Początkowo martwiła się bardzo, niepewna, jak przyjaciółka zniosła tragedię, teraz poznała już prawdę. W Isabelli wciąż tliły się gniew, gorycz i strach, choć zarazem były w niej ogień i chęć życia, a w onyksowych oczach nie wszystkie brylantowe błyski zgasły.

Upewniwszy się, że chłopcy przeżyli jakoś ten wieczór, wróciła do sypialni Isabelli, by zaproponować jej wspólną kolację. W progu przystanęła, uśmiechając się do siebie. Isabella, rozciągnięta na aksamitnej narzucie, nie wiedziała o bożym świecie. Natasza okryła ją kołdrą, szepcząc „Witaj w domu", po czym zgasiła światło i cicho zamknęła za sobą drzwi.

## ROZDZIAŁ CZTERNASTY

Isabella, otulona w błękitny szlafrok z wysokim kołnierzem, wyszła cicho ze swojej sypialni. Było bardzo wcześnie, pomiędzy drapaczami chmur zaczynały dopiero przebłyskiwać promienie wschodzącego słońca. Przez chwilę stała przy oknie w jadalni, myśląc o leżącym u jej stóp mieście, które było Mekką dla ludzi żądnych sukcesu, dynamicznych, gotowych walczyć i w rezultacie zwyciężyć. Miasto dla ludzi takich jak Natasza i — musiała to przyznać — ona sama, choć z własnej woli nigdy by go nie wybrała. Brakowało w nim nastroju dekadencji, radości i uroku, tak charakterystycznych dla Rzymu. Nowy Jork miał wszakże w sobie coś innego. Patrząc na jego panoramę w dole, połyskliwą niczym brylantowa rzeka, Isabella miała wrażenie, że miasto wabi ją ku sobie.

Poszła do kuchni, gdzie w kredensie znalazła coś, co Natasza nazywała kawą, a czego ona u siebie nigdy by nie podała. Kiedy jednak przyrządziła sobie filiżankę, znajomy mocny aromat przypomniał jej tamte dni sprzed dwunastu lat. Zawsze tak reagowała na zapachy. Czując je w nozdrzach, widziała rzeczy dawno nie oglądane: jakiś pokój, przyjaciółkę, zdarzenie, randkę z zapomnianym mężczyzną... Teraz jednak nie miała czasu na wspomnienia. Spojrzała na zegar. Było wpół do siódmej, a to znaczyło, że jej dzień już się rozpoczął. W Rzymie, który od Nowego Jorku dzieliło sześć godzin różnicy, minęło południe, tak więc przy odrobinie szczęścia złapie Bernarda, nim ten wyjdzie na lunch, przytłoczony ciężarem obowiązków spoczywających na jego barkach. Isabella zabrała filiżankę do swego ślicznego gabinetu i z uśmiechem zapaliła światło. Natasza, słodka Natasza, taka dobra i życzliwa! Wyraz czułości zniknął wszakże z jej oczu, gdy zajęła się najpilniejszymi sprawami, które musiała załatwić.

Czekając na połączenie z Włochami, otworzyła jedną ze swych wypchanych toreb i wyjęła z niej gruby notes i dwa kolorowe pisaki. Zanim w słuchawce odezwała się recepcjonistka z Domu Mody „San Gregorio", zdążyła usiąść i napić się kawy.

Telefonistka poprosiła o połączenie z panem Franco, Isabella zaś nerwowo tupała swymi wypielęgnowanymi stopami o miękki dywan, bazgrząc coś w notesie. Milczała, żeby dziewczyna z San Gregorio nie domyśliła się, kto dzwoni.

— Proszę? — usłyszała wreszcie głos Bernarda.

— *Ciao, bravo*. To ja.

Włosi używają słowa „bravo" na określenie człowieka dobrego, uczciwego, godnego zaufania — zacnego. Mało kogo charakteryzowało tak trafnie jak Bernarda.

— Wszystko poszło dobrze?

— Wręcz doskonale.

— Jak się czujesz?

— Jestem zmęczona i chyba ciągle w szoku. W gruncie rzeczy nie zdawałam sobie sprawy, na co się decyduję, dopóki się tu nie znalazłam. Masz szczęście, że byłam zbyt wyczerpana, inaczej bym wsiadła do pierwszego samolotu do Rzymu. — Ogarnęła ją fala tęsknoty za domem i nagle zapragnęła objąć Bernarda.

— Ty to masz szczęście. Zrobiłbym ci piekielną awanturę i natychmiast odesłał z powrotem. — Choć głos miał śmiertelnie poważny, Isabella nie mogła powstrzymać się od śmiechu.

— Wierzę ci. Tak czy owak, tkwimy teraz po uszy w tym całym szaleństwie i oboje musimy się starać, żeby wszystko jakoś szło. Mów, co u was? Stało się coś nieprzewidzianego?

— Dosłownie przed chwilą posłałem ci wycinek z „Il Messaggero". Wszystko idzie zgodnie z planem. Gazeta podaje, że obecnie przebywasz w mieszkaniu w budynku firmy.

— A jak zareagowali ludzie?

— Maria Teresa przyjęła to nie najlepiej, ale chyba już zrozumiała. Uważa, że powinnaś była zabrać ją ze sobą. Teraz wydaje się zrezygnowana. A jak tam maleństwo?

Maleństwo... Isabella i Amadeo od dwu lat nie nazywali tak syna.

— Zachwycony i szczęśliwy, chociaż nie pojechaliśmy do Afryki.

Isabella dziękowała Bogu, że w firmie już dawno zainstalowano oddzielną linię bez połączenia z wewnętrznymi telefonami. Korzystali z niej tylko ona, Amadeo i Bernardo. Pozwalała im teraz rozmawiać swobodnie, bez obawy, że ktoś ich podsłucha.

— A teraz mów, co nowego. Dostałeś świeże zamówienia? Są problemy z letnią kolekcją?

Termin pokazu zbliżał się szybkimi krokami. Isabella nie mogła wybrać gorętszego okresu na swoje zniknięcie.

— Nic szczególnego się nie dzieje, jest tylko kłopot z czerwonym materiałem, który zamówiłaś w Hongkongu.

— Dlaczego? — Palce u nóg, którymi przesuwała po kablu telefonicznym wijącym się pod biurkiem, znieruchomiały.

— Powiedzieli, że wszystko gra.

— Zełgali. Nie dostarczą go.

— Co takiego? — Gdyby nie była przewidująca i nie zamknęła drzwi, słychać by ją było w całym mieszkaniu. — Powiedz tym draniom, że jak się nie wywiążą, to już nigdy niczego u nich nie zamówię! Chryste... nie, sama do nich zadzwonię. Cholera, u nich jest o trzynaście godzin później niż tu. Trudno, zadzwonię wieczorem.

— Lepiej zastanów się nad innym rozwiązaniem. Może by się nadała jakaś tkanina, którą mamy?

— W magazynie czerwieni nie ma... Chyba że w zamian damy ten fiolet z zeszłego sezonu.

— A to jest możliwe?

— Porozmawiam z Gabrielą. Sama nie wiem. Muszę się zastanowić, czy fiolet będzie pasował do reszty. — Natychmiast zdała sobie sprawę, że cała kolekcja nabierze zupełnie innego wyglądu. Na lato zamierzała wykorzystać kolory podstawowe, błękity, słoneczne żółcie, czerwień i mnóstwo bieli. Jeśli teraz czerwień zastąpi fioletem, będzie potrzebowała zieleni, pomarańczy, może trochę żółci i niewiele czerwieni. — Wszystko trzeba będzie zmienić.

— Wiem, ale czy to się da zrobić?

Miała ochotę krzyknąć: ,,Tak, ale nie stąd'', powiedziała jednak:

— Jak możesz mówić, że nic szczególnego nie zaszło? Czerwień z Hongkongu to sprawa bardzo poważna.

— Czemu nie zastąpisz jej jakimś materiałem ze Stanów?

— Żaden mi nie odpowiada. No nic, później o tym pomyślę. Masz jeszcze jakieś równie radosne wieści?

— Tylko jedną.

— Nie dostarczą jasnej zieleni?

— Już dostarczyli. Ta wiadomość jest dobra.

— Przynajmniej jakaś odmiana. — Pomimo sarkazmu w głosie Isabella była ożywiona. Nie miała pojęcia, w jaki sposób, przebywając na drugiej półkuli, w tak krótkim czasie zastąpi jeden z podstawowych w kolekcji kolorów innym i zmieni całą tonację, lecz rozmowa z Bernardem zbliżyła ją do domu. Nieistotne, gdzie się znajduje, wciąż ma swoją firmę i nawet gdyby musiała przenosić góry, na czas dokona wszystkich zmian. — A więc co to za dobra wiadomość?

— FB kupiła tyle perfum, że cała flota mogłaby po nich pływać.

— To dobrze.

— Nie ciesz się za bardzo. — W głosie Bernarda jak zwykle brzmiało zmęczenie, złość, rozdrażnienie.

— Nie cieszę się. Mam tych drani i ich propozycji wykupienia nas powyżej uszu. Nawet nie próbuj ze mną o tym rozmawiać.

— Nie będę. Co mam przekazać Gabrieli?

Główna projektantka dostanie chyba zawału, usłyszawszy nowinę. Jak teraz można coś jeszcze zmieniać?

— Powiedz jej, żeby się ze wszystkim wstrzymała do mojego telefonu.

— To znaczy do kiedy?

— Do września, kochanie. Jestem na wakacjach, zapomniałeś? Do jasnej cholery, czemu w ogóle o to pytasz? Przecież ci powiedziałam, że wieczorem dzwonię do Hongkongu, a w ciągu dnia zastanowię się nad innym rozwiązaniem. Znam każdy kolor, każdy kawałek materiału, który mamy na składzie.

Nie musiała mu o tym przypominać, doskonale o tym wiedział.

— Rozumiem, że to będzie też miało wpływ na ubrania gotowe.

— Niewielki.

— Ale wystarczy. — Poczuł, jak odzywa się jego wrzód.

— Dobrze, już dobrze. Powiem jej, żeby się wstrzymała. Ale na litość boską, zadzwoń do mnie.

— Skontaktuję się z tobą po telefonie do Hongkongu, około pierwszej — powiedziała energicznie, dopisując kolejną doskonale sformułowaną notatkę. — A jak tam moja poczta?

— Nie ma w niej nic ciekawego.

— To dobrze. — Całą korespondencję załatwiała sekretarka Amadea z kryjówki na ostatnim piętrze. — Porozmawiamy później. Ty też dzwoń, gdyby coś się działo.

Tego polecenia Bernardo nie zamierzał wykonać. Wszystkie sprawy mogą poczekać do wieczora.

— I tak masz sporo zajęć, nie będziesz się nudziła.

— Tak... to prawda.

Znał ją na tyle dobrze, by wiedzieć, że zapisała już przynajmniej dwie strony w notatniku.

Zaraz potem odwiesili słuchawki, jakby znajdowali się w gabinetach położonych na dwóch końcach tego samego piętra. Isabella wyrwała z notatnika zapisane strony i rozłożyła na swoim nowym biurku. Miała dokładnie dwanaście godzin na zastąpienie czerwonej tkaniny inną. Naturalnie istniała jeszcze szansa, że jakoś uda jej się namówić dostawców, by przysłali materiał, jeśli go mają, lecz poleganie na ich słowie byłoby zbyt wielkim ryzykiem. Pośpiesznie zanotowała polecenie dla Bernarda, by zerwać wszelkie kontakty z Hongkongiem. Strata nie będzie wielka, w końcu w Bangkoku współpracują z lepszymi producentami tkanin. W sprawach dotyczących firmy Isabella ani nie okazywała innym współczucia, ani nie pozwalała, by ktoś nią kierował.

— Wcześnie wstałaś. — Zza drzwi wychynęła zmierzwiona głowa Nataszy.

— A cóż się stało z tą Nataszą, która sypiała do południa? — Isabella nie ukrywała zaskoczenia.

— To przez Jasona. Musiałam się nauczyć pracować w dzień i spać w nocy. Powiedz, zawsze tak wyglądasz o siódmej rano? — spytała Natasza, z podziwem patrząc na jasnoniebieski szlafrok.

— Tylko wtedy, kiedy pracuję — odparła z uśmiechem Isabella i dłonią wskazała notatki. — Właśnie rozmawiałam z Bernardem.

— Jak idą sprawy w Rzymie?

— Wspaniale, poza tym, że do wieczora muszę zmienić połowę letniej kolekcji.

— To mi przypomina zmiany w moich powieściach. Może zrobić jajecznicę, zanim na dobre zabierzesz się do roboty?

— Muszę nad tym popracować przed śniadaniem — odparła Isabella. — Chłopcy jeszcze śpią?

— Żartujesz? Posłuchaj... — Położyła palec na ustach. Obie się uśmiechnęły, gdy do ich uszu dobiegł odległy pisk. — Hattie ubiera Jasona do przedszkola. — Natasza weszła do pokoju i usiadła w fotelu. — Co zrobimy z Alessandrem? Chcesz, żeby został w domu?

— Sama nie wiem... — Piwne oczy Isabelli spochmurniały. — Tak planowałam, ale... Nie jestem pewna, czy to słuszne wyjście. Nie wiem, co robić.

— Czy w Rzymie się wydało, że wyjechałaś?

— Nie. Bernardo twierdzi, że wszystko idzie jak po maśle. Według ,,Il Messaggero'' mieszkam w firmie.

— W takim razie nie ma powodów, żeby ktoś miał się nadmiernie interesować Alessandrem. Jak myślisz, uda ci się go przekonać, żeby nikomu nie podawał nazwiska? Mógłby z Jasonem chodzić do przedszkola jako jego kuzyn z Mediolanu. Alessandro... — Przez chwilę się zastanawiała. — A może będzie używał nazwiska twojego dziadka?

— Parel?

— Parelli! — wykrzyknęła z triumfem Natasza, dumna ze swego pomysłu. — Pół życia mija mi na wymyślaniu nazwisk. Jak zaczynam nową powieść, przyglądam się wszystkim wizytówkom i zawsze mam pod ręką księgi imion. No i jak ci się podoba Alessandro Parelli, nasz kuzyn z Mediolanu?

— A co ze mną? — Isabellę pomysłowość przyjaciółki bardzo rozbawiła.

— Ty będziesz oczywiście panią Parelli. Jeśli się zgadzasz, dzwonię do przedszkola. Zaraz... — na jej twarzy pojawił się wyraz namysłu. — Zadzwonię do Corbetta i zapytam, czy może wstąpić po nich w drodze do pracy.

— A czy to nie będzie narzucanie się? — spytała zatroskana Isabella, lecz Natasza potrząsnęła głową.

— Gdybym tak myślała, sama bym ich zawiozła. Ale wiem, że Corbett to lubi. Zawsze pomaga mi przy Jasonie. — Odwróciła wzrok, pogrążona we własnych myślach. — Jest bardzo życzliwy i chętnie pomaga tym, którzy go potrzebują.

Isabella obserwowała przyjaciółkę, zastanawiając się, czy Natasza istotnie kogoś potrzebuje, wydawała się bowiem bardzo niezależna. Zapewne by się ucieszyła, gdyby się dowiedziała, że ta sama myśl często nawiedza Corbetta.

— Jeśli on się zgodzi, to wspaniale. W ten sposób ja nie będę musiała się tam pokazywać.

— O to mi właśnie chodziło. — Natasza obgryzała ołówek. — Zaraz do niego zadzwonię.

Zniknęła za drzwiami, zanim Isabella zdążyła otworzyć usta. Odkąd spotkała na lotnisku tego srebrnowłosego mężczyznę, zadawała sobie pytanie, co też go łączy z jej przyjaciółką. Ich znajomość wyglądała na zażyłą, a zrozumienie, jakie sobie okazywali, budziło w Isabelli zazdrość, lecz na ile było to poważne? Isabella doskonale wiedziała, że od Nataszy niczego się nie dowie, dopóki przyjaciółka nie dojdzie do wniosku, że już dojrzała do zwierzeń.

Po chwili Natasza wróciła, oznajmiając, że Corbett wkrótce tu będzie. Chłopcy biegali po całym domu, szarpiąc się i popychając.

— Mój Boże, czy on to wytrzyma? — Isabella mrugnęła do Nataszy, która w odpowiedzi szeroko się uśmiechnęła.

— To istny wariat! Wyobraź sobie, że mu to nie przeszkadza nawet o tak wczesnej porze.

— Bez wątpienia masochista. — Isabella badawczo przyglądała się Nataszy, ale w jej oczach nie znalazła odpowiedzi na nurtujące ją pytania.

Kiedy w kuchni robiła sobie grzanki, Natasza zapytała ją ze współczuciem:

— Położysz się po śniadaniu?

— Coś ty? — Isabella spojrzała na nią ze zdziwieniem i niespodziewanie obie się roześmiały. — A co z twoją pracą?

— Za pół godziny usłyszysz, jak walę w maszynę. Oczywiście... — w jej oczach pojawił się łobuzerski błysk — ubrana będę znacznie mniej elegancko.

Isabella wybuchnęła śmiechem. Wiedziała, że Natasza do pracy wkłada uniform składający się z dżinsów, bawełnianej bluzy i wełnianych skarpet. Nieoczekiwanie uświadomiła sobie, że teraz przecież może ubierać się tak samo, stała się bowiem niewidzialna i anonimowa.

— Dobra, pani Parelli z Mediolanu. Idę dzwonić do przedszkola.

Po odejściu Nataszy Isabella ruszyła na poszukiwanie syna. Znalazła go w sypialni, gdzie z wyrazem wielkiego zadowolenia na twarzy bawił się z Ashleyem.

— Z czego tak się cieszysz? — Porwała go w ramiona, cmokając w policzek.

— Jason musi iść do przedszkola, a ja zostaję w domu i będę się bawił jego pociągiem.

Isabella posadziła synka na łóżku.

— Wiesz co? Ty też pójdziesz do przedszkola.

— Tak? — spojrzał na nią, wyraźnie niezadowolony. — Nie mogę bawić się kolejką?

— Pobawisz się po południu. Chyba lepiej iść z Jasonem, niż samemu siedzieć cały dzień w domu, jak myślisz? Ja będę pracować.

Przez chwilę się zastanawiał, przekrzywiając główkę.

— Ale ja nie znam angielskiego. Nie będę rozumiał, co do mnie mówią.

— W przedszkolu szybko się nauczysz, o wiele szybciej, niż gdybyś przez cały czas był tylko ze mną i rozmawiał po włosku. Co o tym myślisz?

Wolno pokiwał głową, po czym zapytał:

— Czy tam będzie trudno?

— Nie sądzę, żeby to przedszkole bardzo się różniło od twojego przedszkola w Rzymie.

— Będziemy cały czas się bawić? — spojrzał na nią rozpromieniony.

— Tylko tym się zajmowaliście?

— No nie, uczyliśmy się liter.

— To okropne! — Z wyrazu jego twarzy wynikało, że w pełni się z matką zgadza. — Chcesz iść? — Nie miała pojęcia, co z nim zrobi, jeśli odmówi.

— Okay, spróbuję. A jak mi się nie spodoba, obaj z Jasonem przestaniemy tam chodzić i zostaniemy w domu.

— Ciocia Natasza będzie zachwycona. A teraz słuchaj uważnie, mam ci coś do powiedzenia.

— Co?

— To część naszej przygody. Nikt nie może wiedzieć, że tu jesteśmy.

Popatrzył na nią uważnie, po czym szeptem zapytał:

— Mam się schować w przedszkolu?

Z wysiłkiem zachowując poważny wyraz twarzy, łagodnie ujęła go za rękę.

— Nie, głuptasku. Przecież zobaczą, że przyszedłeś. Chodzi o to... żeby nikt nie wiedział, kim naprawdę jesteśmy.

— Dlaczego? — Spojrzał na nią dziwnie, a Isabella poczuła, że serce przygniata jej wielki ciężar.

— Ponieważ tak będzie bezpieczniej. Wszyscy myślą, że dalej jesteśmy w Rzymie.

— To z powodu... tatusia? — W jego szeroko otwartych oczach pojawił się wyraz smutku.

— Tak. Będziemy wszystkim mówić, że nazywamy się Parelli i jesteśmy z Mediolanu.

— Ale to nieprawda. Jesteśmy z Rzymu — rozgniewał się chłopczyk. — I nazywamy się di San Gregorio. Tatusiowi by się to nie podobało, jakby się o tym dowiedział.

— Mnie się to też nie podoba, Alessandro. Ale przez jakiś czas musimy tak mówić.

— Potem będę mógł wszystkim powiedzieć, jak się naprawdę nazywam?

— Tak, ale nie teraz. Teraz nazywasz się Alessandro Parelli. Dzieci prawdopodobnie w ogóle nie będą używały twojego nazwiska.

— To dobrze, bo jest brzydkie.

Isabella o mało nie wybuchnęła śmiechem. Pomyślała, że pewno będą go wołać „Alessandro Makaroniarz", tak jak Natasza zwracała się do niej, kiedy się poznały.

— To nieważne, jak cię będą nazywać, kochanie. Ty przecież wiesz kim jesteś.

— Według mnie to głupie. — Podwinął nogi, obserwując Jasona. Chłopczyk z przejęciem wiązał sobie sznurowadła bucików, które przed chwilą włożył, tyle że odwrotnie.

— To nie jest głupie, Alessandro. Nie mamy innego wyjścia. Jeżeli powiesz komuś swoje prawdziwe nazwisko, bardzo się na ciebie rozgniewam, w dodatku będziemy musieli stąd wyjechać.

— I wrócimy do domu? Jeszcze się nie pobawiłem kolejką Jasona.

— Więc rób, co ci każę. Chcę, żebyś mi to obiecał. Obiecujesz, Alessandro?

— Obiecuję.

— Jak się nazywasz?

— Alessandro... — spojrzał na nią buntowniczo — Parelli. Z Mediolanu.

— Doskonale, pamiętaj, że cię kocham. A teraz zmykaj. Musisz się ubrać.

Z kuchni dolatywał aromat smażonego przez Hattie bekonu. Jason, wielce zakłopotany, wpatrywał się w swoje dziwacznie obute stopy.

— Ubrałeś je odwrotnie, kochanie. — Isabella pochyliła się, by mu pomóc. — Wiesz co? Alessandro idzie z tobą do przedszkola.

— Naprawdę? To super!

Isabella wytłumaczyła Jasonowi, że teraz Alessandro nazywa się Parelli i jest jego kuzynem z Mediolanu, a potem przypomniała sobie, że musi to samo powtórzyć synowi.

— Kuzynem? A czemu nie bratem? — spytał zawiedziony Alessandro.

— Ponieważ nie znasz angielskiego, głuptasku.

— A jak się nauczę, będę tak mógł mówić?

— Potem się nad tym zastanowimy. Teraz wskakuj w spodnie. I nie zapomnij się umyć!

Dwadzieścia minut później Corbett przez domofon oznajmił, że czeka przy wyjściu. Chłopcy zjedli już śniadanie, teraz więc włożyli tylko ciepłe kurtki i wełniane czapki, po czym wyszli. Kiedy drzwi się za nimi zamknęły, Natasza spojrzała na swój wypłowiały podkoszulek i wytarła ręce w dżinsy.

— Nie wiem, jak to się dzieje, ale zawsze mam na sobie ostatni posiłek Jasona. Alessandro wyglądał słodko.

— Chciał powiedzieć w przedszkolu, że jest bratem Jasona — westchnęła Isabella, gdy wracały z przedpokoju.

— Jak myślisz, czy potrafi utrzymać w tajemnicy prawdziwe nazwisko? — Przez twarz Nataszy przemknął wyraz troski.

— W ciągu tych ostatnich pięciu miesięcy miał okazję sporo się nauczyć o tajemnicy, dyskrecji, ostrożności i niebezpieczeństwie. Rozumie, że trzy pierwsze są konieczne, jeśli chce się uniknąć czwartego.

— Niezła lekcja dla pięciolatka.

— Podobnie jak dla trzydziestodwuletniej kobiety.

Wyraz twarzy Isabelli dowodził, że mówi szczerze.

— Mam nadzieję, że ją zapamiętasz, makaroniarko. Nie powiem, żebym się ucieszyła słysząc, że chcesz wyjść z domu.

Alessandro jest dzieckiem, którego nikt nie zna, ale ty nie należysz do tłumu ludzi anonimowych.

— Stać się jedną z wielu to żaden problem.

— Chcesz się poddać operacji plastycznej?

— Nie wygaduj bzdur. Zupełnie inaczej się zachowujesz i nosisz, kiedy chcesz, żeby cię widzieli, zwrócili na ciebie uwagę. A jeżeli ci na tym nie zależy, nie musisz swoim wyglądem mówić: „Patrzcie, tu jestem". Mogę przecież włożyć spodnie, chustkę, ciemny płaszcz...

— Tak, i ciemne okulary, przyprawić sobie brodę i wąsy. Wspaniały pomysł! Posłuchaj, kochana, wyświadcz mi przysługę. Mam bardzo słabe nerwy. Jak zaczniesz się włóczyć po Nowym Jorku, mogę się załamać, a to będzie oznaczało, że nie skończę powieści, nie dostanę następnej zaliczki, tantiemy wyschną, wydawca zerwie ze mną kontrakt, moje dziecko umrze z głodu.

Isabella słuchała z rozbawieniem.

— Nataszo, uwielbiam cię.

— Więc bądź dobrą dziewczynką i zostań w domu.

— Nie mogę. Na litość boską, muszę odetchnąć świeżym powietrzem.

— Kupię ci trochę i każę dostarczyć do pokoju. — Choć się uśmiechała, w jej głosie brzmiała powaga. — Jeżeli zaczniesz pokazywać się na mieście, ktoś cię zobaczy: dziennikarz, fotograf, ktoś, kto się zna na modzie, może nawet reporter z „Women's Wear Daily".

— Nie ja ich interesuję, tylko moje kolekcje.

— Kogo chcesz oszukać, kochana? Na pewno ani mnie, ani siebie.

— Porozmawiamy o tym później.

Rozstały się więc nie rozwiązawszy problemu wyjścia z domu Isabelli, odchodząc każda do swego królestwa: Natasza pomiędzy stosy papieru, rzędy kubków do połowy napełnionych kawą, do swych wizji, bohaterów i wyimaginowanego świata; Isabella do notatnika zapisanego szczegółowo rozpracowanymi uwagami, uporządkowanych dokumentów, długich spisów tkanin, które mieli na składzie, próbek i letniej kolekcji. Żadna nawet nie usłyszała, jak o trzeciej dzieci wróciły do domu. Zobaczyły się dopiero dwie godziny później, kiedy zmęczone i głodne spotkały się w kuchni.

— Chryste, ale mi się chce jeść. — Natasza mówiła z jeszcze mocniejszym południowym akcentem, Isabella miała podkrążone oczy. — Jadłaś coś dzisiaj?

— Nie przypominam sobie.

— Ja też nie. Jak ci poszło?

Isabella wiele się natrudziła, ale do ostatniego szczegółu zaplanowała nową wersję letniej kolekcji.

— Myślę, że nam się uda. Być może to, co dzisiaj zrobiłam, okaże się niepotrzebne, ale nie mogłam ryzykować. — Pełną jasność będzie miała dopiero o północy, kiedy zadzwoni do Hongkongu.

Uśmiechnęły się do siebie znad filiżanek kawy. Natasza przymknęła na chwilę zmęczone oczy, Isabella się przeciągnęła. Dzisiejszy dzień okazał się całkowicie nowym doświadczeniem. Nie miała interkomu, wokół nie było sekretarek, którym mogłaby wydawać polecenia, ani windy, by się przenosić z piętra na piętro i na miejscu rozważać, jak wybrnąć z kłopotu. Nie musiała martwić się o swój wygląd, aurę, jaką roztacza, czar, jaki rzuca. Nikogo nie obchodziło, że ma na sobie czarny sweter z kaszmiru i znoszone dżinsy.

— Co robisz wieczorem? — zapytała Nataszę.

— To samo co ty. Siedzę w domu.

— Z mojego powodu czy z własnej woli?

Isabella zadała sobie pytanie, na jak długo wystarczy Corbettowi cierpliwości, by znosić uwięzienie Nataszy. To nie było wobec niego w porządku.

— Głupstwa gadasz. Po pierwsze, jestem cholernie wyczerpana, a po drugie, możesz mi wierzyć albo nie, lubię siedzieć w domu. Jesteś o wiele bardziej zajmująca niż wszyscy ci ludzie, od których dostaję zaproszenia.

— Pochlebiasz mi — powiedziała Isabella, nie wierząc w ani jedno jej słowo.

— Wcale nie. Jestem otoczona przez bufonów, snobów i nudziarzy. Zapraszają mnie tylko po to, żeby się potem tym chwalić. Dziesięć lat temu byłam po prostu jedną z wielu modelek z Georgii, a tu nagle stałam się „Pisarką", „Autorką", ozdobą proszonych kolacji.

Proszone kolacje! Isabella od miesięcy nie była na przyjęciu, poza tym nigdy nie chodziła sama. Kiedy ją zapraszano, zawsze z Amadeem. Tworzyliśmy cudowną parę, pomyślała. Jedno uzupełniało drugie, byli jak szparagi i sos holenderski. Zabrakło sosu i potrawa stała się niesmaczna — życie straciło barwy...

Ogarnięta smutkiem Isabella popatrzyła na Nataszę z podziwem: jej dzielna przyjaciółka „ozdabiała" proszone kolacje sama i zawsze najwyraźniej świetnie się bawiła.

— Bez niego jestem niczym — szepnęła. — Cała radość gdzieś zniknęła. Wszystko, czym byłam... czym byliśmy...

— Nonsens i dobrze o tym wiesz. Może jesteś samotna, ale nie przestałaś być sobą, piękną, inteligentną, niezwykłą kobietą, Isabello. Byliście dwiema całościami dodanymi do siebie, które w sumie dały dwa i pół, a nie dwiema połówkami, które tworzyły jedność.

— Byliśmy czymś więcej, Nataszo. Zlaliśmy się w jedność, byliśmy związani, złączeni, spleceni. Nigdy tak naprawdę nie wiedziałam, gdzie kończę się ja i zaczyna on... Teraz już wiem, aż za dobrze... — szeptała z rozpaczą Isabella, zapatrzona w filiżankę.

— Pozwól, niech czas to wyleczy. — Natasza łagodnie dotknęła jej dłoni.

— Dlaczego? — w oczach Isabelli zapłonął nagły gniew. — Dlaczego w ogóle mam na cokolwiek pozwalać? Czemu właśnie mnie musiało to spotkać?

— To nie ciebie spotkało, Isabello, ale jego. Ty dalej masz Alessandra i firmę, dalej jesteś z nami cała i nietknięta. I tak będzie, dopóki nie pozwolisz, żeby gorycz cię z tego obrabowała, choć ci się wydaje, że to już się stało.

— Czy ty nie myślałabyś tak samo?

— Chyba tak. Chyba zabrakłoby mi odwagi na to, co ty już zrobiłaś, żyjąc nadal, decydując się na prowadzenie firmy z drugiego końca świata. Ale to nie wszystko, Isabello... nie wszystko. Dobry Boże, dziecinko, proszę, nie doprowadzaj siebie do ostateczności. — Łzy trysnęły jej z oczu, gdy patrzyła na tę ciemnowłosą piękność, zmęczoną, zagubioną i samotną. Zrozumiała, że dopóki Isabella pracuje do upadłego, wszystkie te uczucia są daleko od niej, lecz wcześniej czy później nawet w tym maleńkim gabineciku zrobionym ze służbówki dzień musi dobiec końca i Isabella wraca wówczas do domu.

Isabella wstała, poklepała Nataszę po ramieniu i poszła do swego pokoju. Po dziesięciu minutach pojawiła się w ciemnych okularach, futrze z norek i czarnym kapeluszu. Natasza na jej widok stanęła jak wryta.

— Cholera, co ty wyprawiasz?

— Idę na spacer. — Choć oczy jej kryły się za szkłami, Natasza nie miała wątpliwości, że Isabella płakała.

Przez chwilę stały naprzeciw siebie, bez słowa się zmagając. Pierwsza poddała się Natasza, uległszy współczuciu dla przyjaciółki.

— Dobrze, pójdę z tobą — oświadczyła — ale, na litość boską, zdejmij to. Wyglądasz równie dyskretnie jak Greta Garbo. I faktycznie jeszcze ci tego kapelusza brakowało!

Isabella ze znużonym uśmiechem wzruszyła ramionami w typowo włoskim geście.

— Tylko to ze sobą przywiozłam. Nie mam innego płaszcza.

— Biedna bogata dziewczynka. Poczekaj, zaraz ci coś znajdę — powiedziała Natasza, zanurzając się w szafie, z której po chwili wyjęła czerwony płaszcz.

— Nie mogę tego włożyć... Przepraszam...

— Czemu nie?

— Nie jest czarny.

Znaczenie tych słów dotarło do Nataszy dopiero po dłuższej chwili.

— Nosisz żałobę? — Isabella skinęła głową. — I dlatego nie możesz włożyć czerwonego płaszcza? — Pomysł ubierania się przez okrągły rok w czarne suknie, swetry i pończochy był dla niej kompletną nowością.

— Czułabym się okropnie.

Natasza ponownie zniknęła w szafie. Po chwili zapytała przez ramię:

— A granat ci odpowiada?

Po krótkim wahaniu Isabella skinęła głową, po czym zdjęła swoje efektowne futro. Natasza włożyła kurtkę z lisa, ciepłe rękawice i ogromny futrzany kapelusz. Kiedy się odwróciła, zobaczyła, że Isabella się do niej uśmiecha.

— Wyglądasz cudownie.

— Ty też.

Jak ona to robi?, pomyślała Natasza. Granatowy płaszcz był prosty, podobnie jak kapelusz, lecz twarz o barwie kości słoniowej i przepastne oczy w kształcie migdałów wystarczały. Na Isabellę nawet w środku nocy zwróciłby uwagę każdy przechodzień.

Bezszelestnie opuściły mieszkanie. Kiedy odźwierny otworzył przed nimi drzwi, Natasza wyszła pierwsza. Na dworze było ciemno i panował przenikliwy ziąb, który Isabellę zaskoczył. Miała wrażenie, jakby ktoś z całej siły uderzył ją w piersi. Przez chwilę nie mogła złapać tchu, czując, jak oczy zasnuwają jej się łzami.

— Tu zawsze tak jest w lutym? Jakoś pamiętam Nowy Jork tylko jesienią.

— Nie powinnaś narzekać, zazwyczaj jest gorzej. Gdzie chcesz iść?

— Może do parku?

— Pod warunkiem, że jesteś w samobójczym nastroju — odparła Natasza z udawanym przerażeniem. — Nowojorskie męty muszą wyrobić normę, która wynosi jakieś trzydzieści dziewięć napadów i dwa zabójstwa na godzinę.

Isabella roześmiała się, czując, jak się odradza. Nie energia jednak sprawiała, że jej nogi szybko parły do przodu, lecz napięcie, samotność, wyczerpanie i strach. Była zmęczona wszystkim — pracą, podróżą, ukrywaniem się, tęsknotą za mężem, zmaganiami z życiem. „Postaraj się jeszcze trochę być dzielna" — w uszach wciąż brzmiały jej te słowa, które Amadeo powiedział, gdy tamtej nocy pozwolili mu podejść do telefonu... tamtej ostatniej nocy.

Obcasy jej butów głośno stukały w chodnik. Szła coraz szybciej, zapomniawszy o obecności Nataszy, która dotrzymywała jej kroku. „Postaraj się być dzielna... dzielna... dzielna...", dudniło jej w głowie. Kiedy się wreszcie zatrzymały, wydało jej się, że przeszły wiele mil.

— Gdzie jesteśmy?

— Na Siedemdziesiątej Siódmej. — Minęły więc osiemnaście przecznic. — Jak na swój podeszły wiek jesteś w niezłej kondycji. Wracamy do domu?

— Tak, ale wolniej. Może wybierzemy bardziej interesującą trasę?

Wszystkie budynki, które mijały, przypominały dom Nataszy, podobnie jak on stanowiły bowiem fortece z portierami i żaluzjami, co niewątpliwie robiło na przechodniu wrażenie, szybko jednak zaczynało się nudzić.

— Możemy pójść na Madison i popatrzeć na sklepy.

Dochodziła siódma, martwa pora, gdyż ludzie wrócili już z pracy do domu i dopiero przygotowywali się do spędzenia wieczoru na mieście, a dla wielu było za zimno na przechadzki i oglądanie sklepowych wystaw. Natasza spojrzała na niebo, wyczuwając w powietrzu znajomy mroźny powiew.

— Chyba spadnie śnieg — powiedziała.

— Alessandro będzie zachwycony.

Szły teraz wolniej, a ich zadyszane oddechy powoli wracały do normy.

— Ja też.

— Lubisz śnieg? — Isabella popatrzyła na nią zdziwiona.

— Nie, ale to cię zatrzyma w domu, a ja nie będę musiała ganiać na złamanie karku i pilnować, żebyś przypadkiem nie zrobiła jakiegoś głupstwa.

Kiedy mijały firmowe sklepy oferujące cuda od Cardina, Ungara, Pierre'a d'Alby i Saint-Laurenta, z którymi sąsiadowało kilka galerii sztuki i salon fryzjerski Sassoona, Isabella nie odrywała błyszczących z zachwytu oczu od wystawionych w witrynach modeli.

— Sprawdzasz konkurencję? — Natasza przypatrywała się jej z rozbawieniem.

— Czemu nie? Robią ładne rzeczy.

— Ty też.

Isabella z lekko pochyloną głową poszła dalej. Ta ulica była w Nowym Jorku odpowiednikiem paryskiego Faubourg St.-Honoré, błyszczącym naszyjnikiem roziskrzonych bezcennych klejnotów. Każdy budynek tutaj krył w sobie niezliczone skarby.

— Ty rzeczywiście to kochasz, prawda?

— Co, Nowy Jork? — Isabella nie kryła zaskoczenia. Lubiła to miasto, intrygowało ją, ale raczej nie kochała... Jeszcze nie. Nawet po roku spędzonym tutaj z radością wróci do Rzymu.

— Miałam na myśli modę. Wystarczy, że tylko patrzysz na ubrania, a już się z tobą coś dzieje.

— A, o tym mówisz.

— Chryste, chybabym zwariowała, gdybym musiała dłużej pracować jako modelka.

— To co innego — odparła Isabella z przekonaniem, jakby chciała dać do zrozumienia, że należy do wąskiego grona wtajemniczonych.

— Nieprawda.

— Ależ tak. Praca modelki jest jak życie składające się wyłącznie z romansów na jedną noc. Nie ma w nim miejsca na flirty, czułych kochanków, złamane serca, małżeństwo czy dzieci. Projektowanie to zupełnie inna sprawa. Jest w nim historia, dramaturgia, odwaga, sztuka. Kochasz stroje, przez jakiś czas z nimi żyjesz, wydajesz je na świat, pamiętasz ich przodków, suknie z przeszłości, z innych kolekcji. W tym jest jakiś romantyzm, dreszcz emocji... — przerwała, śmiejąc się z samej siebie. — Pewnie masz mnie za wariatkę.

— Wcale nie. Bohaterowie moich powieści wywołują we mnie takie same uczucia.

— To miłe, prawda?

Spojrzały sobie w oczy z absolutnym zrozumieniem.

— Bardzo.

Były już prawie w domu. Gdy skręciły na Park Avenue, Natasza poczuła na twarzy pierwsze płatki śniegu.

— Widzisz? Mówiłam. Mam nadzieję, że śnieg odbierze ci ochotę do wychodzenia z domu — powiedziała bez złych intencji. Mogły co wieczór spacerować, w końcu bowiem się przekonały, że nie ma w tym nic niebezpiecznego.

— Nie łudź się, nie wytrzymam w mieszkaniu zbyt długo.

— Wiem — pokiwała głową Natasza.

Zdawała sobie sprawę także i z tego, że krótkie wieczorne przechadzki wkrótce okażą się dla Isabelli niewystarczające.

## ROZDZIAŁ PIĘTNASTY

— Mamusiu, popatrz! Śnieg!

Nowy Jork zniknął pod grubym na stopę białym pokrowcem. Isabella, Natasza i chłopcy stali przy oknie, z przytulnego mieszkania obserwując wirujące w zawrotnym tempie płatki, które padały nieustannie od chwili, gdy poprzedniego wieczora przyjaciółki wróciły ze spaceru.

— Możemy wyjść się pobawić?

Isabella zerknęła na Nataszę, która skinęła przyzwalająco głową. Naturalnie przedszkole zostało zamknięte. W całym mieście życie zamarło.

— Wyjdziemy po śniadaniu — oznajmiła Isabella, patrząc na zegarek. I po telefonie do Bernarda, pomyślała. Kiedy wreszcie poprzedniego wieczora udało jej się połączyć z Hongkongiem, było już tak późno, że nie odważyła się mu przeszkadzać. Teraz szybkim krokiem poszła do swojego gabinetu, starannie zamknęła za sobą drzwi i podniosła słuchawkę.

— Gdzie byłaś wczoraj w nocy? Przypuszczałem, że odezwiesz się koło czwartej.

— To doprawdy urocze, Bernardo, ale moje maniery nie są aż tak fatalne. Postanowiłam poczekać z tym do rana.

— Jestem ci zobowiązany.

— Zamknij się. — Isabella była w dobrym nastroju. — Nie mamy co liczyć na Hongkong. Musimy wprowadzić plan zastępczy.

— Jaki plan? — Bernardo najwyraźniej miał kłopoty ze zrozumieniem jej słów.

— Mój, to chyba oczywiste. Powiedziałeś Gabrieli, żeby się ze wszystkim wstrzymała?

— Jasne, przecież kazałaś. Musiałem ją zbierać z podłogi, bo z wrażenia padła jak długa.

— Cóż, powinieneś być mi za to wdzięczny. Wczoraj wszystko przygotowałam. Masz pióro i papier pod ręką?

— Tak jest, proszę pani.

— Dobrze. Najpierw kolekcja, potem zajmiemy się resztą. Zaczynamy od modelu numer dwanaście: zamiast czerwonej podszewki dajemy żółtą. Numer magazynowy materiału: 278 FBY... Fabia-Bernardo-Yvonne... Zapisałeś? Modele szesnasty, siedemnasty i dziewiętnasty...

Kiedy ta wyliczanka dobiegła końca, Bernardo nie krył zaskoczenia.

— Na Boga, jak to zrobiłaś?

— Nie bez kłopotów, ale... Przy okazji, dodatki w serii ubrań gotowych nie będą nas wiele kosztować. Zaoszczędzimy kupę pieniędzy, wykorzystując materiały z magazynu.

Rzeczywiście, pomyślał z podziwem Bernardo, ona zna na pamięć każdy skrawek tkaniny, jego wielkość, fakturę, odcienie.

— A jeżeli model trzydziesty siódmy nie będzie dobrze wyglądał, niech Gabriela wyłączy go z kolekcji — ciągnęła Isabella. — Chyba będziemy musieli go pominąć, tak że ten fason zostanie tylko w kolorze błękitnym.

— Który to jest? — Bernardo wciąż był pod wrażeniem wyczynu Isabelli: w ciągu dnia wykonała pracę, na którą potrzebny był miesiąc, i uratowała całą letnią kolekcję. On dopiero po rozmowie z Gabrielą poprzedniego wieczora uświadomił sobie, jaką klęską może się okazać brak materiału z Hongkongu.

— Nieważne, Gabriela będzie wiedzieć. Co nowego u was?

— Nic. W firmie spokój.

— Masz szczęście. W takim razie dzisiaj biorę sobie urlop.

— Wychodzisz? — zapytał z przerażeniem.

— Tylko do parku. Napadało śniegu, więc obiecałyśmy chłopcom spacer.

— Bądź ostrożna, Isabello.

— Nie martw się. Oprócz nas na pewno nie będzie tam żywej duszy.

— Czemu nie wyślesz Alessandra z Nataszą, a sama nie zostaniesz w domu?

— Bo czasem muszę się przewietrzyć... — Zaczął coś mówić, lecz przerwała mu w pół słowa. — Bernardo, jesteś kochany, ale na mnie już czas. — W doskonałym nastroju przesłała mu całusa i odłożyła słuchawkę.

Bernarda ogarnął niepokój, w jej głosie bowiem zbyt wiele było energii, a dzieląca ich odległość sprawiła, że stracił kontrolę nad sytuacją. Miał tylko nadzieję, że Natasza okaże się mądrzejsza od Isabelli i poza okazjonalnymi wieczornymi spacerami nie pozwoli jej zbyt często wychodzić. A potem wybuchnął głośnym śmiechem. Jedynym sposobem na to, by nie wpadła w kłopoty, jest zwalenie na jej barki jeszcze większej ilości pracy w rodzaju tej, którą wykonała poprzedniego dnia. Nie do wiary, że się z tym uporała!

— Gotowi? — zapytała Isabella chłopców, którzy w puchowych kombinezonach wyglądali jak kolorowe bałwanki. Jason ubrany był na czerwono, Alessandro na żółto.

W parku chłopcy najpierw zjeżdżali z niewielkich pagórków na sankach Jasona, potem ślizgali się, pokrzykując, piszcząc z radości i obrzucając się śnieżkami, co wkrótce zamieniło się w regularną bitwę, do której przyłączyły się także Natasza i Isabella. Poza nimi nie znalazł się nikt na tyle odważny, by w taki mróz zaryzykować wyjście na dwór.

Po prawie dwóch godzinach, szczęśliwi i przemoknięci do nitki, wrócili do domu.

— Gorąca kąpiel dla wszystkich! — krzyknęła od progu Natasza.

Hattie czekała już na nich z dymiącą czekoladą, cynamonowymi ciasteczkami i płonącym w kominku ogniem. Śnieg padał jeszcze następnego dnia, w rezultacie więc chłopcy przez tydzień nie chodzili do przedszkola. W całym mieście ludzie na piechotę przedzierali się przez zaspy, by dotrzeć do pracy, a panie wybierające się na zakupy wyciągały z pawlaczy narty.

Isabella urlopem niedługo się cieszyła. Następnego dnia po zabawie w parku zasiadła w gabinecie ze świeżym pakietem rzymskich problemów. Okazało się, że w poprzednim tygodniu zalało magazyny i zniszczeniu uległy dwie tkaniny niezbędne w jej planie, poza tym główna modelka zrezygnowała z pracy i należało wszystkie stroje dopasowywać od nowa. Małe i duże kłopoty, klęski i zwycięstwa — tak upłynął jej pierwszy miesiąc w Nowym Jorku, wypełniony po brzegi pracą, w której mogła się zatracić. Jedyną odmianą były wieczorne spacery z Nataszą. Wraz z upływem czasu stały się koniecznym do życia rytuałem — tak jej się przynajmniej wydawało.

— Jak długo masz zamiar to ciągnąć? — zagadnęła pewnego wieczoru, gdy przystanęły czekając na zmianę świateł na Madison Avenue. Isabella przychodziła tu, by obejrzeć wystawy i przestudiować wiosenne propozycje. Zaczął się już marzec, śniegi stopniały, lecz w powietrzu nadal panował zimowy ziąb i niemal bezustannie wiały lodowate wiatry.

Pytanie zaskoczyło Nataszę.

— O co ci chodzi?

— O to, jak długo jeszcze chcesz żyć jak pustelnica i zajmować się tylko mną. Zdajesz sobie sprawę, że odkąd do ciebie przyjechałam, ani razu nie wyszłać wieczorem? To już pięć tygodni! Corbett chyba najchętniej by mnie zamordował.

— A niby czemu? — Natasza wpatrywała się w przyjaciółkę ze zdziwieniem.

Ta udawana niewinność bardzo Isabellę rozbawiła.

— Z pewnością oczekuje, że poświęcisz mu trochę więcej czasu.

— Na szczęście nie. Nie wtrącamy się do siebie i każde z nas prowadzi własne życie — uśmiechnęła się lekko Natasza.

— Cóż, to szalenie współczesne podejście — odparła Isabella, równie zaskoczona jak przed chwilą Natasza, która wreszcie postanowiła sprawę wyjaśnić.

— Co, do cholery, masz na myśli? — zapytała bez gniewu w głosie.

— Nie oczekuję, że będziesz żyła w czystości, Nataszo — odpowiedziała wolno Isabella. — Przede mną nie musisz udawać.

— Udawać co? — zdumiała się Natasza i nagle się rozjaśniła. — Chodzi ci o Corbetta? — Zaczęła śmiać się tak serdecznie, że z oczu popłynęły jej łzy. — Żarty sobie stroisz? Isabello, ty naprawdę myślałaś?... Chryste! — Spoważniała i spojrzała na przyjaciółkę. — Trudno mi sobie wyobrazić coś mniej pociągającego niż romans z Corbettem Ewingiem.

— Mówisz poważnie? Nic was nie łączy?... — Wyznanie Nataszy bardzo ją zaskoczyło. — Wydawało mi się... Ale dlaczego? — zapytała jeszcze bardziej zaintrygowanym tonem. — Myślałam, że wy...

— Może ty tak myślałaś, ale ani Corbett, ani ja na pewno nie. Od lat jesteśmy przyjaciółmi i to się nigdy nie zmieni. Kocham go jak brata, na nikim nie mogę tak polegać jak na nim, ale problem w tym, że oboje jesteśmy bardzo stanowczy i apodyktyczni. Według Corbetta jestem za mało łagodna, krucha i bezbronna. Nie wiem, nie potrafię tego wyjaśnić. On zawsze powtarza, że powinnam być mężczyzną.

— To niemiłe — oświadczyła z dezaprobatą Isabella.

— A Bernardo nigdy nie mówi ci niemiłych rzeczy?

— Przynajmniej raz na dzień — uśmiechnęła się w odpowiedzi Isabella.

— Sama widzisz. Jesteśmy jak rodzeństwo. Nie wyobrażam sobie, żeby z Corbettem mogło mnie łączyć coś więcej.

— Chyba się starzeję, Nataszo, zawodzi mnie instynkt. Naprawdę od samego początku myślałam...

Natasza potrząsnęła tylko głową. Przez długi czas Isabella szła głęboko zadumana. Niespodziewanie Corbett Ewing ukazał jej się w zupełnie innym świetle.

Do końca spaceru obie milczały. Gdy stanęły przed domem, Natasza zobaczyła, że Isabella uśmiecha się do siebie.

— Powinnaś się kiedyś wybrać na bal w operze, Nataszo — powiedziała. — Świetnie byś się bawiła.

— Skąd wiesz?

— W Rzymie takie bale są czymś cudownym.

— Pytam, skąd wiesz, że w Nowym Jorku też jest taki bal i że zostałam zaproszona?

— Jestem doskonałym detektywem, a zaproszenia czasem nie do końca się palą.

Oczy Nataszy zalśniły od łez. Jej kłamstwa, ,,poświęcenie" na nic się nie zdały.

— No dobrze — odparła, obejmując Isabellę. — Wygrałaś.

— Dziękuję.

Isabella weszła do budynku z wyrazem zwycięstwa na twarzy i niebezpiecznym błyskiem w oku.

## ROZDZIAŁ SZESNASTY

Isabella, skończywszy około ósmej rozmawiać z Rzymem, zgasiła światło w gabinecie. Biedny Bernardo, u niego była druga w nocy, lecz tego wieczoru zaprezentowano letnią kolekcję i Isabella musiała się dowiedzieć, jak wypadł pokaz.

— Doskonale, moja droga — oznajmił Bernardo. — Wszyscy stwierdzili, że to cud. Nie mogli zrozumieć, jak ci się udało tego dokonać po tym, co przeszłaś.

Isabella słuchała go z płonącym wzrokiem.

— Czy te nowe kolory w miejsce czerwieni nie wyglądały dziwacznie? — Mając do dyspozycji jedynie pamięć i papier, siłą rzeczy pracowała nad kolekcją trochę po omacku.

— Nie. Turkusowa podszewka w wieczorowym płaszczu była po prostu genialna. Szkoda, że nie widziałaś, jak zareagowali dziennikarze z włoskiego „Vogue'a".

— Wspaniale. — Isabella była szczęśliwa. Bernardo w najdrobniejszych szczegółach relacjonował jej przebieg pokazu, aż w końcu uznała, że wie już wszystko. — Doskonale, kochany, chyba nam się udało. Przepraszam, że cię obudziłam. Wracaj do łóżka.

— Chcesz powiedzieć, że nie masz żadnych nowych planów? Żadnych instrukcji dotyczących kolekcji jesiennej? — Wciąż tęsknił za Isabellą, lecz wraz z upływem czasu słabła w nim potrzeba przebywania z nią na co dzień. Rozstanie obojgu dobrze zrobiło, a jej ucieczka okazała się ucieczką także dla niego.

— Do jutra. — Jutro... Świetliste oczy Isabelli przelotnie spochmurniały. Czy tutaj będzie musiała projektować jesienną kolekcję? Czy już nigdy nie będzie mogła wrócić do domu? Dwa miesiące upłynęły od chwili, gdy przybyła do Stanów, dwa miesiące, w czasie których telefonicznie prowadziła z ukrycia firmę, oddzielona od niej połową świata, nie widząc swojego domu i nie śpiąc w swoim łóżku. Nadszedł już kwiecień, w Rzymie pełnia wiosny, kiedy słońce zaczyna coraz mocniej grzać, a ogrody pokrywają się świeżą zielenią. Nawet

w Nowym Jorku zrobiło się trochę cieplej. W czasie swych wieczornych spacerów parę razy zawędrowała nad East River, by podziwiać joggerów i solidnie wyglądające niewielkie łodzie. East River jednak nie była Tybrem, a Nowy Jork nie był jej domem. — Zadzwonię do ciebie rano — obiecała.
— A przy okazji, gratulacje z powodu mydła.
— Proszę, nawet o nim nie wspominaj.

Badania nad mydłem zajęły cztery miesiące, wprowadzenie go na rynek następne dwa, lecz się opłaciło. Właśnie otrzymali zamówienie wartości pół miliona dolarów, naturalnie od FB.

Bernardo mówił o zamówieniach, ale Isabella go nie słuchała. Mydło przypomniało jej ostatni dzień z mężem, tamten fatalny dzień, kiedy najpierw pokłóciła się z Bernardem, a potem zostawiła obu mężczyzn, by pójść na lunch. Od owego dnia minęło już prawie siedem miesięcy...

Z wysiłkiem oderwała się od wspomnień i znowu zajęła rozmową.

— Jak teraz jest w Nowym Jorku? — pytał właśnie Bernardo.

— Dalej zimno, może troszeczkę cieplej, ale wszystko jeszcze jest szare. Tu wiosna zaczyna się dopiero w maju.

Bernardo nie wspomniał, że ogród przy willi cały rozkwitł. Był tam zaledwie kilka dni wcześniej, by sprawdzić, czy wszystko jest w porządku.

— Doskonale, kochanie — powiedział głośno. — Porozmawiamy jutro. I gratulacje!

Isabella posłała mu całusa, po czym się rozłączyli. „Gratulacje". Gdyby była w Rzymie, z fascynacją i lękiem obserwowałaby otwarcie pokazu, stojąc za kulisami i nie mogąc złapać tchu, nagle ogarnięta niepewnością, czy wybór takich właśnie kolorów i tkanin był właściwy, niezadowolona z biżuterii, muzyki i doskonałych fryzur modelek. Nienawidziła tych chwil, które poprzedzały pojawienie się pierwszej dziewczyny na wybiegu. A potem, kiedy pokaz już się zaczynał, zawsze przechodził ją dreszcz podniecenia. Na tym polegał urok, piękno i szaleństwo świata wielkiej mody. Po pokazie ona i Amadeo mrugali do siebie z dwóch końców zatłoczonej ponad miarę sali, w której szampan lał się strumieniami, później zaś rzucali się sobie w objęcia. Wieczorem wszyscy zaproszeni goście i prasa spotykali się na przyjęciu. Czasami miała wrażenie, że cztery razy w roku wyprawia huczne wesele. Tym razem jednak było inaczej. Isabella w niebieskich dżinsach piła tego wieczora kawę w swym jednopokojowym biurze i czuła się bardzo, bardzo samotna. Wreszcie, zamknąwszy za sobą drzwi gabinetu, poszła do siebie. Po drodze zerknęła na zegar w kuchni, zastanawiając się, czemu chłopcy jeszcze nie śpią, w ich pokoju bowiem donośnie grał telewizor, warczała elektryczna kolejka i słychać było głosy, wśród których rozpoznała spokojny głos Hattie.

Angielski Alessandra, choć daleko mu było do doskonałości, pozwalał mu się w miarę swobodnie porozumiewać, a kiedy czasami mu się to nie udawało, chłopczyk krzyczał, jakby sądził, że inaczej nikt go nie usłyszy. Dziwne było to, że używał angielskiego tylko wtedy, gdy naprawdę musiał. Isabella miała wrażenie, iż dla Alessandra język ojczysty jest przypomnieniem domu oraz własnej tożsamości.

Tego dnia nie była na spacerze, w wielkim napięciu bowiem czekała na telefon od Bernarda, poza tym zaczynała już ją nudzić ta sama trasa, szczególnie że teraz nie zawsze miała towarzystwo. Natasza wróciła do swego zwykłego trybu życia i wieczorami Isabella często zostawała sama. Ten wieczór także miała spędzić bez przyjaciółki, która wybierała się na bal dobroczynny w towarzystwie pewnego maklera giełdowego.

Isabella na chwilę weszła do swego pokoju, potem wolno ruszyła ku sypialni Nataszy. Z przyjemnością patrzyła, jak przyjaciółka wkłada piękne suknie i upina elegancko lub ekstrawagancko długie jasne włosy. Jej widok wnosił w życie Isabelli trochę urozmaicenia, coraz bardziej bowiem męczyło ją własne odbicie, przedstawiające szczuplejącą z dnia na dzień postać w czarnych surowych strojach, z ciemnymi włosami ściągniętymi do tyłu.

Przystanęła pod drzwiami i lekko zapukała.

— Proszę. — Ze środka prawie natychmiast dobiegł głos Nataszy zniekształcony przez trzymane w ustach szylkretowe szpilki. Włosy miała upięte na czubku głowy w węzeł, z którego spływała kaskada luźnych loków.

— Wyglądasz prześlicznie. Co włożysz?

— Nie wiem. Przygotowałam sobie tę żółtą suknię, ale niestety, Jason się do niej dobrał. — Jęknęła, wbijając we włosy kolejną długą szpilkę.

— Nie mów? Umazał ją? — Isabella obrzuciła wzrokiem żółty jedwab.

— Masłem orzechowym z lewej dłoni, kremem czekoladowym z prawej.

— Brzmi smakowicie — uśmiechnęła się Isabella.

— Może, ale wygląda okropnie.

— A co o tym myślisz? — Isabella podeszła do szafy, z której wyjęła znajomą jasnoniebieską suknię. Myślała o Nataszy, kiedy kupowała ten materiał. Taki sam odcień, lawendowy z dodatkiem błękitu, miały jej oczy.

— Jest rewelacyjna, ale nigdy nie wiem, jakie dodatki do niej pasują.

— Może złote?

— Co na przykład? — spojrzała pytająco Natasza, kończąc upinać włosy.

— Pantofle i niewielka ozdoba we włosy. Isabella przypatrywała się przyjaciółce tak, jakby była jedną z jej modelek przymierzających kreacje z najnowszej kolekcji. Z przymrużonymi oczyma, stojąc na rozstawionych stopach, widziała coś innego niż w rzeczywistości. Przy pomocy kobiety, stroju i własnej inspiracji tworzyła magię.

— Czekaj! Chcesz mi rozpylić złoto na włosach?

Natasza skurczyła się cała przy swojej ozdobnej toalecie, Isabella wszakże zignorowała jej reakcję i wyszła. Wróciła po minucie z igłą i złotą nitką.

— Co to? — Natasza nie odrywała zaintrygowanego wzroku od nawlekającej nitkę przyjaciółki.

— Siedź spokojnie. — Isabella przeciągnęła nitkę przez jej włosy, schowała koniec i zaczęła szyć. Kiedy skończyła, efekt przeszedł wszelkie oczekiwania. Nitka zmieszała się z włosami Nataszy, jakby wyrosły jej lśniące złote pasemka.

— Gotowe.

Natasza wpatrywała się w swoje odbicie z niedowierzaniem.

— Zaskoczyłaś mnie. A teraz co?

— Trochę tego. — Isabella postawiła na toaletce pudełko z pudrem, jasnym i przezroczystym, w którym połyskiwały drobne złote ziarenka. Puder dodał blasku i tak olśniewającej cerze Nataszy. Isabella raz jeszcze zniknęła w garderobie, by po chwili wynurzyć się z niej ze złotymi sandałami na niskich obcasach.

— Będziesz wyglądać jak bogini.

Natasza, zapinając sandały na stopach odzianych w cieniutkie niby mgiełka pończochy, powoli zaczynała jej wierzyć.

— Ładne pończochy. Skąd je masz? — z zainteresowaniem zapytała Isabella.

— Od Diora.

— Zdrajczyni — oświadczyła, zaraz jednak z namysłem dodała: — Nie przepraszaj. Nasze nie są tak ładne. — Pomyślała, że musi porozmawiać o tym z Bernardem. Najwyższy czas urozmaicić ofertę. — A teraz... — Wyjęła suknię z plastikowego pokrowca i aż jęknęła z zachwytu, gdy ubrała w nią Nataszę, nie poruszywszy ani jednego włosa na jej misternie uczesanej głowie. Zaciągnęła zamek na plecach i obeszła ją dokoła, poprawiając i wygładzając fałdy. Suknię sama projektowała, pochodziła z wiosennej kolekcji sprzed trzech lat. Ze swojej biżuterii wybrała do niej złoty pierścionek z jasnoróżowym ametystem otoczonym brylantami, maleńkie delikatne kolczyki i bransoletkę. Komplet był zachwycający.

— Skąd to masz?

— W zeszłym roku Amadeo kupił mi w Wenecji. Zdaje się, że to dziewiętnastowieczna robota. Amadeo powiedział, że wszystkie kamienie mają skazy, ale wykonanie jest mistrzowskie.

— Chryste, Isabello, nie mogę tego włożyć. Dzięki, kochanie, ale chyba zwariowałaś.

— Zaczynasz mnie nudzić. Chcesz wyglądać ładnie czy nie? Bo jak nie, to równie dobrze możesz zostać w domu. — Po tych słowach zdecydowanym ruchem zapięła na jej szyi błyszczący naszyjnik, a na ręku bransoletkę. — Proszę, to włóż sama — rzekła podając jej etui z kolczykami. — Wyglądasz przepięknie.

— Jestem śmiertelnie przerażona. A jeśli je zgubię? Isabello, błagam!

— Już ci mówiłam, nudzisz mnie. A teraz idź i baw się dobrze.

Natasza, spojrzawszy w lustro, uśmiechnęła się do swego odbicia i do przyjaciółki. Niemal w tej samej chwili rozległ się dzwonek do drzwi obwieszczający, że makler punktualnie stawił się na umówione spotkanie, Isabella schowała się więc w swoim pokoju. Zanim trzasnęły drzwi wyjściowe, usłyszała jeszcze lekkie puknięcie i szept Nataszy dziękującej jej za pomoc. A potem została sama, za towarzystwo mając tylko pokrzykiwania chłopców i gwizd kolejki elektrycznej Jasona.

Pół godziny później poszła ucałować ich na dobranoc. Alessandro popatrzył na nią dziwnie i po włosku zapytał:

— Czy ty już nigdzie nie wychodzisz, mamusiu?

— Nie, kochanie, wolę zostać z tobą.

Zgasiła światło w ich pokoju i poszła do swojej sypialni. Położyła się na futrzanej narzucie okrywającej łóżko i zapatrzyła w ogień na kominku. W uszach wciąż dźwięczało jej pytanie synka: „Czy ty już nigdzie nie wychodzisz, mamusiu?... Nie, kochanie, nigdzie." I może tak już będzie zawsze.

Usiłowała zasnąć, ale bezskutecznie. Wyczekiwanie na wieści z Rzymu wprawiło ją w zdenerwowanie, a ponieważ nawet nosa nie wystawiła z mieszkania, nie miała jak się wyładować. Wreszcie z westchnieniem odwróciła się na bok, popatrzyła na chybotliwy płomień i wstała, by poszukać Hattie. Znalazła ją w jej pokoju. Służąca z głową w papilotach oglądała telewizję, przy łóżku leżał egzemplarz „Good House-keeping".

— Będziesz w domu?

— Tak, pani Parelli. Nigdzie się dzisiaj nie wybieram.

— Idę na spacer, niedługo wrócę.

Isabella włożyła granatowy płaszcz Nataszy, który teraz stale wisiał w jej szafie, i wzięła torebkę. Wełniana czapka nie była już potrzebna. W progu jeszcze przystanęła, rozglądając się dokoła, jakby w obawie, że czegoś zapomni. Ale czego? Torebki? Puderniczki? Długich operowych rękawiczek?... Popatrzyła na swoje dżinsy, nie potrafiąc opanować zazdrości. Szczęściara z tej Nataszy! Ma swoje bale, złote sandałki i wielbicieli. Zaraz jednak na jej twarzy pojawił się uśmiech, gdy przypomniała sobie rozmowę o Corbetcie Ewingu.

Powinna była od razu się domyślić, że Corbett nie jest w typie Nataszy. Nie należał do osób, którymi łatwo kierować. W tym momencie spojrzała z gniewem na swoje odbicie w lustrze i szepnęła: „Czy tego właśnie chcesz?" Nie chciała, wiedziała, że nie chce. Nie zależało jej też na maklerze w rogowych okularach. „A, w takim razie pragniesz królewicza", pomyślała oskarżycielsko, zamykając za sobą drzwi. „Nie" — brzmiała zdecydowana odpowiedź. Ale w takim razie czego chce? Oczywiście Amadea, tylko i wyłącznie jego. Jednakże gdy o nim myślała, przed oczyma stanęła jej twarz Corbetta.

Tego wieczoru doszła dalej niż kiedykolwiek przedtem. Ręce miała wsunięte głęboko w kieszenie, kołnierz wysoko podniesiony, a w głowie zamęt. O co jej chodzi? Czego tak naprawdę pragnie? Po raz pierwszy w życiu te pytania sprawiały jej trudność. Zwolniła kroku, mijając dobrze znane sklepy. Dlaczego częściej nie zmieniają wystaw? Czyżby nikomu na tym nie zależało? I czy nie wiedzą, że te kolory modne były w zeszłym sezonie? Dlaczego nie ma jeszcze wiosny? Usiłując odsunąć od siebie obraz Nataszy, we wszystkim doszukiwała się wad. Czyżby dręczyła ją zazdrość? Ale przecież Natasza ma prawo do rozrywki! Ciężko pracuje, jest najlepszą przyjaciółką Isabelli, otworzyła przed nią dom i serce, jak nikt nigdy tego nie uczynił. Czegóż jeszcze Isabella może od niej chcieć? Żeby razem z nią siedziała zamknięta w domu?

Nagle zrozumiała, w czym tkwi problem. Nie chodziło o uwięzienie Nataszy, lecz o to, by ona zyskała więcej swobody. To wszystko. Jeszcze głębiej wcisnęła ręce w kieszenie, wyżej postawiła kołnierz, idąc tak i idąc, aż znalazła się w centrum. Zniknęła kojąca pewność bezpieczeństwa typowa dla ulic z numerami zaczynającymi się na sześćdziesiąt, zniknęła dystyngowana trzeźwość siedemdziesiątek i ozdobna nuda osiemdziesiątek, a nawet wątpliwa i byle jaka wytworność dziewięćdziesiątek, dokąd czasami zaglądała. Tym razem wybrała drogę przez kipiące życiem pięćdziesiątki, koło restauracji, barów, ryczących klaksonów taksówek i znacznie

bardziej luksusowych sklepów. Były tam wielkie magazyny z kapiącymi od ozdób wystawami, Tiffany oferujący
błyszczące cudeńka, rojący się od łyżwiarzy Rockefeller Cen-
ter, katedra Świętego Patryka z sięgającymi nieba wieżami.
Isabella doszła aż do Czterdziestej Drugiej Ulicy, gdzie
zaczynały się biurowce, sklepy były mniej eleganckie, a wśród
przechodniów zdarzali się pijani. Ludzie i pojazdy poruszali
się tu z szybkością, która przypominała jej Rzym. W końcu
zawróciła ku Park Avenue i minąwszy Grand Central Station,
przystanęła, by popatrzeć w górę ulicy. Po obu jej stronach
wznosiły się niebotyczne wieżowce, górujące nad wszystkim
gmaszyska ze szkła i chromu, gdzie tworzyły się fortuny
i zaspokajane były wielkie ambicje. Isabella wstrzymała oddech. Dachy budynków zdawały się graniczyć z niebem.
Wreszcie wolnym krokiem, zatopiona w myślach, wróciła do
domu.

Miała wrażenie, że tej nocy otworzyły się przed nią drzwi,
których żadna siła już nie zamknie. Do tej pory chowała się,
zamknięta w domu Nataszy udawała, że mieszka gdzieś na wsi,
z dala od pokus miasta. Tego wieczora jednak zobaczyła zbyt
wiele, wyczuła bliskość władzy, sukcesu, pieniędzy, ambicji,
podniecenia. Kiedy Natasza wróciła do domu, Isabella podjęła
już decyzję.

— Co ty tu jeszcze robisz, Isabello? Myślałam, że już
dawno śpisz. — Z ulicy dostrzegła światło w salonie, zaintrygowana więc weszła do środka.

Isabella uśmiechnęła się do przyjaciółki.

— Wyglądasz prześlicznie, Nataszo.

— Dziękuję. Wszyscy zachwycali się złotem we włosach
i nie mogli dojść, jak to zrobiłam.

— Chyba im nie powiedziałaś?

— Jasne, że nie.

— To dobrze. Trzeba mieć jakieś sekrety.

Natasza obserwowała ją z troską. W Isabelli nastąpiła jakaś
zmiana, widoczna w gestach, wyglądzie, uśmiechu.

— Byłaś na spacerze?

— Tak.

— I jak było? Coś poszło nie tak? — Czemu Isabella tak
dziwnie wygląda? I co ma znaczyć ten wyraz jej oczu?

— Naturalnie, że nie. Do tej pory nic się nie stało, czemu akurat dzisiejszy wieczór miałby być wyjątkiem?

— I nie stanie się tak długo, jak długo będziesz ostrożna.

— A tak. — Na twarzy Isabelli pojawił się wyraz tęsknoty. — O to właśnie chodzi. — Uniosła głowę pełnym gracji ruchem, który świadczył o wewnętrznej sile, a jednocześnie jasno mówił, że to ona powinna mieć złoto we włosach. — Nataszo, kiedy znowu wychodzisz wieczorem?

— Za kilka dni. Dlaczego pytasz? — Cholera. Prawdopodobnie czuje się samotna i znudzona. Kto by zresztą tak się nie czuł? A jeśli jeszcze wziąć pod uwagę jej usposobienie... — W zasadzie mam zamiar spędzić ten tydzień w domu z tobą i chłopcami.

— Cóż za nudziarstwo.

A więc o to chodziło! Natasza pomyślała, że wcześniej powinna była na to wpaść. Zbyt łatwo wróciła do swego zwykłego trybu życia, biorąc za dobrą monetę słowa Isabelli.

— Wcale nie, głuptasku. Prawdę mówiąc — tu uroczo ziewnęła — jeśli nie przestanę tak biegać z przyjęcia na przyjęcie, chyba niedługo padnę trupem z przemęczenia.

Isabella jej wyznanie przyjęła gromkim śmiechem. Tej reakcji Natasza nie potrafiła zrozumieć.

— A co z premierą filmu, na którą pojutrze jesteś zaproszona?

— Z jaką premierą? — Oczy Nataszy zrobiły się okrągłe jak spodki, a na twarzy pojawił się wyjątkowo niemądry wyraz, lecz Isabella nie dała się zwieść tym gierkom.

— W czwartek, pamiętasz? Dochód na być przeznaczony na fundację kardiologiczną czy coś w tym rodzaju.

— A, o tym mówisz. Postanowiłam, że nie pójdę.

— Doskonale. W takim razie dasz mi zaproszenie.

— Co takiego? Chyba żartujesz!

— Skądże! Dasz mi je? — Isabella uśmiechnęła się do Nataszy, zakładając nogę na nogę.

— Oszalałaś?

— Nie. Poszłam dzisiaj do centrum i było cudownie. Dłużej nie mogę tak żyć.

— Musisz. Wiesz, że nie masz innego wyjścia.

— Bzdury. W takim wielkim mieście? Nikt mnie nie pozna. Nie mam wcale zamiaru wszędzie bywać, chodzić na pokazy mody czy do znanych restauracji, ale na niektóre rozrywki mogę sobie pozwolić. Takie ukrywanie się to obłęd.

— Obłędem będzie, jak przestaniesz to robić.

— Nie masz racji. Akurat na premierze filmu nikt nie zwróci na mnie uwagi, jeśli chyłkiem wejdę i wyjdę. Obejrzę sobie film i poprzyglądam się ludziom. Na litość boską, nie mogę przecież być projektantką nie ruszając się z domu! Muszę widzieć, co się sprawdza, a co nie, jak kobiety wyglądają, w czym im jest do twarzy. Nie jestem filozofem, tylko projektantką. To bardzo przyziemne zajęcie.

Jej argumenty nie były przekonywające, toteż Natasza słuchała ich, kręcąc sceptycznie głową.

— Nie zgadzam się. Nie przyłożę do tego ręki. To zbyt niebezpieczne, Isabello, ty chyba postradałaś zmysły!

— Jeszcze nie, ale niedługo postradam, jeśli nie zacznę wychodzić, naturalnie zachowując środki ostrożności i starając się nie zwracać na siebie uwagi. Nie mogę tak dłużej żyć. Uświadomiłam to sobie dziś wieczór... — Widząc, że Natasza jest smutna i zmartwiona, delikatnie poklepała ją po dłoni. — Proszę, Nataszo, przecież nikt nawet nie podejrzewa, że wyjechałam z Rzymu.

— Ale zaczną, jak będziesz się pokazywać na premierach.

— Obiecuję ci, że do tego nie dojdzie. Dasz mi to zaproszenie? — zapytała, patrząc na nią błagalnie jak dziecko.

— Zastanowię się.

— W takim razie sama je jakoś zdobędę. Albo pójdę gdzieś, gdzie na pewno wszyscy mnie zobaczą — oznajmiła łobuzersko Isabella. W błękitnych oczach Nataszy zapłonął gniew.

— Do cholery, nie próbuj mnie szantażować! — Zerwała się na równe nogi i zaczęła chodzić po pokoju.

— Więc pomożesz mi? Bardzo cię proszę, Nataszo... proszę...

Natasza odwróciła się do niej. Na widok zmęczonych oczu i bladej twarzy przyjaciółki musiała przyznać, że istotnie potrzeba jej czegoś więcej poza przebywaniem w domu i spacerami o zmierzchu po Madison Avenue.

— Zobaczę — powiedziała.

Jednakże Isabellę ta gra już zmęczyła. Poderwała się z fotela.

— Nie przejmuj się, Nataszo. Sama się tym zajmę.

Co powiedziawszy, wyszła. Po chwili Natasza usłyszała, jak przyjaciółka zamyka za sobą drzwi swojej sypialni. Wolno pogasiła światła w salonie i podeszła do okna. Mimo iż była druga w nocy, miasto wciąż tętniło życiem. Jeździły ciężarówki i taksówki, chodzili ludzie, słychać było klaksony i gwar rozmów, w powietrzu unosiła się radość i podniecenie. Natasza wiedziała, że potrzebuje tego, co miasto jej daje, że musi czuć jego rytm jak pulsowanie swojej krwi w żyłach. Czy może tego odmówić Isabelli? Z drugiej jednak strony, jeśli spełni jej prośbę, a porywacze ją odnajdą, Isabellę może to drogo kosztować.

Natasza bezszelestnie poszła korytarzem. Przed drzwiami pokoju przyjaciółki przystanęła i cicho zapukała. Drzwi otworzyły się natychmiast i obie kobiety w milczeniu stanęły twarzą w twarz. Pierwsza odezwała się Natasza.

— Nie rób tego, Isabello. To zbyt niebezpieczne.

— Ciekawe, czy to samo byś mówiła, gdybyś musiała tak długo jak ja żyć w ukryciu, bojąc się nawet głośno odetchnąć. Ciekawe, czy wtedy byś mnie namawiała, żebym dalej tak żyła.

— Byłaś bardzo dzielna, Isabello, i to przez tak długi czas.

„Bądź dzielna... jeszcze trochę." Niespodziewanie w uszach Isabelli zabrzmiały słowa Amadea. Gardło jej się ścisnęło, w oczach zalśniły łzy.

— Nieprawda.

— Prawda. — Obie wciąż szeptały. — Byłaś bardzo dzielna, cierpliwa i mądra. Czy nie możesz jeszcze trochę wytrzymać?

Isabella zdusiła wyrywający jej się z piersi krzyk. Kręcąc gorączkowo głową, odpowiadała zarówno mężowi, jak i przyjaciółce:

— Nie mogę, po prostu nie mogę.

Wreszcie wyprostowała się i spojrzała na Nataszę oczyma, w których nie było już łez.

— Nie potrafię być dłużej dzielna. Doszłam do kresu wytrzymałości.

— Co w takim razie postanowiłaś?

— Pytasz o czwartkową premierę? Idę!

## ROZDZIAŁ SIEDEMNASTY

— Isabello!... Isabello!... — wołała Natasza, pukając gwałtownie do drzwi.

— Poczekaj chwilę! Jeszcze nie jestem gotowa!... Minutka... już... — Isabella wsunęła stopy w pantofle, wpięła kolczyki, zerknęła jeszcze w lustro, po czym stanęła w progu. Na korytarzu czekała Natasza w beżowej chińskiej tunice z podszewką z satyny w kolorze bladej brzoskwini i spodniach z brązowego aksamitu. Na nogach miała brokatowe brązowo-brzoskwiniowe panfotelki. Całość uzupełniały koralowe kolczyki, przy każdym ruchu głowy wynurzające się z jej długich jasnych włosów. Isabella przyjrzała jej się z aprobatą.

— Wyglądasz bajecznie, moja droga. Gdzie wynalazłaś ten rewelacyjny strój? Nie pochodzi z mojej kolekcji.

— Kupiłam go w zeszłym roku w Paryżu.

— Bardzo ładny.

Nagle zamieniły się rolami i teraz Natasza z podziwem w oczach przyglądała się królewskiej postaci, którą miała przed sobą.

To była dawna Isabella. Przez krótką chwilę Natasza poddała się urokowi, nie mogąc złapać tchu. To była Isabella di San Gregorio, taka jak przedtem, ukochana Amadea, najjaśniejsza gwiazda na rzymskim firmamencie.

Uwagę zwracało nie tylko to, co miała na sobie, lecz sposób, w jaki strój nosiła, lekkie wygięcie jej delikatnie rzeźbionej białej szyi, zwinięte w nienaganny węzeł czarne włosy, kształt małych uszu, głębia cudownych oczu. Przyjrzawszy się dokładniej jej prostej eleganckiej sukni z satyny, która miękkimi fałdami spływała z ramion do ziemi, Natasza jęknęła z zachwytu. Niewielki dekolt w kształcie litery V, króciutkie rękawy odsłaniające smukłe ręce i bogactwo ciężkiej materii, spod której wystawały tylko czubki pantofelków. Jedyną ozdobę stanowiły wielkie kolczyki z otoczonego brylantami onyksu błyszczącego jak jej oczy.

— Mój Boże, ależ to wspaniałe! Pewnie ją sama projektowałaś.

— Tak — potwierdziła Isabella. — Pochodzi z kolekcji sprzed... sprzed mojego wyjazdu... — Zamilkła. „Sprzed zniknięcia Amadea." Do tej samej kolekcji należała zielona suknia, którą miała na sobie tamtego wieczoru, gdy czekała na jego powrót do domu.

— Co na to włożysz? Futro? — W głosie Nataszy wyczuć można było wahanie. Futro z pewnością przyciągnie wiele spojrzeń, z drugiej zaś strony trudno było nie zauważyć Isabelli, nawet gdy miała na sobie prostą czarną suknię.

— Nie, coś innego — odparła z zadowoleniem w głosie Isabella. — Model z najnowszej kolekcji. Właściwie — powiedziała przez ramię, znikając w garderobie — to tylko wzór. Gabriela mi go przysłała, żebym zobaczyła końcowy efekt. To ta paczka, którą odebrałaś ostatnio od swojego agenta. W kolekcji podszewka jest turkusowa, żeby całość pasowała do fioletu albo zieleni.

Kiedy wróciła wreszcie do pokoju, miała na sobie kremowy satynowy płaszcz, który w zestawieniu z czarną suknią podkreślał jeszcze jej nieprzeciętną urodę.

— O Boże — westchnęła z przerażeniem Natasza.

— Nie podoba ci się? — Isabella nie potrafiła ukryć zaskoczenia.

— Wyglądasz wspaniale. — Natasza usiadła, przymykając powieki. — Ale uważam, że zwariowałaś. Po prostu zwariowałaś. Chyba nie myślisz, że kogokolwiek oszukasz?

Otworzyła oczy, wpatrując się w przyjaciółkę. Jej strój, tak prosty i piękny, na milę zdradzał, że pochodzi z salonu mody, nie ze zwykłego sklepu. Wystarczy jedno spojrzenie na jej bladą twarz, a zabawa się skończy i miejsce pobytu Isabelli di San Gregorio stanie się publiczną tajemnicą.

— Czy jest jakaś szansa, że dasz się przekonać i zostaniesz w domu? — spytała ponuro Natasza.

— Nie — odparła zdecydowanie Isabella. Władczyni Domu Mody „San Gregorio" z Rzymu odzyskała potęgę. Rzuciła okiem na zegarek, który zostawiła na stoliku, potem spojrzała na przyjaciółkę. — Lepiej się pośpiesz, Nataszo, bo się spóźnisz.

— Zdążę. A ty?

— Zrobię dokładnie tak, jak obiecałam. Punktualnie o dziewiątej piętnaście wsiądę do wynajętej limuzyny, pojadę prosto do kina, poproszę kierowcę, żeby zapytał bileterkę, czy film już się zaczął. Jeśli projekcję rozpoczęto według planu, to o wpół do dziesiątej wejdę szybko do środka, zajmę miejsce przy przejściu, które dla mnie zarezerwowałaś, a jak zapalą się światła, natychmiast wyjdę.

— Wyjdziesz na moment przed zapaleniem świateł. Nie czekaj na część oficjalną ani na mnie. Bierz nogi za pas i znikaj. Ja wrócę później, po kolacji.

— Zgoda. Poczekam na ciebie i razem uczcimy cudowny wieczór.

— Cudowny? Może się okazać feralny.

— Patrzysz zbyt pesymistycznie, moja droga. Idź już, bo nie zdążysz na koktajl.

Natasza nie poruszyła się, czując, że nogi ma jak z waty. Isabella uśmiechała się do niej, zdając się nie rozumieć, jak wielkie ryzyko podejmuje, jak łatwo może być rozpoznana i jaką sensację to wywoła, jeśli jej pobyt w Nowym Jorku zostanie ujawniony.

— Czy Bernardo wie, co masz zamiar zrobić?

— Bernardo! On jest w Rzymie, a ja tutaj. W tym mieście jestem tylko twarzą z żurnala. Nie wszyscy interesują się modą, moja droga. A może o tym nie wiesz?

— Jesteś głupia, Isabello. Nie projektujesz sukien wyłącznie dla francuskich arystokratek czy bogatych kobiet z Rzymu, Wenecji i Mediolanu. Twoje modele sprzedawane są w Stanach, podobnie jak ubrania dla mężczyzn, kosmetyki, perfumy, mydła, konfekcja... Jesteś instytucją międzynarodową.

— Nieprawda, jestem kobietą. I dłużej tak nie mogę żyć.

W ciągu ostatnich dni wałkowały to z tysiąc razy i argumenty Nataszy zaczęły się wyczerpywać. Pozostało jej tylko zgodzić się na w miarę bezpieczny plan. Przy odrobinie szczęścia może wszystko dobrze się skończy, jeśli Isabella przyjdzie odpowiednio późno, wyjdzie odpowiednio wcześnie, a w trakcie projekcji będzie spokojnie siedziała na swoim miejscu.

— No jak? Gotowa? — Isabella patrzyła na nią surowo, jakby namawiała stremowaną panienkę, żeby zgodziła się na pierwszy w życiu taniec.

— Wolałabym nie żyć.

— Nie bądź niemądra. — Cmoknęła ją w policzek. — Zobaczymy się na miejscu.

Natasza bez słowa ruszyła do drzwi. W progu jeszcze przystanęła i potrząsnęła głową. Isabella została sama, uśmiechając się do siebie i niecierpliwie stukając satynowym pantofelkiem w podłogę.

## ROZDZIAŁ OSIEMNASTY

Wynajęta limuzyna czekała przed domem, roztaczając wokół aurę powściągliwego splendoru. Punktualnie o dziewiątej piętnaście Isabella stanęła na chodniku, rozkoszując się świeżym powietrzem na twarzy, i nawet panujący ziąb jej nie przeszkadzał. Kiedy kierowca z trzaskiem zamknął za nią drzwi, ostrożnie usiadła, rozkładając swój płaszcz niczym strój koronacyjny.

Dostojnie przejechali przez Central Park, potem skierowali się ku centrum. Isabella nie odrywała oczu od okna, obserwując samochody.

Boże, nareszcie wyszła z domu ubrana w jedwab i satynę, uperfumowana i umalowana. Nawet Alessandro nie ukrywał podniecenia, kiedy przyszła życzyć mu dobrej nocy. Rozłożywszy szeroko ręce, jak mu poleciła, ucałował ją i z wielką uciechą zawołał:

— To tak jak z tatusiem.

Niestety, to nie było jak z tatusiem. Myśli Isabelli na chwilę wróciły do Rzymu, do czasów, gdy na przyjęcia jeździli ferrari, gdy z głową ciężką od wytężonej pracy śpieszyli do domu, by zdążyć się przebrać na bal. Przed oczyma stanął jej śpiewający pod prysznicem Amadeo, podczas gdy ona, przygotowawszy mu smoking, znikała w swojej garderobie, z której wynurzała się ubrana w popielaty aksamit lub błękitny brokat. Wiedli wtedy niemądre, "puste" życie, jak ktoś kiedyś jej powiedział, lecz równocześnie to był ich świat. Razem z Amadeem podbili go i cieszyli się jego urokami, wspólnie przeżywając radości i sukcesy.

Teraz miejsce obok niej świeciło pustką, w długim czarnym samochodzie towarzyszył jej wyłącznie kierowca, w kinie nikt na nią nie czekał. Nie było nikogo, z kim po powrocie do domu mogłaby ze śmiechem wspominać dopiero co przeżyte chwile, czyje towarzystwo sprawiłoby, że jej uroda jaśniałaby jeszcze większym blaskiem. W przeszłości trzymała głowę wyżej tylko dlatego, że przy jej boku był Amadeo.

Kiedy dojechali na miejsce, twarz miała smutną i ściągniętą. Kierowca odwrócił się ku niej i powiedział:

— Pani Walker kazała mi sprawdzić, czy film już się zaczął.

Po tych słowach zostawił ją samą. Isabella czuła, że serce bije jej szybciej, jak na własnym ślubie, gdy w obłoku białej koronki i tiulu stała obok Amadea przed ołtarzem. Wiedziała, że to niemądre, przecież szła tylko do kina, w dodatku odziana w czerń. Nie była już oblubienicą Amadea, lecz wdową po nim. Teraz wszakże za późno było na wahania. Kierowca otworzył przed nią drzwiczki.

W ciemnej sali kinowej Natasza odchodziła od zmysłów. Miejsca przy przejściu zajęło siedmioosobowe towarzystwo i wszystkie jej wyjaśnienia w rodzaju: "Bardzo przepraszam, ale czy mógłby pan się przesunąć? Moja kuzynka jest okropnie przeziębiona, zaraz się zjawi, może będzie musiała wcześniej wyjść" nie odnosiły skutku. Nikt jej nie słuchał, grupa była nazbyt liczna i rozbawiona. Jakiś tłuścioch z Teksasu — "Robię w ropie, złotko" — w stetsonie i smokingu najwyraźniej za wiele wypił. "Słabe nerki, złotko." Usunięcie go z miejsca przy przejściu okazało się niemożliwe. Obok niego siedziała odziana w biały brokat żona, ich gospodarze, potem redaktor działu finansowego londyńskiego „Timesa", jeszcze jedna znana para, wreszcie Natasza. Miała ochotę zabić Isabellę. Cały pomysł od początku był czystym szaleństwem. Teraz Isabella będzie musiała przepychać się przez cały rząd, trudno zatem oczekiwać, że nikt jej nie zauważy. Pełna najczarniejszych myśli Natasza zasyłała modły do niebios, by w drodze do kina Isabella złapała ospę, tyfus, może nawet malarię.

— Skąd ten doskonały humor, Nataszo? Czyżby nie chcieli ci wydać ostatniej powieści? — przerwał jej rozmyślania Corbett Eving, od którego dzielił ją pusty fotel.

— Chciałabym mieć tylko takie zmartwienia.

— Strasznie się pieklisz. — Nie ukrywając rozbawienia, spojrzał znacząco na mężczyznę w białym stetsonie. — Masz problemy z Teksasem?

— Chciałam to miejsce dla kogoś zarezerwować.

— Aha! Więc znowu się zakochałaś. Cholera, mam pecha. Zawsze ci się to zdarza, jak wyjeżdżam.

Pomimo uśmiechu na jej twarzy widział, że coś naprawdę ją gryzie, i nagle zrozumiał, kogo miała na myśli. Poczuł, że serce zaczyna bić mu szybciej.

— Gdzie byłeś? — Natasza usiłowała prowadzić lekką rozmowę, choć wyraz troski nie zniknął z jej oczu.

— Głównie w Tokio, poza tym w Paryżu i Londynie. Ostatni tydzień spędziłem w Maroku. Boże, ależ tam jest pięknie!

— Tak słyszałam. Jak interesy?

Pytanie Corbetta o interesy miało tyleż sensu co pytanie głównego kucharza Białego Domu, czy udał się lunch. Jemu w interesach zawsze dobrze szło, potrafił doprowadzić do skutku każdy kontrakt.

— Doskonale. A jak twoja książka?

— Wreszcie prawie skończona. Doszłam do wniosku, że tak naprawdę jestem przepisywaczką, a nie pisarką. Sześć tygodni zajęło mi napisanie powieści, pół roku przygotowanie jej do druku.

— Właściwie ze mną jest tak samo.

Oboje zamilkli, przyglądając się tłumowi.

I nagle, bez żadnego ostrzeżenia, Corbett przesiadł się na pusty fotel. Natasza spojrzała na niego z przestrachem, gestem pokazując, by wrócił na swoje miejsce.

— Stamtąd nic nie widzę — słodko zajrzał jej w oczy.

— Corbett, przesuń się, bardzo cię proszę! — nalegała.

— Nie przesunę się — pokręcił z uporem głową.

— Corbett!

Kiedy światła zgasły, a oni dalej tak się przekomarzali, siedzące za nimi starsze damy zaprotestowały. Potem w przejściu błysnęła latarka bileterki. Natasza uniosła głowę i zobaczyła, że Isabella, cokolwiek skonfundowana, wpatruje się w mężczyznę w kapeluszu.

— Cześć, złotko, pewnie jesteś kuzynką tamtej ślicznotki. Ładny ten twój płaszcz — powiedział scenicznym szeptem. Starsze damy wyraźnie się ożywiły, a Teksańczyk przedstawił Isabellę żonie. Wymieniły uprzejmości, podczas których Isabella uważnie obejrzała cały rząd. Dostrzegłszy przywołującą ją Nataszę, wolno zaczęła się przeciskać w jej stronę, powtarzając:

— Przepraszam... bardzo przepraszam...

W końcu stanęła nad Nataszą, która bez słowa wskazała jej puste miejsce. Isabella popatrzyła na Corbetta, wyminęła ich oboje, po czym rozłożywszy starannie płasz, usiadła. Film już się zaczął, w kinie panowała ciemność, mimo to odwróciła się do Corbetta i uśmiechnęła. Zbyt podniecona, by skupić się na akcji, zaczęła się rozglądać po osłoniętych mrokiem rzędach. Jak wyglądają, kim są, w co są ubrani obecni w kinie ludzie? Czy potrafiliby zrozumieć, jak dobrze znaleźć się w końcu między nimi? Isabella z uśmiechem wpatrywała się w rysujące się przed nią nieskazitelnie ostrzyżone głowy panów i wytworne uczesania pań. W końcu skierowała wzrok na ekran i z niemal dziecięcą radością dała się porwać rozgrywającym się na nim wydarzeniom. Kiedy ostatnio była w kinie? Obliczyła, że na początku września, siedem miesięcy temu... Z zachwytu cicho jęknęła.

Film bardzo jej się podobał, zauroczyła ją tryskająca humorem para głównych bohaterów. Patrzyła, zapomniawszy o całym świecie, aż wreszcie kurtyna poszła w dół i światła zaczęły wolno rozbłyskiwać.

— Już się skończyło? — zapytała Corbetta, przekonana, że intryga nie została doprowadzona do końca.

— To tylko przerwa — odparł z rozbawieniem, wskazując na napis niemal całkowicie zakryty przez złote frędzle. — Miło cię widzieć, Isabello. Chodźmy się czegoś napić.

Isabella już miała wstać, gdy powstrzymała ją dłoń przyjaciółki.

— Lepiej, żeby ona tu została — powiedziała Natasza, posyłając Corbettowi zmartwione spojrzenie.

Zawahał się, patrząc z ciekawością na Isabellę, potem z namysłem na Nataszę. Chciał jej powiedzieć, żeby się odprężyła, bo on nie jest ani mordercą, ani gwałcicielem, ale uznał, że pora i miejsce nie są ku temu odpowiednie.

— Może coś ci przynieść? — zwrócił się do Isabelli, lecz z uprzejmym uśmiechem odmówiła.

Po odejściu Corbetta Natasza przysunęła się do Isabelli, po raz kolejny żałując, że zgodziła się na tę szaloną eskapadę.

— Nie martw się tak. — Isabella poklepała ją po dłoni. — Wszystko jest w porządku.

Wreszcie spełniło się jej marzenie. Była wśród ludzi, mogła na nich patrzeć, słyszeć ich śmiech. Nagle Natasza zobaczyła, że przyjaciółka wstaje i rozgląda się dokoła.

— Siadaj! — syknęła gwałtownie.

Lecz Isabella nie zwróciła na nią uwagi. Zanim Natasza zdążyła ją powstrzymać, ruszyła ku przejściu.

— Isabe... cholera jasna — szepnęła Natasza przez zęby i zerwała się z miejsca. Podążała za przyjaciółką, starając się omijać czubki eleganckich pantofelków. Udawało jej się być blisko niej do chwili, gdy obie doszły do przejścia, potem jednak płynący szerokim strumieniem tłum porwał Isabellę. Natasza została sama pośród śmiejących się wesoło ludzi, którzy balansowali kieliszkami, nie chcąc uronić z nich ani kropli.

— Natasza, kochanie! Czemu nie byłaś na... — ktoś pociągnął ją za rękaw.

— Później — odparła szybko, torując sobie drogę w tłoku. Od Isabelli, która była już prawie przy barze, dzieliła ją spora odległość.

— Zmieniłaś zdanie? — odezwał się Corbett Ewing, niespodziewanie stając tuż obok Isabelli.

— Tak.

— Masz ochotę na drinka?

— Nie, dziękuję... — Umilkła, ponad tłumem dostrzegłszy Nataszę, która gorączkowo wymachiwała do Corbetta, bez wątpienia czymś przerażona, on jednak tylko spokojnie się do niej uśmiechnął.

Natasza nie odrywała szeroko otwartych oczu od Isabelli, pokazując gestem, że ma się odwrócić. Zaintrygowana Isabella wykonała polecenie przyjaciółki, zastanawiając się, o co też może jej chodzić. Niestety, tylko Natasza zauważyła zbliżające się niebezpieczeństwo w postaci dwojga reporterów, kobiety z „Women's Wear Daily" i mężczyzny z „Time'a". Dziennikarka, w czarnej dżersejowej sukience przypominająca pająka, przez chwilę ze zmarszczonym czołem przyglądała się Isabelli, po czym szepnąwszy coś do swego towarzysza, zaczęła się ku niej przesuwać. Isabella tymczasem uśmiechała się do Corbetta, rzucając niepewne spojrzenia na Nataszę, która wciąż nie była w stanie przebić się przez tłum. Miała ochotę kopać, gryźć, bić. Musi dostać się do Isabelli, zanim zrobią to ci dziennikarze, zanim...

Nie zdążyła! Isabellę oślepił podwójny flesz. Przerażona odwróciła się i chwyciła Corbetta za ramię. W tej samej chwili Natasza, która wreszcie pokonała dzielącą ich ciżbę, pociągnęła ją za sobą.

Corbett, poruszony tym nieoczekiwanym rozwojem wypadków, stał blokując dostęp dziennikarzom, których tłum odrzucił na bok. Natasza szarpnęła go za rękę.

— Wyprowadź ją stąd — krzyknęła, wyrywając mu z dłoni kieliszek. — Natychmiast, na litość boską!

Corbett objął mocno Isabellę, chroniąc ją w swych ramionach jak w fortecy, podczas gdy oświetlił ich kolejny błysk flesza. Zanim się zorientowała, byli już w połowie sali. Do jej uszu dochodził stłumiony gwar gości, gdy Corbett wyprowadzał ją na zewnątrz i gdy wsiadali do jego rolls-royce'a. Chociaż nie odezwała się ani słowem, coś w jej zachowaniu zdradziło mu, że tego typu sytuacja nie jest dla niej niczym nowym. Zatrzaskując drzwi, Corbett gniewnie wykrzyknął:

— Wynoście się stąd, do cholery!

Z kina wybiegali goniący ich dziennikarze. Corbett uśmiechnął się z satysfakcją. Futbol, w który grał w college'u, wciąż czasami na coś mu się przydawał. I podziwiał Isabellę. Dotrzymała mu kroku, nie wspominając po kobiecemu o wysokich obcasach, upadku czy zniszczeniu sukni. Teraz w milczeniu siedziała obok niego, starając się pozbierać myśli i złapać oddech. Samochód zdążył już skręcić za róg, zostawiwszy przed kinem zawiedzionych dziennikarzy.

— Wszystko w porządku? — zapytał Corbett, otwierając schowek, z którego wyjął brandy i szklaneczkę.

— Cóż za luksusy! Dziękuję, nic mi nie jest.

— Czy to ci się często zdarza? — Wręczył jej do połowy napełnioną szklankę.

— W ostatnich czasach nie.

Obrzucając ją uważnym spojrzeniem, dostrzegł, że dłonie jej drżą. Ma więc jakieś ludzkie cechy, pomyślał, choć wygląda na niesamowicie opanowaną, nawet oddech wrócił jej już do normy.

— Natasza nie powiedziała, dokąd mam cię zawieźć. Chcesz wrócić do domu? A może u mnie będzie bezpieczniej?

— Nie, do domu. I przepraszam za ten... przykry incydent.

— Nie ma za co. Wynika z tego, że w porównaniu z twoim moje życie to jedna wielka nuda. — Podał kierowcy adres, zaniepokojony stanem Isabelli. Na jej twarzy malowała się rozpacz, choć pozornie była bardzo spokojna. — Nie miałem zamiaru żartować. To musi być szalenie denerwujące. Czy dlatego wyjechałaś z Włoch? — zapytał łagodnie.

— Tak. Przykro mi, ale nie mogę ci tego wytłumaczyć. To bardzo trudne. Przepraszam, że zepsułam ci wieczór. Zawieź mnie do domu i wracaj.

Takiego zakończenia Corbett Ewing wcale nie planował. Było w tej kobiecie coś dziwnego i rzadko spotykanego, co przemawiało mu do serca, jakaś tajemnica i niezwykłość. Nosiła się po królewsku, była piękna, w jej oczach dostrzegał poczucie humoru i inteligencję, pod którymi kryło się coś jeszcze — smutek, ból, samotność. Jakiś czas siedział w milczeniu, a gdy wjechali do parku, swobodnym tonem zapytał:

— Jak się miewa mój przyjaciel Alessandro?

Uśmiechnęła się, a Corbett z zadowoleniem stwierdził, że wzmianka o synu podziałała na nią rozluźniająco.

— Doskonale.

— A ty? Bardzo już jesteś znudzona? — Wiedział, że wychodzi z domu jedynie na krótkie spacery z Nataszą. Nie pojmował tego, ale najwyraźniej nic poza tym nie robiła. Jednakże Isabella gwałtownie potrząsnęła głową.

— Ależ skąd! Jestem bardzo zajęta.

— Naprawdę? — spojrzał na nią zaciekawiony. — Czym?

— Pracuję.

— Tak? Przywiozłaś ze sobą pracę? Jaką?

— Zajmuję się sztuką. — Isabella szybko znalazła odpowiedź. — To rodzinna tradycja.

— Brzmi intrygująco. Obawiam się, że mojej dziedzinie daleko do szlachetności sztuki.

— A ty czym się zajmujesz? — Cokolwiek to jest, pomyślała błądząc wzrokiem po wykończonym skórą i drewnem wnętrzu rolls-royce'a, odnosi wielkie sukcesy.

— Wieloma sprawami, głównie tkaninami. W każdym razie to mi najbardziej odpowiada, resztę zostawiam współpracownikom. Moja rodzina dawno temu zaczęła od tkanin i dlatego najbardziej je lubię.

— Bardzo interesujące. — W oczach Isabelli zapłonął ogień. — Czy to jakiś konkretny typ materiałów? — Ciekawiło ją ogromnie, czy jej firma kupowała u niego, lecz nie ośmieliła się wprost zapytać. Może z jego odpowiedzi uda jej się wywnioskować prawdę?

— Wełna, len, bawełna, jedwab. Produkujemy aksamit, którym obito większość tego kraju, i naturalnie włókna sztuczne. Pracujemy też nad nowymi rozwiązaniami.

— Rozumiem. Nie macie w ofercie tkanin ubraniowych. — Sprawiała wrażenie rozczarowanej. Materiały dekoracyjne to nie jej działka.

— Ależ tak, tkaniny konfekcyjne też produkujemy.

Konfekcyjne. Isabella skrzywiła się słysząc to ohydne słowo. Jej suknie niewiele miały wspólnego z konfekcją sprzedawaną na Siódmej Alei. Corbett, aczkolwiek nie rozumiał wyrazu jej oczu, i tak był rozbawiony.

— Prawdopodobnie materiał, z którego uszyto twoją suknię, też został u nas wyprodukowany — pozwolił sobie na okazanie dumy, lecz ona, rzymska księżniczka, spojrzała na niego wyniośle.

— To francuska tkanina.

— W takim razie przepraszam — rzekł i zmienił temat. — Co przypomina mi o znacznie ważniejszej sprawie. Do tej pory nie wiem, jak się nazywasz.

— Isabella — powiedziała po chwili wahania.

— To wszystko? — zapytał z uśmiechem. — Po prostu Isabella, znajoma z Włoch?

— Dokładnie tak, panie Ewing. To wszystko — odparła stanowczo.

— Rozumiem — kiwnął głową. Po tym, co wydarzyło się w kinie, zrozumiał, że wiele już przeszła. Coś strasznego zdarzyło się w jej życiu i nie zamierzał jej o to wypytywać. Nie chciał jej odstraszyć.

Niedługo potem samochód zatrzymał się przed domem Nataszy. Isabella z cichym westchnieniem odwróciła się ku swemu towarzyszowi, wyciągając rękę.

— Bardzo za wszystko dziękuję. Przepraszam, że zepsułam ci wieczór.

— Nieprawda. Z przyjemnością się stamtąd wyrwałem. Wszelkie uroczystości tego rodzaju zawsze bardzo mnie nudzą.

— Naprawdę? — Jego słowa obudziły w niej ciekawość. — Dlaczego?

— Za dużo gości, za dużo pustej gadaniny. Ludzie zjawiają się na nich nie w poszukiwaniu wrażeń artystycznych, ale żeby się pokazać. Ja wolę widywać przyjaciół na niewielkich przyjęciach, na których bez przeszkód możemy siebie słyszeć.

Pod pewnymi względami musiała przyznać mu rację, z drugiej jednak strony takie wieczory miała we krwi.

— Czy mogę odprowadzić cię do środka, żeby się upewnić, że nikt się nie czai w holu?

Jego podejrzenia rozbawiły ją, mimo to z wdzięcznością skłoniła głowę.

— Bardzo dziękuję, ale tutaj jestem zupełnie bezpieczna. Wywnioskował z jej słów, że z tego właśnie powodu przyjechała do Stanów — żeby czuć się bezpiecznie.

— W takim razie przekonajmy się, czy masz rację. — Wszedł z nią do holu, potem do windy. — Odwiozę cię na górę.

Kiedy winda stanęła, Isabellę ogarnęło zakłopotanie. Corbett traktował ją z taką życzliwością!...

— A może wejdziesz na chwilę i zaczekasz na Nataszę?

— Dziękuję, chętnie. A skoro już o niej mowa... Dlaczego z nami nie wróciła, zamiast bawić się w „spotkanie z prasą"?

To pytanie nie dawało mu spokoju od chwili, gdy z Isabellą opuścił kino.

Isabella westchnęła. Tyle mogła mu powiedzieć.

— Uważała, że lepiej będzie, jeśli nikt się nie zorientuje, że jesteśmy razem.

— Dlatego przyszłaś później?

Isabella skinęła głową.

— Prowadzisz niezwykle tajemnicze życie, Isabello.

Potem już nie zadawał jej więcej pytań. Usiedli na długiej kanapie i zagłębili się w rozmowie, na której wieczór szybko im upłynął. Tematów mieli wiele: Włochy, tkaniny, domy Corbetta. Posiadał plantację w Południowej Karolinie, farmę w Wirginii i dom w Nowym Jorku.

— Czy w Wirginii hodujesz konie?

— Tak. Jeździsz konno?

— Kiedyś jeździłam — uśmiechnęła się do niego znad szklaneczki brandy. — Ale to było dawno temu.

— Mogłybyście tam pojechać z Nataszą i chłopcami. Znajdziesz na to czas przed powrotem do domu?

— Niewykluczone.

Nie zdążyła nic więcej dodać, gdyż w tym momencie w progu stanęła zdenerwowana i wyczerpana Natasza.

— Mówiłam ci, że to szaleństwo. Masz pojęcie, co narobiłaś?

Wyraz jej twarzy i gniewny ton poruszył Corbetta, na Isabelli natomiast nie zrobił żadnego wrażenia.

— Nie podniecaj się tak. Nic się nie stało. Zrobili parę zdjęć i co z tego? — rzekła próbując ukryć, jak bardzo się tym martwi.

Jednakże Natasza wiedziała lepiej. Z gniewem potrząsnąwszy głową, usiadła.

— Wiesz, kto to był? Dziennikarze z „Women's Wear" i „Time'a". Był jeszcze trzeci, z Associated Press. Poza tym chyba widziałam szefa działu towarzyskiego „Vogue'a". Ale to i tak bez znaczenia, bo w gruncie rzeczy wystarczyłby jakiś nastolatek z byle aparatem. Twoja gra się skończyła.

Co za gra? Co właściwie się stało? Corbett bardzo chciał poznać odpowiedź na te pytania, zamiast tego wszakże powiedział:

— Lepiej już sobie pójdę.

Natasza okazała się szybsza. Zanim Isabella zdążyła otworzyć usta, oznajmiła:

— Możesz zostać, Corbett. Ufam ci, a zresztą jutro rano cały świat i tak o wszystkim się dowie.

Słowa przyjaciółki rozgniewały Isabellę. Zerwała się z miejsca i zaczęła przemierzać pokój.

— To absurd — powiedziała.

— Czyżby? Myślisz, że nikt cię nie pamięta? Że w ciągu dwóch miesięcy wszyscy o tobie zapomnieli? Naprawdę do tego stopnia czujesz się bezpieczna? Jeśli tak, to jesteś głupia.

Corbett w milczeniu obserwował twarz Isabelli. Sprawiała wrażenie przestraszonej, lecz zdecydowanej, jak ktoś, kto postawił wszystko i przegrał w pierwszym rozdaniu, ale nie zamierza ani się poddać, ani zrezygnować. Zapragnął ją pocieszyć, powiedzieć, że się nią zaopiekuje, Nataszy zaś kazać, aby się uspokoiła.

— Może nic z tego nie będzie — odezwał się wreszcie głębokim głosem.

Natasza rzuciła mu pełne furii spojrzenie, jakby to on ponosił winę za taki rozwój sytuacji.

— Mylisz się. Nawet nie wiesz, jak bardzo się mylisz. Jutro rano będzie o tym we wszystkich gazetach. — Ze smutkiem spojrzała na Isabellę i dodała: — Wiesz, że mam rację.

— Może nie?... — odparła cicho Isabella, bez ruchu stojąc na środku pokoju.

## ROZDZIAŁ DZIEWIĘTNASTY

Corbett Ewing siedział w swoim gabinecie, z niepokojem przeglądając poranną prasę. Przepowiednia Nataszy sprawdziła się co do joty, pisały o tym wszystkie gazety. Artykuł w „New York Timesie" zaczynał się od słów; „Isabella di San Gregorio, wdowa po porwanym, a następnie zamordowanym projektancie mody Amadeu di San Gregorio...", po których następowało szczegółowe przypomnienie okoliczności tragicznego w skutkach porwania i — znacznie bardziej dla czytelnika interesujące — przedstawienie zdarzeń z ostatnich miesięcy. Autor artykułu opisał, jak Isabella zniknęła z życia publicznego, rzekomo znajdując schronienie na ostatnim piętrze budynku swojej firmy, w co do tej pory nikt właściwie nie wątpił. Pytaniem bez odpowiedzi pozostała na razie kwestia, czy w rzeczywistości cały ten okres spędziła w Stanach, czy też udało jej się niepostrzeżenie opuścić Włochy po pokazie wiosennej kolekcji „San Gregorio", który miał miejsce w poprzednim tygodniu. W artykule znalazła się informacja, że miejsce pobytu Isabelli jest nieznane, dyskretny zaś wywiad wśród najbardziej znaczących osobistości świata mody nie przyniósł skutków. Albo lojalnie ukrywali to, co wiedzą, albo faktycznie nie wiedzieli o niczym. Cattani, szef amerykańskiej filii „San Gregorio" w Nowym Jorku, oświadczył, że wprawdzie w ostatnich miesiącach pani di San Gregorio kontaktowała się z nim częściej niż zwykle, nie miał jednak żadnych powodów, by podejrzewać, że szefowa przebywa w Nowym Jorku, nie w Rzymie. Artykuł kończył się wzmianką, że widziano ją na premierze filmowej w towarzystwie wysokiego siwowłosego mężczyzny i że obojgu udało się uciec czarnym rolls-royce'em. Tożsamości mężczyzny nie ustalono. Dziennikarze skupili uwagę na Isabelli, której nagłe pojawienie się było dla nich szokiem, i chociaż jeden z nich miał wrażenie, że zna skądś twarz jej towarzysza, nikt nie pokusił się o to, by go zidentyfikować, tym bardziej że zdążyli go sfotografować jedynie od tyłu, w czasie ucieczki.

Corbett westchnął, odłożył gazetę, usiadł wygodnie w swym obrotowym fotelu i zaczął się kręcić. Co Isabella o nim wiedziała? Co powiedziała jej Natasza? Bardzo żałował, że spośród wszystkich kobiet na świecie ona akurat musi być tą, którą jest. Z niesmakiem spojrzał najpierw na gazetę, potem na swoje dłonie. Isabella di San Gregorio. Wcześniej nie przyszło mu to do głowy.

Kuzynka Nataszy z Mediolanu! Uśmiechnął się do siebie na wspomnienie tej historyjki. Elementy układanki trafiły wreszcie na swoje miejsca, a cała śmieszna intryga znalazła wyjaśnienie. On jej powiedział, że pracuje w przemyśle tekstylnym, ona twierdziła, że podobnie jak jej rodzina zajmuje się sztuką, mimo to wykazywała niejaką znajomość tkanin. Przypomniał sobie, jak z dumnie uniesioną głową zapewniła go, że materiał, który miała na sobie, nie został kupiony u niego, lecz we Francji. Lepiej teraz wszystko rozumiał: tajemniczość Isabelli, ucieczkę z kina, jej pełne przerażenia oczy, jakby takie incydenty zdarzały się jej aż nadto często, jakby za długo żyła w obawie, że znowu będzie musiała przez to przechodzić. Biedna kobieta, jakże musiała cierpieć! Corbett ciekaw był, jak jej się udaje kierować firmą z Nowego Jorku.

Jedno nie ulegało wątpliwości: Isabella di San Gregorio była kobietą niezwykłą, utalentowaną, piękną i wrażliwą, dlatego też dręczyło go pytanie, czy kiedykolwiek będzie miał szansę bliżej ją poznać. Zdał sobie sprawę, że odpowiedzi może mu udzielić tylko Isabella. Nie mógł ryzykować, że ktoś inny jej powie, padłoby to bowiem cieniem na jego uczucia do niej i wpłynęło na pragnienie, by jej pomóc. Naturalnie jeśli mu na to pozwoli.

Z głębokim westchnieniem rezygnacji Corbett Ewing wstał i podszedł do okna. Długo patrzył w kierunku Park Avenue, gdzie Isabella ukrywała się w mieszkaniu Nataszy, potem usiadł i podniósł słuchawkę telefonu.

Isabella tymczasem wciąż rozmawiała z Bernardem, do którego wieści dotarły w południe, kiedy to sekretarka przyniosła mu poranną gazetę. Przerażony, w milczeniu przebiegał wzrokiem wiersze artykułu. Zatelefonował do Isabelli o szóstej rano, następnie o siódmej, wreszcie złapał ją po dziesiątej.

— Owszem, wyszłam między ludzi! I co z tego? Teraz już za późno na wyrzuty. Znowu się będę ukrywać i nikt się nie dowie, gdzie mieszkam. Ale jestem u kresu wytrzymałości. Pracuję na okrągło, jadam z dziećmi, po zmroku chodzę na krótkie spacery. Nikogo nie widuję, Bernardo, naprawdę. Nawet nie mogę podyskutować o interesach, bo Natasza się na tym nie zna. Jedyną rozrywką jest elektryczna kolejka Jasona. — W jej głosie brzmiało błaganie, Bernardo jednak wolał go nie słyszeć.

— W porządku, rób tak dalej, wystawiaj się na widok publiczny. Ale jeśli coś się stanie tobie albo dziecku, nie przychodź do mnie z płaczem po pomoc, bo to będzie wyłącznie twoja wina. — Nabrał powietrza w płuca i opanował się, słysząc płacz Isabelli. — Już dobrze... przepraszam... Isabello, tak mi przykro... ale bardzo się o ciebie boję. Postąpiłaś nierozsądnie. — Zapalił papierosa, zaraz jednak go zgasił.

— Wiem — łkała Isabella, zmęczonym ruchem wycierając oczy. — Ale po prostu czułam, że muszę to zrobić. Naprawdę nie przypuszczałam, że ktoś mnie rozpozna, że mogą z tego wyniknąć kłopoty.

— A co teraz myślisz? Uświadomiłaś już sobie, jak bardzo jesteś znana?

— Tak — pokiwała żałośnie głową. — Kiedyś to uwielbiałam, teraz nienawidzę. Jestem więźniem własnej twarzy.

— To bardzo piękna twarz i ja ją kocham, więc przestań płakać — powiedział łagodnie Bernardo.

— Co teraz mam zrobić? Wrócić do domu?

— Oszalałaś? To byłoby gorsze niż pójście do kina. Musisz zostać w Stanach. Ja rozpowiem, że wyjechałaś po pokazie wiosennej kolekcji i że wkrótce wracasz do Europy. Zrobię parę aluzji do Francji. Wszyscy uznają to za prawdopodobne, bo przecież masz tam krewnych ze strony matki.

— Nikt już nie żyje. — Isabella głośno kichnęła i wytarła nos.

— Wiem, ale to naturalne, że jesteś z tym krajem związana.

— Myślisz, że w to uwierzą?

— A czy to ważne? Dopóki nie będziesz się pokazywać, jesteś bezpieczna. Najwyraźniej nikt nie zna miejsca twojego pobytu. Czy wczoraj Natasza wyszła z kina razem z tobą?

— Nie, jej przyjaciel zawiózł mnie do domu. Ona wróciła sama.

— Doskonale. — Bernardo na chwilę zamilkł, potem, starając się nadać głosowi obojętne brzmienie, zapytał:

— A przy okazji, kim jest ten mężczyzna na fotografii?

— Jeszcze mu tylko brakowało, żeby Isabella związała się z kimś w Stanach.

— To przyjaciel Nataszy. Bernardo, uspokój się, nie szalej.

— Nie zdradzi, kim jesteś?

— Jasne, że nie.

— Za bardzo wierzysz ludziom. Biorę włoską prasę na siebie, ale bardzo proszę, Isabello, na litość boską, zacznij myśleć i nie wychodź z domu.

— Nie martw się, teraz już zrozumiałam. Nawet tutaj jestem więźniem, może nawet bardziej niż w Rzymie.

— Pewnego dnia wszystko się skończy. Musisz tylko zdobyć się na jeszcze trochę cierpliwości. Od porwania upłynęło dopiero siedem miesięcy. Za pół roku, rok cała sprawa straci na aktualności, zejdzie z pierwszych stron gazet.

Za pół roku, rok... Isabella pomyślała, że wówczas ona także może stracić na aktualności.

— Tak, chyba tak. Bernardo, przepraszam, że tak się przeze mnie martwiłeś. — Nagle poczuła się jak bardzo niegrzeczne dziecko.

— Nie przejmuj się, dla mnie to nic nowego. Poza tym tylko to trzyma mnie jeszcze przy życiu.

— Jak tam twój wrzód? — zapytała z uśmiechem Isabella.

— Wspaniale. Myślę, że z godziny na godzinę staje się większy i dorodniejszy.

— Przestań, dobrze? Postaraj się tak nie przejmować.

— Jasne. A teraz zabierz się do pracy nad konfekcją gotową dla Azji, a jeśli cię to znudzi, możesz zacząć przygotowywać letnią kolekcję.

— Jesteś dla mnie za dobry.

— Wiem. Zadzwonię później. Wiesz, że dopóki będziesz siedzieć w domu, nic nie powinno się dziać.

— Tak jest.

Wymieniwszy słowa pożegnania, oboje odłożyli słuchawki. Isabellę ogarnęło rozdrażnienie. Dlaczego powinna siedzieć w domu i jakim właściwie prawem Bernardo mówi jej, żeby nie ufała Corbettowi? Opuściwszy swój gabinet, skierowała się do kuchni, gdzie zastała Nataszę z ponurą miną pijącą kawę.

— Miałaś przyjemną rozmowę z Bernardem?

— Dziękuję, uroczą. Ale wyświadcz mi przysługę i nie zaczynaj od nowa. — O siódmej rano Natasza jak burza wpadła do jej sypialni z gazetą w ręce i wyrazem wściekłości na twarzy.

— Na dziś mam już dość. Popełniłam błąd, byłam za bardzo zadufana w sobie. Nie powinnam była wychodzić wczoraj, ale wyszłam, bo nie mogłam dłużej znieść tego siedzenia w domu. Teraz już wiem, że przez jakiś czas dalej się muszę ukrywać.

— Co Bernardo powie dziennikarzom?

— Że jestem tu od kilku dni i że mam zamiar zamieszkać we Francji.

— Przez jakiś czas będą pewnie węszyć w Paryżu. A co ty będziesz robić?

— To samo co dotąd. Zajmę się pracą.

— Dobrze chociaż, że mimo wszystko z tego całego zamieszania wynikła jedna korzyść — stwierdziła Natasza, bacznie przyglądając się przyjaciółce.

— To znaczy? — Twarz Isabelli nie wyrażała żadnych uczuć.

— Znowu spotkałaś się z Corbettem. — Natasza przerwała, nie spuszczając z niej wzroku. — I jeśli wolno powiedzieć, zrobiłaś na nim piorunujące wrażenie.

— Na Corbetcie? Nie opowiadaj głupstw. — Zanim Isabella zdążyła się odwrócić tyłem, Natasza dojrzała na jej twarzy rumieniec.

— Lubisz go?

Zapadła długa cisza.

— Więc?

Isabella wolno zwróciła ku niej głowę.

— Proszę, Nataszo, nie nalegaj.

— Myślę, że dzisiaj tu wpadnie.

Isabella bez słowa kiwnęła głową, czując, jak serce szybciej zaczyna jej bić. Wróciła do swego gabinetu i zamknęła za sobą drzwi.

## ROZDZIAŁ DWUDZIESTY

Isabella przebierała się do kolacji, gdy przyjechał Corbett. Przez zamknięte drzwi dobiegały ją radosne piski Jasona, któremu zaraz zawtórował jej synek. Uśmiechnęła się do siebie. Alessandrowi nie zaszkodzi dla odmiany trochę męskiego towarzystwa. Wiele czasu minęło, odkąd przestał widywać Bernarda, a Natasza, w odróżnieniu od Isabelli, nie zatrudniała męskiej służby, tak więc Alessandro otoczony był przez same kobiety, co ostatnio tylko pogłębiało jego tęsknotę za ojcem.

Isabella zaciągnęła suwak czarnej wełnianej sukienki, wygładziła czarne pończochy i wsunęła stopy w czarne zamszowe buciki. Wpięła czarne emaliowane kolczyki z perłami, po czym przesunęła dłonią po swych skromnie zaczesanych ciemnych włosach i z uśmiechem zgasiła światło. Piękny łabędź przemienił się z powrotem w brzydkie kaczątko, ale to i tak nie miało znaczenia. Nie próbowała wcale uwieść Corbetta Ewinga, czuła tylko, że podobnie jak Alessandrowi, męskie towarzystwo dobrze jej zrobi.

Corbetta tymczasem oblegali w salonie chłopcy, którym przyniósł ogromne pudła zawierające identyczne hełmy strażackie, latarki, gwizdki i kurtki.

— Jesteśmy strażakami! — Zdążyli się już przebrać w kostiumy i teraz szaleli po pokoju, gwiżdżąc bez opamiętania. Natasza spojrzała na Corbetta.

— Wspaniały prezent. Przypomnij mi, żebym jutro o szóstej rano zadzwoniła z podziękowaniami.

Tłumaczenia Corbetta przerwało wejście Isabelli. Gdy ją zobaczył, zerwał się z miejsca i podszedł ku niej, wyciągając dłoń.

— Witaj, Isabello. Jak się masz? — Nie musiała odpowiadać. Z wyrazu jej oczu wyczytał, że jest zmęczona, śmiertelnie wyczerpana, równocześnie zaś po raz kolejny uderzyła go jej uroda. Isabella pewnie by się zdziwiła, gdyby wiedziała, że według Corbetta wygląda lepiej w prostej wełnianej sukience niż w strojnej satynie i białym płaszczu.

— Wyobrażam sobie, że miałaś dzisiaj niezły dzień — stwierdził ze współczuciem, prowadząc ją ku kanapie.

— Jakoś to przeżyłam, jak zawsze zresztą. A ty?

— Ja nie miałem problemów. Wiedzą o mnie tylko tyle, że mam siwe włosy. Nawet nie dodali, że jestem podtatusiałym dżentelmenem...

W tym momencie rozległ się ogłuszający krzyk chłopców.

— Patrz, patrz, stąd leci woda!

— Och, nie! — Jason odkrył, że w hełmie zamontowana jest mała pompka, która po napełnieniu wodą może służyć do oblewania kolegów

— Corbett, możliwe, że w życiu się już do ciebie nie odezwę — jęknęła Natasza, po czym oświadczyła chłopcom, że czas już do łóżek.

— Nie, mamusiu... ciociu Isabello... nie, proszę!

Jason spoglądał na nie błagalnym wzrokiem, Alessandro zaś, od samego początku najwyraźniej zachwycony gościem, przysunął się do jego kolan. Podczas gdy Jason dalej bawił się hełmem, on tylko patrzył z zainteresowaniem. Isabella nigdy nie widziała go tak spokojnego i cichego. Corbett także dostrzegł jego nastrój, uśmiechnął się więc i niby przypadkiem objął ramieniem drobne plecy.

— A ty co o tym myślisz, Alessandro?

— To bardzo... — Chłopczyk przez chwilę szukał angielskiego słowa, potem, nie ukrywając podziwu dla ofiarodawcy, dokończył: — Bardzo zabawne. Podoba mi się hełm.

— Mnie też się podoba. Chciałbyś kiedyś zobaczyć prawdziwych strażaków?

— Prawdziwych? — Alessandro z zachwytem zwrócił spojrzenie na matkę. — Ty też pójdziesz?

Isabella skinęła głową, stwierdzając, że teraz Alessandro także do niej mówi po angielsku.

— Naturalnie — potwierdził Corbett — miałem na myśli ciebie i mamę. Zgadzasz się?

— *Si!* — Tego już było dla niego za wiele. Przez następne pięć minut jak karabin maszynowy wyrzucał z siebie włoskie zdania, rozważając, jak ci wspaniali amerykańscy strażacy są ubrani, jak wielkie mają auta i czy rzeczywiście zjeżdżają po słupie.

— Poczekaj, spokojnie, niedługo o wszystkim się przekonamy! — Isabella śmiała się razem z nim, z rozbawieniem obserwując, jak chłopczyk odsuwa się od niej i siada Corbettowi na kolanach.

— Kiedy tam pójdziemy?

— Niedługo, przyrzekam!

— Kapitalnie! — Alessandro klasnął w dłonie i ruszył na poszukiwanie Jasona. Niedługo potem obaj zostali wyprawieni do łóżek pomimo błagań, próśb i protestów, że przecież strażacy nie kładą się tak wcześnie spać. Kiedy w końcu wyszli, salon nagle wydał się dziwnie cichy i pusty.

— Masz uroczego syna — zwrócił się Corbett do Isabelli.

— Zdaje się, że tęskni za męskim towarzystwem, co zresztą chyba sam zauważyłeś. — Po tym, co Corbett bez wątpienia przeczytał w gazetach, nie było potrzeby ukrywać przed nim prawdy. — W Rzymie miał ojca chrzestnego, który jest moim wspólnikiem, tutaj... — Isabella spojrzała na Nataszę — ...ma tylko nas, a to niezupełnie to samo. Oczywiście nie musisz go zabierać do remizy, i tak już wiele zrobiłeś. Przyniosłeś wspaniałe prezenty.

— Nie mów głupstw. To dla mnie wielka przyjemność, spytaj Nataszy. Jason jest jednym z moich najlepszych przyjaciół.

— I całe szczęście — potwierdziła Natasza — bo jego uroczy tatuś w ogóle się nie pokazuje.

Przez ostatnie dwa miesiące wiele o tym z Isabellą rozmawiały. Pomimo braku ojca Jason wydawał się zadowolony, a towarzystwo rówieśnika dla obu chłopców okazało się bardzo korzystne, zapełniało bowiem lukę, której matka żadną miarą nie zdoła wypełnić.

— Chyba uda mi się znaleźć czas w tym tygodniu. Może wybierzemy się w weekend? Jeśli oczywiście jesteście wolne.

— O tak, jesteśmy całkowicie wolne — odparła ze śmiechem Isabella.

Corbett ucieszył się z jej reakcji. Tego dnia tyle się naczytał o jej przejściach, że nie był pewien, czy będzie jeszcze zdolna do śmiechu. Teraz jednak, obserwując ją uważnie, uświadomił sobie, jaką ma siłę ducha. Była ciężko doświadczona przez los, samotna, lecz nie całkowicie poddała się strachowi, wciąż tlił się w niej ogień i jakaś niezniszczalna radość. Unosząc brew, uśmiechnął się do niej szeroko.

— Powiedz, Isabello, czy masz ochotę podyskutować dzisiaj o tkaninach, czy raczej będziemy rozmawiać o sztuce?

Cała trójka wybuchnęła śmiechem, a atmosfera w pokoju stała się swobodna i przyjacielska.

— Przepraszam, tak wyszło. To, co mówiłeś, było bardzo ciekawe, ale satyny i tak kupujemy w zasadzie tylko we Francji.

— Wasz błąd. Ale wiesz, mogłaś przynajmniej powiedzieć, że zajmujesz się modą czy czymś zbliżonym.

— Dlaczego? Słuchałam cię z wielkim zainteresowaniem i muszę stwierdzić, że poza twoją opinią o syntetykach w zupełności się z tobą zgadzam. Nie znoszę syntetyków w moich kolekcjach.

— Ale używasz ich w gotowej konfekcji?

— Naturalnie. Muszę, ze względu na trwałość i cenę.

— W takim razie coś nas jednak łączy.

Zagłębili się w niezwykle złożonych rozważaniach na temat kolorów i środków chemicznych. Natasza cicho wyszła z salonu. Kiedy wróciła, rozmowa przeszła na Azję, trudności w interesach z tamtejszymi producentami, klimat, układy finansowe, problemy z wymianą, rynki otwarte, a w powietrzu aż gęsto było od specjalistycznych słów i wyrażeń. Wreszcie w progu stanęła Hattie i oznajmiła, że kolacja jest gotowa.

— Uwielbiam was oboje — szeroko ziewnęła Natasza — ale zanudziliście mnie na śmierć.

— Przepraszam — powiedziała Isabella. — To wielka przyjemność dla odmiany porozmawiać o sprawach zawodowych.

— Wybaczam ci.

Corbett uśmiechnął się do gospodyni.

Przy stole niezwykle miło spędzili czas. Ostatnim daniem okazał się suflet cytrynowy, po którym Hattie wniosła ekspres z kawą i paterę z miętowymi pomadkami.

— Nie powinnam — niczym Scarlett O'Hara jęknęła Natasza, wrzucając do ust cztery czekoladki na raz.

— Ja też nie powinnam. — Isabella zawahała się, zaraz jednak wzruszyła ramionami. — A zresztą, czemu nie? Według Nataszy i Bernarda i tak jeszcze przez następne dziesięć lat muszę się ukrywać, więc równie dobrze mogę być gruba jak beczka. A włosy zapuszczę do kostek.

— Nie powiedziałam dziesięć lat — przerwała jej szybko Natasza. — Powiedziałam rok.

— Co to za różnica, rok czy dziesięć lat? Teraz wiem, jak się czują ludzie skazani na więzienie. Najpierw myślisz, że to nierealne, a jak już doświadczysz tego na własnej skórze, przestajesz wierzyć, że kiedykolwiek wyjdziesz na wolność. A potem, kiedy wreszcie opuszczasz celę, i tak nic nie ma znaczenia. — Z poważną twarzą mieszała kawę.

— Nie wiem, jak ty to wytrzymujesz — odezwał się Corbett. — Ja bym chyba nie potrafił.

— Nie ulega wątpliwości, że nie jestem w tym najlepsza, inaczej nie doszłoby do wczorajszej wpadki. Dzięki Bogu, że tam byłeś, Corbett, bo ta sfora pewnie by mnie rozszarpała na strzępy i nie mogłabym dalej mieszkać u Nataszy. Musiałabym poszukać dla siebie i Alessandra jakiejś innej kryjówki.

Jej słowa wszystkich troje nieco otrzeźwiły.

— Cieszę się, że mogłem ci pomóc.

— Ja też. — Isabella lekko się uśmiechnęła. — Obawiam się, że zachowałam się bardzo głupio, ale miałam przy tym szczęście. Jeszcze raz ci dziękuję.

— Nic nie zrobiłem poza tym, że biegłem na złamanie karku.

— To wystarczyło. — Długo, przeciągle spojrzeli sobie w oczy.

Po posiłku wszyscy troje niechętnie opuścili jadalnię i wrócili do salonu, gdzie usiedli przy kominku. Chwilę gawędzili o książkach Nataszy, teatrze, podróżach i wydarzeniach w Nowym Jorku. Natasza z troską zauważyła, że w oczach Isabelli pojawia się wyraz tęsknoty. Corbett także go dostrzegł i szybko zrozumiał. W salonie zapadła cisza. W końcu Natasza wstała i stanęła plecami do ognia.

— Wiecie co? Chyba zachowam się niegrzecznie, ale jestem już bardzo zmęczona. — Zdawała sobie sprawę, że Corbett chce porozmawiać sam na sam z Isabellą, która zaskoczona słowami przyjaciółki czekała, aż ich gość także wstanie i zacznie się żegnać. On jednak tylko cmoknął Nataszę w policzek. Zostali sami.

Isabella wpatrywała się w kominek, a migoczące płomienie odbijały się w jej oczach i dodawały blasku twarzy. Corbett miał ochotę powiedzieć, jak pięknie wygląda, ale instynkt mu mówił, że nie powinien tego robić.

— Isabello... — odezwał się łagodnym szeptem. — Strasznie mi przykro z powodu wczorajszego wieczoru.

— Niepotrzebnie. Pewnie musiało się tak stać. Żałuję tylko, że nie mogło być inaczej.

— Natasza ma rację. W końcu wrócisz do normalności.

— Nieprędko... Pod wieloma względami byłam bardzo rozpieszczona — stwierdziła kpiąco.

— Czy zależy ci na galach w rodzaju wczorajszej premiery?

— W gruncie rzeczy nie. Dla mnie ważni są ludzie, ich gesty, wygląd, poglądy... Trudno mi bez nich wytrzymać w tym moim miniaturowym świecie.

— Nie musi być aż taki ciasny. — Rozejrzał się po dyskretnie oświetlonym salonie. — Możesz czasami stąd wyjść w taki sposób, żeby nikt o tym nie wiedział.

— Wczoraj próbowałam.

— Nieprawda. Weszłaś do budynku jak matador na arenę, a kiedy wszyscy zwrócili na ciebie uwagę, byłaś zaskoczona.

To porównanie bardzo ją rozbawiło.

— Nie myślałam o tym w taki sposób.

— Cóż, chyba nie najlepiej to ująłem. Jedno jest pewne: nie musisz zamykać się w domu. Możesz jeździć na wieś, chodzić tam na długie spacery. Potrzebujesz odmiany. — Isabella przeciągnęła się, usiłując stłumić w sercu tęsknotę. — Pozwolisz, żebym czasami cię zabierał? Z Alessandrem albo samą?

— To bardzo miłe z twojej strony. — Długo siedziała bez ruchu, patrząc mu prosto w oczy. — Ale nie musisz tego robić! Corbett nie mógł oderwać od niej wzroku.

— Rozumiem więcej, niż ci się wydaje — powiedział wreszcie. — Dawno temu straciłem żonę, nie w tak szokujących i dramatycznych okolicznościach jak ty męża, ale na swój sposób było to niezwykle, wręcz nie do zniesienia bolesne. Na początku wydawało mi się, że bez niej umrę. Kiedy odchodzi tak bliska osoba, traci się wszystko, co znajome, ważne, traci się tę jedyną istotę, która znała twój sposób myślenia, twoje uczucia, wiedziała, kiedy się śmiejesz, a kiedy płaczesz, która pamiętała wszystkie ulubione żarty z twojego dzieciństwa, wszystkie najgorsze obawy, która miała klucz do twojego serca i umysłu. Nagle człowiek zostaje sam i jest pewien, że już nikt nie będzie go tak rozumiał.

— A czy ktoś taki w ogóle istnieje? Ktoś, kto nauczy się tego języka, pozna wszystkie tajemnice, komu naprawdę będzie zależeć? — Isabella z trudem powstrzymywała łzy, myśląc: ,,Czy kiedykolwiek jeszcze kogoś pokocham?''

— Jestem przekonany, że w końcu zawsze ktoś taki się znajdzie. Ten nowy związek będzie się różnił od pierwszego, będą w nim inne sekrety, inne powody do radości i rozpaczy, ale pamiętaj, Isabello, nie żyjesz na bezludnej wyspie. Być może nie chcesz jeszcze o tym słuchać, musisz jednak o tym wiedzieć.

— A jak było z tobą? Czy spotkałeś kobietę, która potrafiła zastąpić ci żonę?

— Nie, bo w gruncie rzeczy, podobnie jak ty, tak naprawdę jeszcze do tego nie dojrzałem, choć teraz już nauczyłem się żyć z tą moją tragedią. Nie cierpię z jej powodu codziennie. Z drugiej strony nie straciłem domu, ojczyzny, całego życia, co przydarzyło się tobie.

— Jedyne, co mi pozostało — westchnęła cicho Isabella — to praca i dziecko. Przeżyliśmy w związku z Alessandrem fałszywy alarm i doszłam do wniosku, że tak dalej być nie może.

— Ale wciąż masz dziecko i firmę. Nikt nie może ci ich odebrać. Tutaj są z tobą bezpieczni.

— Alessandro tak, za to o firmę się martwię.

— Chyba niepotrzebnie. Z tego, co czytałem, wynika, że świetnie posperuje.

— To prawda, ale przecież nie mogę do końca życia kierować nią z takiej odległości. Ty jak mało kto musisz to rozumieć.

Corbett rozumiał, i to lepiej, niż chciałby głośno przyznać. Słowa Isabelli sprawiły, że nie mógł teraz nic więcej powiedzieć. Czując, jak ramiona przygniata mu wielki ciężar, przysunął dłonie do ognia.

— Zawsze możesz wprowadzić zmiany, na przykład otworzyć większe biuro tutaj albo tak ustawić administrację, żeby miejsce twojego pobytu nie miało wpływu na interesy. Ale chyba jeszcze za wcześnie o tym mówić.

— Planuję wrócić do Rzymu.

— Jestem pewien, że wrócisz — rzekł łagodnie. — Ale na razie jesteś tutaj, a ja bardzo chciałbym ci pomóc. Po śmierci Beth jedynym ratunkiem okazali się przyjaciele.

Isabella zdążyła się już o tym przekonać z własnego doświadczenia.

— Corbett... — w jej oczach zalśniły łzy. — Czy dalej masz uczucie, że któregoś dnia ona wróci do domu? To niepojęte, ale wciąż mi się wydaje, że Amadeo tylko gdzieś pojechał.

— Bo w pewnym sensie to prawda — uśmiechnął się Corbett. — Wierzę, że kiedyś wszyscy się znowu spotkamy, ale teraz musimy dołożyć starań, żeby nie zmarnować sobie życia. A wracając do twojego pytania: tak, długo miałem wrażenie, że Beth wyjechała na kilka dni z wizytą, wyszła na zakupy i zaraz będzie z powrotem. Na dźwięk windy albo drzwi podrywałem się z miejsca, myśląc: „Wróciła!" A w minutę później czułem się gorzej niż przedtem. Może w ten sposób próbujemy siebie ochronić przed straszną prawdą albo nie potrafimy zerwać z dawnymi przyzwyczajeniami. Ktoś wraca codziennie do domu i myślisz, że tak już będzie zawsze, ale pewnego dnia on nie staje o zwykłej porze w progu i nigdy już się nie pojawi, a ty uczysz się doceniać chwilę teraźniejszą, bo już wiesz, jak może być krótka i ulotna.

Corbett zamilkł. Oboje zastygli w bezruchu, wpatrując się w żar na kominku.

— Siedem i pół miesiąca to nie jest zbyt długo, ale wystarczy, żeby poczuć się samotną i zdać sobie sprawę, że teraz możesz liczyć tylko na siebie — odezwał się po chwili Corbett.

— Czasami się tego boję. Nie, to nieprawda. Ta myśl mnie przeraża.

— Nie wyglądasz na przerażoną. — Wydawała się spokojna, opanowana, gotowa stawić czoło każdej sytuacji. Corbett nie wątpił, że tak właśnie jest, odkąd umarł jej mąż. — Nie pozwól tylko, żeby ludzie cię popychali. Idź własnym tempem.

— Poza pracą nie mam tempa. Praca to teraz całe moje życie. Tylko ona mi pozostała

— To się zmieni, zobaczysz. Nie zawsze tak będzie, powtarzaj to sobie codziennie. Jeśli ból stanie się nie do wytrzymania, mów sobie, że to tylko kwestia tej chwili. Tak mi poradziła przyjaciółka po śmierci Beth. Powiedziała, że to trochę przypomina poród. Kiedy zaczynają się bóle, wydaje ci się, że nigdy się nie skończą, że tego nie przeżyjesz, ale mija kilka godzin, a ty, cała i zdrowa, trzymasz w objęciach dziecko.

Isabella uśmiechnęła się. Wydanie na świat Alessandra wiele ją kosztowało.

— Postaram się o tym pamiętać.

— Doskonale.

— Masz dzieci, Corbett?

— Tylko te, które czasami pożyczam od przyjaciół.

— To może nie jest najgorszy układ — stwierdziła wesoło. — Niewykluczone, że sam dojdziesz do takiego wniosku po wyprawie do remizy w towarzystwie Jasona i Alessandra.

— Na pewno nie. A co z tobą?

— Ze mną?

— Masz ochotę wybrać się jutro na przejażdżkę?

— Nie pracujesz? — zdziwiła się.

— Jutro sobota. Ty pracujesz?

— Zapomniałam, że to sobota. Miałam zamiar pracować, ale — obrzuciła go ciepłym spojrzeniem — z przyjemnością wybiorę się na przejażdżkę. W świetle dziennym, mam nadzieję?

— A jakże! — Przez twarz Corbetta przewinął się wyraz triumfu. — Okna w samochodzie możemy zasłonić, jak będziemy przejeżdżać przez miasto.

— Zapowiada się na tajemniczą eskapadę — oznajmiła radośnie Isabella, wyciągając do niego dłoń. — Bardzo ci dziękuję.

Już miał zażartować z jej oficjalnego zachowania, doszedł jednak do wniosku, że rozsądniej będzie trzymać język za zębami. Uścisnął jej dłoń i skierował się ku drzwiom.

— Do zobaczenia jutro, Isabello.

— Jeszcze raz dziękuję. Dobranoc.

Corbett uśmiechem odpowiedział na jej pożegnalny uśmiech, choć na wspomnienie tego, co przed nią zataił, po plecach przeszedł mu zimny dreszcz.

## ROZDZIAŁ DWUDZIESTY PIERWSZY

Następnego dnia pojechali do Connecticut, ukryci przed wzrokiem ciekawskich za szczelnie zasłoniętymi oknami rolls-royce'a. Znowu rozmawiali o sprawach zawodowych, o założonym przez dziadka Isabelli domu mody w Paryżu i jej firmie w Rzymie.

— Skąd tyle o tym wiesz? — zapytała z ciekawością.

— Nie ma znaczenia, czym się konkretnie zajmujesz, bo zasady prowadzenia interesów w każdej branży są podobne.

Ta myśl ją zaintrygowała. Nigdy nie przyszło jej do głowy, by swoją wiedzę wykorzystać w innej poza modą dziedzinie.

— Bardzo rozległe interesy prowadzisz? — zapytała, chociaż na podstawie jego dogłębnej znajomości tematu zdążyła się już zorientować, że z pewnością tak jest. Pomyślała, że Corbett dziwnie mało opowiada o swojej pracy, większość mężczyzn zazwyczaj o niczym innym nie mówi.

— Tak — odparł krótko.

— Dlaczego nigdy mi o nich nie opowiadasz?

— Ponieważ zanudziłabyś się na śmierć. Niektóre nawet mnie nudzą.

Samochód się zatrzymał. Kiedy wysiedli, z przyjemnością rozprostowując po długiej jeździe nogi, zobaczyli, że na drzewach pokazały się już pierwsze pączki.

— Gdybyś wiedział, ile czasu minęło, odkąd chodziłam po trawie i patrzyłam na drzewa! Tu przynajmniej jest trochę zielono, a już mi się wydawało, że ta szarość nigdy się nie skończy.

— Sama widzisz — odezwał się łagodnie. — Nic nie jest wieczne, Isabello, ani to, co dobre, ani to, co złe. Oboje się o tym przekonaliśmy. Nie można ściąć drzewa tylko dlatego, że jeszcze nie rozkwitło, trzeba czekać, podlewać je i nawozić, obdarzać uczuciem, a w swoim czasie znowu odżyje. — Zamilkł, chociaż bardzo pragnął dodać: „I ty także rozkwitniesz na nowo".

— Chyba masz rację. — Jednakże była zbyt szczęśliwa, by teraz myśleć o przyszłości. Pragnęła tylko głęboko oddychać, smakować aromat wiosenny i cieszyć się pobytem na wsi.

— Dlaczego nie zabrałaś Alessandra?

— On i Jason umówili się z kolegami w parku, ale kazał mi obiecać, że ci przypomnę o wyprawie do remizy. — Wesoło pogroziła mu palcem. — Ostrzegałam cię!

— Już wszystko załatwiłem. Idziemy we wtorek po południu.

— To znaczy, że można na tobie polegać.

— Tak, Isabello — odparł poważnie.

O tym Isabella już wiedziała. Jego zachowanie, postawa i poglądy świadczyły, że jest człowiekiem honoru, który dotrzyma raz danego słowa i któremu można powierzyć najgłębsze sekrety. Od lat nie spotkała nikogo takiego jak on, a jeszcze więcej czasu upłynęło, odkąd się przed kimś tak otwarła. Jej jedynymi powiernikami byli Amadeo, Bernardo i Natasza. Amadeo odszedł na zawsze, a Bernardo... no cóż, z nim przestała rozmawiać na osobiste tematy. Pozostała jej tylko Natasza, teraz zaś poznała Corbetta. To zaskakujące, że po zaledwie kilku dniach znajomości ufała mu bez reszty.

— O czym myślisz? — Z zadumy wyrwał ją jego głos.

— To dziwne, ale mam wrażenie, jakbyśmy byli starymi przyjaciółmi.

— Dlaczego to takie dziwne? — Napotkawszy na swej drodze zwalone drzewo, usiedli. Corbett wyciągnął przed siebie długie nogi, krzyżując je w kostkach. Jego szerokie ramiona okrywała marynarka z doskonałego angielskiego tweedu. Wyglądał nadspodziewanie młodo pomimo przedwcześnie posiwiałych włosów.

— Ponieważ w gruncie rzeczy wcale cię nie znam.

— Mylisz się, wiesz o mnie wszystko to, co najważniejsze: gdzie mieszkam, co robię, że od lat przyjaźnię się z Nataszą... Poza tym sporo ci opowiedziałem. — Miał na myśli swą zmarłą żonę Beth.

Isabella milcząco przyznała mu rację, a potem uniosła twarz, by popatrzeć na drzewa. Jej smukła szyja wygięła się w łuk, włosy opadły ku ziemi. Przez chwilę wyglądała jak mała dziewczynka na huśtawce.

Fascynowała go swoją urodą, błyskotliwą inteligencją i dyskretną elegancją połączoną z siłą i zdolnością przewodzenia. Stworzona z kontrastów i półcieni, mieniła się wielością kształtów i kolorów, którą tak uwielbiał.

— Dlaczego nigdy nie ubierasz się kolorowo, Isabello? Tylko tamtego wieczoru widziałem cię w białym płaszczu, poza tym zawsze jesteś w czerni.

— Dla Amadea — odparła z prostotą. — Przez rok będę nosiła żałobę.

— Przepraszam, powinienem się był domyślić, ale w Stanach ludzie już tego nie robią. — Ton miał pełen skruchy, jakby popełnił niewybaczalną gafę.

— Nie szkodzi — uśmiechnęła się Isabella. — Nie sprawiłeś mi przykrości. — To taki zwyczaj, nic więcej.

— Nawet w domu ubierasz się na czarno. Wyobrażam sobie, jak musi ci być do twarzy w kolorowych sukniach. Przy twoich ciemnych włosach najlepsze byłyby tonacje gołębie, jasnobrzoskwiniowe, jasnobłękitne... — Był rozmarzony i bardzo chłopięcy.

— Powinieneś być projektantem.

— Czasami jestem.

— A co projektujesz? — zwróciła ku niemu poważne spojrzenie. Był niezwykle interesującym człowiekiem.

— Kiedyś zaprojektowałem uniformy dla pewnej linii lotniczej — powiedział wymijająco, bojąc się zdradzić za wiele.

— Powiodło się?

— Co? Pytasz o linię?

— Nie, o projekt. Udał się?

— Mnie się podobał.

— Wykorzystałeś własne materiały?

W odpowiedzi skinął twierdząco głową, czym zyskał jej aprobatę.

— To dobry interes. Czasami próbuję wykorzystywać te same elementy w moich projektach i konfekcji seryjnej. To nie zawsze jest łatwe ze względu na różnicę w materiałach, ale staram się to robić, jeśli tylko mogę.

— Gdzie się tego wszystkiego nauczyłaś? — zapytał ze szczerym podziwem.

— Od dziadka. Był nim genialny, jedyny i niepowtarzalny Jacques-Louis Parel. Obserwowałam go, słuchałam, uczyłam się od niego. Zawsze wiedziałam, że chcę być projektantką. Po roku spędzonym w Stanach otworzyłam własne studio w Rzymie.

— Z tego wynika, że urodziłaś się jako geniusz.

— Najwyraźniej. — Isabella z uśmiechem zerwała polny kwiatek.

— A w dodatku co za skromność!... — Swobodnym gestem otoczył jej plecy ramieniem i wstał. — Chyba już czas na lunch, co?

— Pójdziemy gdzieś? — Oczy zapłonęły Isabelli z zachwytu, lecz Corbett szybko ostudził jej radość.

— Nie — odparł stanowczo.

— Byłam głupia, że zapytałam.

— Wrócimy tu latem. Za tamtym wzgórzem jest bardzo przyjemna restauracja. Dzisiaj mam inne plany.

— Mianowicie?

— Chyba nie sądziłaś, że pozwolę ci umrzeć z głodu? Mam jeszcze trochę rozsądku. Poza tym sam zgłodniałem.

— Urządzasz piknik?

— Coś w tym rodzaju — wyciągnął ku niej dłoń.

Isabella wstała, otrzepując z kurzu czarną spódnicę i otulając się szczelniej swetrem. Wrócili do samochodu i podjechali na brzeg pobliskiego jeziorka, gdzie Corbett wypakował zawartość wielkiej skórzanej torby. Piknik składał się z pasztetu, sera brie, bagietek, kawioru, ciasta i owoców.

Isabella rozłożyła jedzenie na stoliku, który Corbett wyjął ze schowka w oparciu przedniego siedzenia.

— Mój Boże, ależ to smakowicie wygląda! — zawołała. — Brakuje tylko szampana.

Corbett rzucił jej łobuzerskie spojrzenie.

— Nie uprzedzaj faktów, moja droga — oświadczył, po czym otworzył barek i zabrał z niego wiaderko z lodem, w którym chłodziła się ogromna butelka, oraz dwa kieliszki.

— Myślisz o wszystkim.

— Prawie o wszystkim.

W niedzielę od rana lało. Isabella bawiła się z Alessandrem, wdzięczna losowi, że poprzedni dzień okazał się taki pogodny. W poniedziałek przez piętnaście godzin nie odrywała się od pracy, wtorek zaś spędziła przy telefonie, dzwoniąc kolejno do Hongkongu, Europy, Brazylii i Bangkoku.

W dżinsach, z gołymi stopami, popijała w kuchni kawę, kiedy rozległ się dzwonek do drzwi. Przestraszona poderwała się z miejsca. Chłopcy powinni wrócić najwcześniej za jakieś dziesięć minut, Hattie wyszła na zakupy, a Natasza oświadczyła, że przez cały dzień nie będzie jej w domu. Nic nie rozumiejąc, Isabella podeszła do drzwi i wyjrzała przez wizjer. Jej twarz rozjaśniła się uśmiechem, gdy rozpoznała Corbetta, także w starych dżinsach i swetrze.

— Jak mogłaś zapomnieć o tak ważnej sprawie? Przecież dzisiaj idziemy do remizy.

— Wyleciało mi z głowy — odparła z zakłopotaniem.

— Chłopcy są w domu? Jak nie, zabieram ciebie. Strażacy nigdy mi nie wybaczą, jeśli nie przyjdziemy. Powiem, że jesteś moją siostrzenicą. — Z podziwem przesuwał wzrokiem po jej ciele, nagle dostrzegając długie szczupłe nogi i wąskie biodra.

— Chłopcy zaraz wrócą. Oszaleją chyba z radości. Jak się masz?

— Doskonale. A wy dwie co porabiacie? Pracujecie jak zwykle?

— Naturalnie. — Isabella obdarzyła go królewskim uśmiechem, po czym dłonią wskazała na drzwi swego gabinetu. — Chcesz zobaczyć, jakie cudowne biuro urządziła mi Natasza?

Swym entuzjazmem przywodziła na myśl małą dziewczynkę, chwalącą się swoim pokojem. Corbett z ochotą skorzystał z zaproszenia. Stanąwszy w progu, zagwizdał z podziwu.

— Prześliczny, prawda? — zapytała Isabella.

— Rzeczywiście, wspaniały. — Na biurku rozłożone były stosy papieru, podłogę pokrywały schludnie ułożone projekty. — Pewnie sporo czasu ci zajęło, zanim się przyzwyczaiłaś. Podejrzewam, że w Rzymie miałaś trochę więcej miejsca.

— Trochę — przyznała, oczyma wyobraźni widząc ogromne gabinety, które ona i Amadeo mieli do wyłącznej dyspozycji. — Ale jakoś sobie radzę.

— Na to wygląda.

W tym momencie wrócili chłopcy, okrzykami radości witając gościa, i niedługo potem cała trójka zniknęła za drzwiami.

— Jak wam się podobało? — powitała ich Isabella, gdy po prawie dwóch godzinach wrócili do domu. W odpowiedzi usłyszała szczegółową relację, a Alessandro jeszcze ponad ramieniem Hattie ciągnącej go do łazienki wykrzykiwał z podnieceniem, że naprawdę był tam słup.

— A ty? — zwróciła się do Corbetta Isabella, gdy zostali sami. — Jak się czujesz? Wyczerpany?

— Trochę, ale bawiliśmy się wspaniale.

— Jesteś świetnym kumplem. Masz ochotę na drinka?

— Proszę. Szkocką z wodą i mnóstwo lodu.

— Bardzo amerykańskie — rzuciła mu spojrzenie pełne udanej dezaprobaty i podeszła do marmurowego barku Nataszy.

— A co według ciebie powinienem pić?

— Cinzano, pernoda, może koniak.

— Następnym razem będę pamiętał, ale szczerze mówiąc, wolę szkocką. Gdzie Natasza? — zapytał, odbierając szklankę.

— Ubiera się na kolację i wernisaż.

— A ty, Kopciuszku?

— Jak zwykle idę na spacer.

— Nie boisz się, Isabello? — zapytał z troską.

— Jestem bardzo ostrożna. — Już nawet nie próbowała zapuszczać się na Madison Avenue. — To mało podniecające, ale pomaga.

— Mogę się dzisiaj do ciebie przyłączyć?

— Jasne — odparła szybko.

Poczekali, aż Natasza wyjdzie z domu, po czym ruszyli zwykłą trasą Isabelli. Tym razem pokonali dłuższy odcinek, część drogi biegnąc. Isabella od razu poczuła się lepiej. Miała wrażenie, że każda cząstka jej ciała domaga się wysiłku i świeżego powietrza.

— Teraz wiem, jak się czują te biedne pieski na cały dzień zamknięte w mieszkaniu.

— Czasami tak samo ja się czuję w biurze.

— Tak — spojrzała na niego z wyrzutem. — Ale ty możesz w każdej chwili wyjść.

Kiedy wrócili do mieszkania, Corbett sprawiał wrażenie, jakby nad czymś się zastanawiał, zaraz jednak rzucili się na nich chłopcy, ubrani w piżamy, ze świeżo umytymi włosami, i rozwiał się nastrój chwili. Isabella ponad pół godziny obserwowała, jak dokazuje z malcami, co wyraźnie sprawiało mu przyjemność. Jak ze wszystkim, także z dziećmi doskonale sobie radził. Potrzebowali go, był teraz jedynym mężczyzną w ich otoczeniu. Wreszcie w pokoju zjawiła się Hattie i pomimo gorących protestów zabrała chłopców do sypialni.

— Może zostaniesz na kolacji? — zaproponowała Isabella.

— Z przyjemnością.

W kuchni zjedli posiłek, który zostawiła dla nich Hattie, składający się z kurczaka i gotowanych kolb kukurydzy polanych masłem, po czym poszli do przytulnego pokoju Nataszy. Isabella włączyła muzykę, a Corbett usiadł wygodnie, wyciągając przed siebie długie nogi.

— Jestem strasznie zadowolony, że poszedłem na tę imprezę w zeszłym tygodniu. Wiesz, że mało brakowało, a by mnie tam nie było?

— Dlaczego?

— Bałem się, że będzie nudno. — Oboje głośno się roześmiali.

— I jak?

— Nie było nudno. Ba! od tamtego wieczoru nie nudziłem się ani przez chwilę.

— Ja też nie — lekkim tonem stwierdziła Isabella.

Ku jej zaskoczeniu Corbett wziął jej dłoń w swoje ręce.

— Cieszę się. Tak mi przykro, że tyle musiałaś przejść! Szkoda, że nie mogę tego zmienić. — Doskonale zdawał sobie sprawę, że na razie nie leży to w jego mocy.

— Życie czasami bywa trudne, ale jak powiedziałeś, w końcu zawsze z takich sytuacji wychodzimy zwycięsko.

— Może nie wszystkim to się udaje, ale nam na pewno.

— Myślę, że nauczyłam się tego od dziadka — odparła Isabella. — Bez względu na to, co się działo i jakie nieszczęścia na niego spadały, zawsze zbierał się w sobie i robił wszystko jeszcze lepiej. Czasami trochę to trwało, zanim odzyskiwał oddech, ale zawsze udawało mu się dokonać czegoś naprawdę wielkiego. Bardzo go podziwiałam.

— Jesteś taka jak on — oświadczył Corbett, a Isabella uśmiechnęła się z wdzięcznością. — Kiedy sprzedał firmę?

— Miał osiemdziesiąt trzy lata, był stary i zmęczony. Babcia już nie żyła, mama nie wykazywała żadnego zainteresowania firmą, a ja byłam za mała, żeby nią kierować. Teraz to co innego. Czasami mi się marzy, żeby ją odkupić i połączyć z ,,San Gregorio''.

— Dlaczego tego nie zrobiłaś?

— Amadeo i Bernardo twierdzili, że to nie ma sensu.

— A co ty sądzisz?

— Nie wiem, dokładnie się nad tym nie zastanawiałam.

— W takim razie może kiedyś zrealizujesz to marzenie.

— Może. Jedno wiem na pewno: nie sprzedam tego, co mam.

— Czy taka możliwość w ogóle była rozważana? — zapytał, uciekając od niej wzrokiem.

— Przeze mnie nigdy, ale mój dyrektor, Bernardo Franco, próbuje mnie do tego namówić. Cholerny głupiec, powinien wiedzieć, że nigdy się na to nie zgodzę.

— Nie powinnaś — przyznał Corbett.

— Kiedyś firma będzie należała do Alessandra. Jestem mu to winna.

Corbett pokiwał głową ze zrozumieniem i rozmowa zeszła na muzykę, podróże, miejsca, w których mieszkali w dzieciństwie. Potem Isabella zapytała, dlaczego Corbett nie ma dzieci.

— Chyba nie miałem czasu, żeby o tym pomyśleć.

— A twoja żona?

— Nie nęciło jej macierzyństwo. W każdym razie nie nalegała, a teraz jest już trochę za późno.

— W wieku czterdziestu dwóch lat? Nie opowiadaj głupstw! We Włoszech mężczyźni o wiele starsi od ciebie zostają ojcami.

— W takim razie natychmiast idę postarać się o dziecko. Co mam zrobić? Dać ogłoszenie w gazecie?

— Nie sądzę, żebyś musiał się uciekać do tak drastycznych rozwiązań — powiedziała wesoło.

— Może nie.

Nagle zobaczyła, że Corbett przysuwa się ku niej i kładzie dłonie na jej ramionach. Miała wrażenie, że coś pcha ją w jego objęcia, i przylgnęła do niego kurczowo, jakby był tratwą ratunkową na wzburzonym morzu. Gdy ją delikatnie całował, dudniło jej w uszach, a każda cząstka jej ciała wyrywała się ku niemu. Wreszcie z jękiem odepchnęła go od siebie.

— Nie, Corbett! — Przestrach Isabelli ukoiło jego pełne miłości i oddania spojrzenie. Był mężczyzną, któremu ufała i z którym czuła się bezpieczna. — Jak to się stało? — Patrzyła na niego oczyma zamglonymi od łez zakłopotania, a może i radości.

— No cóż, zastanówmy się. Przesunąłem się po kanapie, o tak, potem położyłem dłonie tutaj...

Isabella nie mogła powstrzymać się od śmiechu.

— To straszne, nie powinieneś tego robić Amadeo... — głos jej się załamał i przeszedł w urywany szloch. To nie był Amadeo. Corbett łagodnie ją przytulił, czekając, aż się wypłacze.

— Isabello, kochanie, nie patrz ciągle w przeszłość. Pamiętaj, co ci powiedziałem. Ból nie będzie trwał wiecznie, któregoś dnia minie. Na razie twoja rana jest jeszcze bardzo świeża.

Z drugiej strony jednak był zadowolony, że od śmierci Amadea upłynęło już osiem miesięcy. Był to okres wystarczająco długi, by Isabella zaczęła się zastanawiać nad nowym związkiem.

— Nie powinnam tego robić, Corbett. — Wolno wysunęła się z jego ramion. — Nie mogę.

— Dlaczego?... Ale jeśli nie chcesz, nie będziemy nigdy nawet o tym rozmawiać.

— Nie o to chodzi, lubię cię...

— Ale jest jeszcze za wcześnie, tak? Nie będziemy się śpieszyć, przyrzekam. Nie chcę, żebyś kiedykolwiek była nieszczęśliwa.

Uśmiechnęła się do niego czule.

— To jest jak piękny sen. Nic nie trwa wiecznie, pamiętasz? Ani to, co dobre, ani to, co złe.

— Tak, chociaż bywa, że coś trwa i trwa. Bardzo chciałbym znaleźć trwałe miejsce w twoim życiu.

— Ja też — wymknęło się Isabelli mimowolnie.

Więcej o tym nie mówili. Siedząc na podłodze jak dzieci, popijali brandy i słuchali muzyki. Isabella bardzo dobrze się czuła w towarzystwie Corbetta. Gdy znowu ją pocałował, nie protestowała, pragnęła, żeby nigdy nie przestał. W końcu zerknął na zegarek i wstał.

— Myślę, kochanie, że chyba powinienem już iść do domu.

— Tak wcześnie? Dochodzi dziesiąta.

— Dochodzi wpół do pierwszej — odparł — a jeżeli natychmiast stąd nie wyjdę, chyba cię zaatakuję.

— Zgwałcisz mnie? — zapytała żartobliwie. Odzyskała już panowanie nad sobą.

— Możemy od tego zacząć. Brzmi zachęcająco, prawda? — W jego błękitnych oczach igrał łobuzerski ognik.

— Jesteś niemożliwy — roześmiała się Isabella.

— Być może, ale szaleję na twoim punkcie. — Podał jej rękę i pomógł wstać z podłogi. — Od lat się tak nie czułem.

— A wcześniej? — żartowała Isabella. Nagle ogarnęło ją takie szczęście, że miała ochotę fruwać.

— Och, wcześniej zakochałem się w dziewczynie o nazwisku Tillie Erzbaum. Miała czternaście lat i bajeczny biust.

— A ty ile miałeś lat?

— Dziewięć i pół — odparł po namyśle.

— W takim razie jesteś rozgrzeszony.

— Dzięki Bogu.

Wolnym krokiem poszli do drzwi wyjściowych. Na pożegnanie Corbett jeszcze raz ją pocałował.

— Zadzwonię jutro — powiedział. — A co z twoim spacerem? Mogę ci towarzyszyć?

— To chyba da się załatwić — odparła.

Następnego dnia obudziła się ogarnięta przerażeniem z powodu swojego postępku. Była wdową, w sercu wciąż jeszcze mężatką. Jak mogła całować się z nim w nocy na podłodze? Krew płynęła w niej szybciej na wspomnienie tych chwil, a równocześnie czuła smutek pomieszany z obcymi jej dotąd wyrzutami sumienia. Kiedy zadzwonił Corbett, ukryła się w swoim biurze i przez drzwi szorstkim głosem oznajmiła Nataszy, że jest zbyt zajęta, by z kimkolwiek teraz rozmawiać. Mimo to zdawała sobie sprawę, że to przecież nie jego wina. Bez powodzenia usiłując zatracić się w pracy, mówiła sobie, że tak samo jak on pragnęła tych pocałunków, że tak samo jak jego zaskoczyła ją własna reakcja. Czuła, jak na dnie jej serca zaczyna się coś budzić. Ale Amadeo... Amadeo... Cóż, on przecież już nigdy nie wróci.

— Dokąd się wybierasz? — zapytała Natasza ze zdziwieniem, widząc, że Isabella biegnie do drzwi.

— Pospaceruję teraz. Mam sporo pracy na wieczór — odparła ostro.

— Dobrze, dobrze, nie musisz się tak denerwować. Tylko pytałam.

Wróciła o piątej, wciąż roztrzęsiona i zszokowana swoim postępkiem. Wjeżdżając windą na górę, nagle uświadomiła sobie, że zachowuje się głupio. Jest przecież dorosłą kobietą, bardzo samotną, która spotkała atrakcyjnego mężczyznę. Całowali się, i co z tego? Kiedy jednak otworzyła drzwi do mieszkania, aż podskoczyła, widząc na środku salonu Corbetta z chłopcami bawiącymi się u jego stóp. Na kanapie w otoczeniu książek i papierów leżała Natasza, pomimo gwaru usiłując prowadzić rozmowę.

— Cześć, Isabello. Jak udał się spacer? — zawołała.

— Doskonale, dziękuję.

— Mam nadzieję, że dobrze ci zrobił. Byłaś w okropnym nastroju, jak wychodziłaś.

Corbett lekko się uśmiechnął. W jego wzroku nie było nic nazbyt zdobywczego czy niepokojącego.

— Miałaś ciężki dzień? — zapytał.

Isabella skinęła głową, z wysiłkiem się uśmiechając. Poczuła się swobodniej, gdy wciąż patrzył na nią po przyjacielsku. Może za bardzo się tym przejęła? Może jemu w sumie na niczym więcej nie zależy? Muzyka i alkohol przyczyniły się do tego, co stało się wczoraj, lecz wciąż jeszcze można o tym zapomnieć, jeszcze nie jest za późno. I Isabella z szerokim uśmiechem na twarzy wyciągnęła się wygodnie w fotelu. Natasza niecierpliwie krzyknęła na Hattie, żeby zabrała chłopców.

— Chryste, bardzo ich kocham, ale czasem doprowadzają mnie do szału.

Corbett z westchnieniem usiadł.

— Czy wy dajecie im się wyszaleć? Mają więcej energii niż nowiutkie sprężyny.

— Czytamy im bajki — odparła wesoło Natasza. — I gramy w różne gry.

— Lepiej im kupcie worek treningowy. Chociaż nie, jak się nad tym zastanowić, to chyba nie potrzebują worka. Mają mnie. — Spojrzał na Isabellę bardziej niż przedtem znaczącym wzrokiem. — Byłaś już na spacerze?

— Tak.

— Dobrze, w takim razie pokaż, co dzisiaj zrobiłaś. Wczoraj mi to obiecałaś, pamiętasz?

Zanim zdążyła zaprotestować, wziął ją za rękę i postawił na nogi. Nie chciała robić sceny w obecności Nataszy, szybko więc poszła do gabinetu. Corbett zamknął drzwi.

— Corbett...

— Poczekaj, nic na razie nie mów. — Usiadł, patrząc na nią z czułością. — Dlaczego stoisz?

Poszła w jego ślady niczym grzeczna uczennica, czując ulgę, że z miejsca nie porwał jej w objęcia.

— Zanim powiesz, co myślisz, pozwól, że najpierw ja ci coś powiem. Ja przez to przeszedłem, wiem, jak strasznie człowiek się wtedy czuje. Chciałbym podzielić się z tobą moimi doświadczeniami. Wczoraj, jeśli mnie wzrok nie mylił, rozstaliśmy się oboje jednakowo szczęśliwi. Ale później, może w nocy, może rano, może dopiero teraz, choć w to wątpię, zaczęłaś myśleć o mężu, o przeszłości, o tym, że wciąż jesteś jakby mężatką. Ogarnęło cię poczucie winy i strach.

Isabella nie odrywała od niego szeroko otwartych ze zdziwienia oczu.

— Nie byłaś w stanie zrozumieć, dlaczego to zrobiłaś, ledwo pamiętałaś, kim ja jestem. Ale pozwól sobie powiedzieć, kochanie, że to naturalna kolej rzeczy, od tego nie ma ucieczki. Jesteś samotną kobietą, nie popełniłaś żadnego przestępstwa. Gdyby to ciebie wówczas porwano, twój mąż w tej chwili przeżywałby to samo co ty. Tyle czasu mniej więcej musi upłynąć, żeby człowiek znowu zaczął czuć, żeby otrząsnął się z oszołomienia. Wszystkie potrzeby i pragnienia wracają, tylko że nie ma nikogo, z kim można by je dzielić. Ale teraz ja jestem przy tobie. Możesz albo bardzo powoli próbować rozpocząć życie ze mną, albo uciec w popłochu i do śmierci chować się w poczuciu winy i przekonaniu, że nie przestałaś być mężatką. Nie stawiam ci żadnego ultimatum. Może zwyczajnie mnie nie chcesz, może nie jestem tym mężczyzną. Jeśli tak uważasz, ja to zrozumiem. Ale nie tłum w sobie uczuć, Isabello... Potem nie będziesz mogła do nich wrócić.

Zamilkł, z trudem chwytając oddech. Isabella wpatrywała się w niego z oszołomieniem.

— Skąd ty to wiesz?

— Doświadczyłem tego. Kiedy pierwszy raz pocałowałem inną kobietę, czułem się tak, jakbym zbezcześcił pamięć Beth, jakbym ją zdradził. Różnica polega na tym, że na tamtej kobiecie wcale mi nie zależało. Byłem po prostu samotny, zmęczony i smutny. Ale ty to co innego. Ciebie kocham. I mam nadzieję, że ty też kiedyś mnie pokochasz.

— Skąd ty to wszystko wiesz?

Widząc w jej oczach zdziwienie, uśmiechnął się czule.

— Po prostu jestem taki mądry.

— I skromny! — Na jej twarz niespodziewanie wrócił uśmiech. Droczenie się z nim sprawiało jej przyjemność.

— Cóż, dobraliśmy się jak w korcu maku. To dlatego wyszłaś sama na spacer?

— Chciałam od ciebie uciec.

— Nieźle to wymyśliłaś. — Jej słowa nie zraniły go ani nie rozbawiły. Zwyczajnie ją rozumiał.

— Przepraszam.

— Nie przepraszaj. Czy teraz mam sobie pójść? Naprawdę zrozumiem, jeśli mnie wyrzucisz.

Isabella potrząsnęła głową, wyciągając doń rękę. Podszedł ku niej i ujął jej dłoń, wpatrując się w jej smoliste oczy.

— Nie chcę, żebyś odchodził. Bardzo mi teraz głupio. Chyba nie miałam racji. — Przylgnęła do niego jak dziecko. Corbett przyklęknął, trzymając ją za ręce.

— Powiedziałem, że nie będziemy się śpieszyć.

— Cieszę się — objęła go po dziecinnemu za szyję.

Długo tulili się do siebie. Tym razem Isabella pierwsza wyciągnęła rękę i przesunęła po jego oczach i pociągłej twarzy, potem jej usta poszukały jego warg. Całowała go najpierw delikatnie, potem z coraz większym pożądaniem. Gdy się od siebie oderwali, drżała na całym ciele.

— Spokojnie, dziecinko.

W odpowiedzi uśmiechnęła się szeroko.

— Czy to ty wspominałeś coś o gwałcie?

— Jeśli mnie zgwałcisz, oberwiesz za to. — Wyglądał jak urażona dziewica, czym rozśmieszył ją do łez. — Chcesz się przejechać? — zapytał z nadzieją.

— Wziąłeś samochód?

— Nie, zamierzam ukraść. Co za pytanie, oczywiście, że wziąłem.

— Z przyjemnością się przejadę. A co powiemy Nataszy?

— Że wybieramy się na przejażdżkę. Czy to coś złego?

— Wciąż czuję się winna — popatrzyła na niego nieśmiało.

— Nie martw się — odparł łagodnie. — Mnie też się to zdarza.

Pożegnawszy się z Nataszą, pojechali w dół Wall Street do Cloisters, potem skierowali się do parku. Usadowiona wygodnie na pluszowym siedzeniu, mając przy boku Corbetta, Isabella czuła, że nic na świecie nie może jej zagrozić.

— Nie wiem, co mi się dzisiaj stało.

— Nie przejmuj się tym, Isabello. Nie masz czym.

— Chyba tak. Jak myślisz, czy kiedykolwiek wrócę do normy? — zapytała pół żartem, pół serio.

— Mam nadzieję, że nie. Lubię cię taką, jaka jesteś teraz.

— Ja też cię lubię — odpowiedziała czule.

W dwa tygodnie później Isabella przekonała się, że jej uczucia do Corbetta są znacznie silniejsze od zwykłej sympatii. Została sama, gdyż Natasza z chłopcami wyjechała na week-end.

— Chcesz powiedzieć, że tak po prostu sobie wyjechali? — zapytał ze współczuciem, zjawiwszy się w sobotę po południu na herbatę. Liczył, że spędzi z nią kilka godzin, może pójdą na spacer, a przy odrobinie szczęścia okaże się, że Natasza ma zajęty wieczór. Bardzo lubił, kiedy zostawali z Isabellą sami, a ponieważ takie chwile zdarzały się rzadko, tym bardziej się nimi cieszył. Zawsze bowiem ktoś przy nich był: Natasza, chłopcy albo Hattie. — A dokąd się wybrali?

Isabella podała mu filiżankę dymiącej aromatycznej herbaty.

— Do przyjaciół Nataszy w Connecticut. Chłopcom dobrze zrobi wyjazd.

Corbett pokiwał głową, lecz nie o chłopców mu chodziło, kiedy ujął ją za rękę.

— Zdajesz sobie sprawę, jak w domu zrobiło się cicho i jak rzadko jesteśmy sami?

Myśli Isabelli powędrowały w przeszłość, do Rzymu. W swojej willi miała tyle przestrzeni tylko dla siebie, tyle własnego czasu!

— Szkoda, że mnie wtedy nie znałeś — powiedziała rozmarzonym głosem.

— Kiedy, Isabello?

— W Rzymie — odparła i nagle porumieniała. — Ależ bzdury wygaduję, prawda? — We Włoszech, w tamtych dobrych czasach, była zamężna. Dla Corbetta w jej życiu nie byłoby miejsca.

On jednak zrozumiał, o co jej chodzi. To normalne, że od czasu do czasu ogarnia ją tęsknota za domem.

— Masz piękny dom w Rzymie?

Isabella potwierdziła ruchem głowy, potem z błyszczącym wzrokiem opowiedziała mu o karuzeli Alessandra. Wyglądała przy tym tak ślicznie, że Corbett odstawił filiżankę i wziął ją w ramiona.

— Chciałbym cię tam zabrać... zabrać z powrotem do domu, jeśli tego właśnie pragniesz. A może kiedyś twój dom będzie tutaj? — zapytał łagodnie.

Isabella nie sądziła, by do tego doszło. Nie wyobrażała sobie, żeby mogła spędzić resztę swych dni gdziekolwiek indziej niż w Rzymie.

— Bardzo tęsknisz? — przerwał jej zadumę Corbett.

— Włochy... — wzruszyła ramionami. — Włochy to po prostu Włochy. Nigdzie na świecie nie jest tak jak tam. Zwariowani ludzie, zwariowany ruch na ulicach, dobre spaghetti, cudowne zapachy...

Przed oczyma stanęły jej wąskie uliczki za budynkiem firmy, kobiety z niemowlętami na ręku siedzące na progach domów, dzieci wybiegające z kościoła, ptaki śpiewające w koronach drzew w ogrodzie jej willi... Na myśl o tym łzy wezbrały jej pod powiekami.

Corbett obserwował ją ze współczuciem.

— Masz ochotę zjeść kolację poza domem, najdroższa? — zapytał, po raz pierwszy zwracając się do niej tak pieszczotliwie.

— Wiesz, że nie mogę — odparła ze smutkiem.

— Niewykluczone, że to by się dało zrobić — oznajmił po chwili namysłu.

— Mówisz poważnie?

— Jasne. — Oczy mu błysnęły. Miał już plan. — Niedaleko centrum jest taka śmieszna włoska knajpka, w której kiedyś często bywałem. Nikt „porządny" do niej nie zachodzi. Chyba możemy wpaść tam na kolację. Nikt się nie zorientuje, kim jesteś. A ponieważ knajpka jest bardzo włoska, poczujesz się jak w domu. — Przez krótką chwilę zastanawiał się, czy to sprawy bardziej nie skomplikuje, ale przeczucie mu podpowiadało, że nie ma powodu do obaw. Miał zamiar zrobić wszystko, żeby Isabella przyjemnie spędziła czas.

Niczym konspirator czekał w salonie, aż się ubierze. Po chwili zaśmiewając się do łez stanęła w progu, ubrana w czarne spodnie i sweter. Na głowie miała zsunięte na bakier czarne borsalino.

— Wyglądam tajemniczo?

— I to bardzo!

Corbett zaparkował rollsa w pewnej odległości od restauracji, po czym niepostrzeżenie weszli do środka. Isabella z wielką przyjemnością wdała się w pogawędkę z kelnerem, gdy czekali na potrawy, popijając tanie włoskie wino.

— Przyrzeknij, że nie powiesz Nataszy! Zabiłaby mnie, gdyby wiedziała.

— Muszę milczeć — odparł. — Najpierw zabiłaby mnie.

Myśl o Nataszy jednak wcale go nie niepokoiła, wiedział bowiem, że Isabella jest bezpieczna. Kiedy uznali, że mają już dość spaghetti i czerwonego wina, nie śpiesząc się wrócili do domu, po drodze na krótko zajechawszy do parku.

— Zadowolona?

W odpowiedzi Isabella położyła mu głowę na ramieniu, a jej krucze włosy spłynęły mu falą po marynarce. Kapelusz zdjęła, jak tylko wsiedli do samochodu, i rzuciła na siedzenie obok.

Corbett delikatnie dotknął najpierw jej włosów, potem policzka. Nie odrywał od niej spojrzenia, gdy wchodzili do mieszkania.

— Wejdziesz na filiżankę kawy? — spytała zapraszająco, choć żadne z nich nie kawę miało na myśli.

Skinął głową i w ślad za nią wszedł do środka. Isabella nawet nie zadała sobie trudu, by zapalić w holu światło. Natychmiast znalazła się w ramionach Corbetta, ogarnięta dawno zapomnianą żądzą, która jeszcze się wzmogła, gdy zaczął ją całować. Bez tchu, trzymając się za ręce poszli do sypialni, gdzie w ciemności wzajemnie się rozebrali. Potem ich ciała się połączyły.

Wydawało się, że minęło wiele godzin, gdy wreszcie Isabella zapaliła lampkę przy łóżku. Popatrzyła na leżącego obok niej mężczyznę, na rozrzucone po pokoju ubrania i wybuchnęła śmiechem.

— Co cię tak rozbawiło, kochanie?

— My. — Pochyliła się i cmoknęła go w szyję. — Za grosz nie można nam ufać. Moja współlokatorka wyjeżdża na weekend, a my co robimy? Najpierw wymykamy się na kolację, a potem wracamy do domu, żeby się kochać.

Corbett przyciągnął ją do siebie.

— Zrobimy to jeszcze raz... i jeszcze... i jeszcze...


## ROZDZIAŁ DWUDZIESTY DRUGI


Kwiecień i maj minęły im bardzo szybko. Kiedy tylko pozwalała pogoda, wychodzili wieczorami na spacery albo wybierali się na przejażdżki. Kilka razy w czasie wypraw za miasto towarzyszył im Alessandro. Ze wzruszeniem obserwowali wówczas, jak z zachwytem biega po łące albo buduje zamki na ciągle jeszcze opustoszałych plażach. Raz czy dwa zabrali także Nataszę, która przez kilka pierwszych tygodni udawała, że nie widzi, co się dzieje, w końcu jednak zapytała wprost. Isabella odpowiedziała dziewczęcym śmiechem, przyznając, że ona i Corbett zakochali się w sobie. Nie ulegało wątpliwości, że jest ogromnie szczęśliwa, podobnie jak Corbett, który promieniał, ilekroć Natasza go widziała. Jednakże równie jasne było, że Isabella ma kłopoty w pracy.

Któregoś wieczoru, gdy na dworze było ciepło, Corbett zjawił się przed domem Nataszy w dorożce, rozbawiając tym Isabellę do łez. Przez dwie godziny jeździli po parku.

— Jak poszła ci dzisiaj praca, najmilsza? — przyciągnął ją i zajrzał głęboko w jej piwne oczy.

— Okropnie. Bernardo znowu sprawia mi problemy.

— Chodzi o nową kolekcję?

— Nie, to już załatwione. Pokaz odbędzie się w przyszłym tygodniu. Ale wszystko inne jest nie tak. Plany na zimę, kosmetyki, materiały, sama już nie wiem. Zrobił się po prostu niemożliwy.

— Może ma za wiele spraw na głowie, a ty jesteś daleko.

— Sugerujesz, że mam wrócić do domu? — spytała zmęczonym głosem.

— Ani mi to przez myśl nie przeszło. Ale uważam, że zawsze można wprowadzić jakieś zmiany.

— Wiem, ale nie teraz, gdy tu jestem. — Za żadne skarby nie przyznałaby się Corbettowi, że myśli znowu o Rzymie. Lgnęli do siebie, jakby ich związek miał trwać wiecznie, lecz przecież wcześniej czy później Isabella będzie musiała wrócić do domu, a interesy Corbetta wymagały, by pozostał w Stanach. „Wszystko kiedyś się kończy", pomyślała, natychmiast odsuwając od siebie tę prawdę.

— Nie martw się tym teraz. Prawdopodobnie za kilka dni wszystko jakoś się ułoży.

Tak się jednak nie stało. W ciągu następnych dwóch tygodni sprawy jeszcze się pogorszyły. Kłótnia goniła kłótnię, sprzeczka przechodziła w sprzeczkę. Isabella miała już tego powyżej uszu. W końcu pewnego ranka powiedziała to Bernardowi, który najwyraźniej uwolnił się od jej wpływu, łatwiej radząc sobie ze swymi uczuciami teraz, gdy dzieliła ich odległość.

„Och, Bernardo — powtarzała sobie Isabella. — Gdybym mogła cię pokochać!... Życie stałoby się o wiele prostsze."

— Bądź rozsądna i sprzedaj firmę.

— No nie, znowu do tego wracasz! Zdawało mi się, że to uzgodniliśmy raz na zawsze przed moim wyjazdem!

— Niczego nie uzgodniliśmy. Ty po prostu nie chciałaś słuchać. Ale ja już mam tego dość. Gabriela pracuje za dziesięciu, ty co rusz zmieniasz tkaniny, nie masz pojęcia o reklamie kosmetyków, a na mnie spada sprzątanie po tobie.

— Skoro tak jest, to czemu nie podejmiesz męskiej decyzji i nie odejdziesz, zamiast namawiać mnie na sprzedaż? Może problem tkwi w tobie, nie w firmie? To ty ciągle doprowadzasz między nami do nieporozumień, nie chcesz robić tego, co każę. Czemu przynajmniej raz nie wykonasz moich poleceń, zamiast wyciągać sprawę FB, ilekroć otworzę usta?

Zza drzwi gabinetu Isabelli dobiegał potok gniewnych włoskich słów.

— Nie będę więcej tego słuchać. A jeśli nie przestaniesz, natychmiast wrócę do domu — krzyczała. — Do diabła z tymi bzdurami o niebezpieczeństwie! Prowadzisz moją firmę do upadku!

To oskarżenie nie było sprawiedliwe, o czym Isabella doskonale wiedziała, lecz napięcie pomiędzy nimi sięgnęło zenitu. Była w Stanach od pięciu miesięcy i uroki prowadzenia firmy z ukrycia przestawały powoli ją bawić.

— Masz pojęcie, co ty wyprawiasz, Isabello? Czy przynajmniej raz wysłuchałaś uważnie oferty FB? Nie, naturalnie, że nie. Wolisz siedzieć na tyłku, obrażać mnie i upierać się przy swoim, żeby zadowolić własne ego i zachować twarz.

— Firma doskonale prosperuje, o czym sam dobrze wiesz.

— Wiem, ale prawda jest taka, że dłużej już nie mogę wszystkiego robić sam, a ty nadal nie możesz wrócić do domu. Okoliczności, Isabello, okoliczności!... Kiedy okoliczności okazały się nie sprzyjające dla twojego dziadka, był na tyle mądry, że sprzedał firmę.

— Nigdy tego nie zrobię!

— Jasne. — W jego głosie słychać było sarkazm. — Bo jesteś zbyt dumna, chociaż FB, IHI i Ewing namawiają mnie, żeby przekonać cię do sprzedaży. Ostatnio wprawdzie przestali — mówił dalej — ale dobrze wiem, że wystarczy tylko wykręcić ich numer, a sprawa zostanie natychmiast załatwiona.

W słuchawce zapadła cisza. Isabella była tak wstrząśnięta, że niemal odebrało jej mowę.

— Kto? — wydusiła wreszcie przez zaciśnięte gardło.

— O czym ty mówisz? — Jej pytanie wydało mu się bez sensu.

— Pytam, kto złożył ofertę kupna firmy — w jej głosie dźwięczały teraz stalowe nutki.

— Oszalałaś? Mówię ci o tym od października, a ty mnie pytasz kto?

— I co z tego? Powiedz powoli i wyraźnie.

— Farnham-Barnes — rzekł wolno, dobitnie, jakby była upośledzona na umyśle.

— I kto jeszcze?

— Nikt. Co się z tobą dzieje? FB. FB! To część IHI.

— Wymieniłeś jeszcze jakieś nazwisko.

— O co ci chodzi? O Ewinga? To prezes zarządu IHI. Oferta wyszła najpierw od niego.

— Dobry Boże!...

— Co się stało?

— Nic. — Isabella drżała od stóp do głów.

Pikniki, spacery, kolacje, remiza... Jedno po drugim stawało jej przed oczyma... Ależ zrobił jej świetny kawał! Rzeczywiście, to był romans z Domem Mody „San Gregorio".

— Mam do niego zadzwonić?

— Nie! W żadnym razie! Nigdy. Jeszcze dzisiaj masz zerwać wszelkie kontakty z FB. Zawiadom ich albo zrobię to osobiście.

— Zwariowałaś!

— Posłuchaj mnie uważnie, Bernardo: nie zwariowałam i w życiu nie mówiłam tak serio. Zadzwoń do FB i powiedz im, żeby się odpieprzyli, natychmiast, jeszcze dzisiaj. Koniec. Żadnych więcej ofert, żadnych zamówień. A ty się przygotuj. W tym tygodniu wracam do domu. — Podjęła tę decyzję przed momentem. Dość tego! Za długo się to ciągnie. — Jeśli uważasz, że to konieczne, wynajmij dwóch ochroniarzy, ale nie więcej. Dam ci znać, kiedy przyjadę.

— Zabierasz Alessandra? — Bernardo był poruszony do głębi. Isabella mówiła głosem, jakiego nie słyszał u niej od lat, może nawet nigdy. W sekundzie zamieniła się w górę lodową pełną ostrych krawędzi i Bernardo dziękował Bogu, że nie jest z nią w jednym pokoju, gdyż obawiałby się o swoje życie.

— Alessandro zostanie tutaj.

— Na jak długo przyjedziesz? — Nie próbował dyskutować. Wiedział, że nie ma sensu. Isabella przyjeżdża do domu. Koniec. Kropka. *Finito*. I może ma rację? Chyba już pora.

— Zostanę tak długo, dopóki wszystkich spraw nie uporządkuję. A teraz zadzwoń do FB.

— Poważnie?

— Najzupełniej.

— *Capito*.

— I każ przygotować mieszkanie w firmie. Tam się zatrzymam.

Bez pożegnania odłożyła słuchawkę.

— Jak śmiałaś! — Isabella z płonącym wzrokiem wmaszerowała do maleńkiej sypialni Nataszy.

— Słucham?

— Jak śmiałaś!

— Nie rozumiem, o czym mówisz. — Nataszę ogarnęło przerażenie. Isabella z twarzą białą jak kreda i dłońmi zaciśniętymi w pięści stała przed nią rozdygotana.

— Oszukałaś mnie!

— Isabello, co ty wygadujesz? — Czyżby się załamała? A może napięcie związane z pracą okazało się ponad jej siły? Natasza obserwując bacznie przyjaciółkę doszła jednak do wniosku, że tu chodzi o coś innego. Nie ulegało wątpliwości, że Isabella ma na myśli jakąś konkretną sprawę. Niespodziewanie usiadła, przypatrując się Nataszy z niedobrym uśmieszkiem.

— Pozwól, że opowiem ci pewną historyjkę — zaczęła. — Może wtedy obie zrozumiemy. W październiku zeszłego roku umarł mój mąż. Może go pamiętasz? Nazywał się Amadeo? Zabili go porywacze...

Natasza nie odrywała od niej przerażonych oczu. To był obłęd, wykalkulowany, zimny, pełen wściekłości i ociekający goryczą. Nie mogła jednak nic zrobić, musiała cierpliwie czekać na dalszy ciąg.

— Zostawił mi firmę, wielki i odnoszący sukcesy dom mody w Rzymie. Produkujemy także konfekcję, kosmetyki, bieliznę, zresztą to nieważne, nie będę cię nudzić pełnym wykazem. Przejęłam interesy, zaharowywałam się na śmierć, bo przysięgłam sobie i jemu, że zrobię wszystko, żeby firma utrzymała dobrą kondycję do dnia, w którym odziedziczy ją nasz syn. I oto nagle najpierw moja prawa ręka, Bernardo Franco, proponuje mi małżeństwo...

Natasza słuchała jej zszokowana, lecz Isabella nie zwracała na nią uwagi.

— A potem oświadcza, że amerykańska firma o nazwie Farnham-Barnes chce mnie wykupić. Ja odmawiam, ale on naciska i naciska, próbuje tak i siak. Niestety, bez skutku. Ja nie zmieniam zdania. I pewnego dnia jak na zamówienie dzwoni telefon. Męski głos informuje mnie, że mój syn został porwany. Na całe szczęście okazuje się, że to fałszywy alarm, ale Bernardo przekonuje mnie, że w Rzymie ja i mój syn nie jesteśmy bezpieczni. Mówi, że muszę wyjechać, więc dzwonię do mojej przyjaciółki Nataszy Walker z Nowego Jorku, którą on parę razy w Rzymie przeleciał...

Natasza otworzyła usta, próbując zaprotestować, Isabella jednak uciszyła ją podniesieniem ręki.

— Poczekaj, jeszcze nie skończyłam. Dzwonię więc do mojej przyjaciółki Nataszy, a ona zaprasza mnie od siebie. Układamy szalenie skomplikowany plan, żeby zapewnić mi bezpieczeństwo i umożliwić prowadzenie firmy z mieszkania Nataszy. Wszystko układa się po prostu wspaniale. Bernardo po raz kolejny próbuje mnie przekonać do oferty FB, ja upieram się przy swoim. Wyjeżdżam do Stanów razem z synem. Na lotnisku czeka na mnie Natasza ze swoim przyjacielem w pięknym rolls-roysie. Mieszkam u niej, kieruję firmą, Bernardo doprowadza mnie do szału i przy każdej okazji namawia do sprzedaży. Ja nie ustępuję. Tymczasem jednak zaprzyjaźniam się z tym facetem z lotniska, niejakim panem Corbettem Ewingiem. Tak się wygodnie składa, że „moja przyjaciółka" — wymówiła te słowa z przekąsem — zaprasza mnie na premierę filmu. I cóż się okazuje? Koło mnie siedzi pan Corbett Ewing, który przypadkiem jest prezesem zarządu IHI, spółki, do której przypadkiem należy FB, które chce mnie wykupić. Szczęśliwy zbieg okoliczności, prawda? Następne trzy miesiące ten potwór, ten bandyta smali do mnie cholewki. Tak bardzo mu zależy na mojej firmie, że nie cofa się przed niczym, udaje nawet, że się we mnie zakochał, i odgrywa wielkiego przyjaciela mojego syna. Wykorzystuje przy tym moją „przyjaciółkę", która bez przerwy zaprasza go do domu i szaleje z zachwytu na wieść o naszym romansie. A co się stanie, moja droga, kiedy już Corbett ożeni się ze mną i przekona mnie, żebym sprzedała mu firmę? Dostaniesz od niego prowizję?

Natasza z wyrazem oszołomienia na twarzy wolno wstała.

— Mówiłaś poważnie? Naprawdę tak uważasz?

— W każdym szczególe — odparła lodowato Isabella. — Myślę, że to Bernardo zaaranżował tamten telefon, żeby zmusić mnie do wyjazdu, za twoją zgodą wysłał mnie do ciebie, a ty dopilnowałaś, żeby Corbett Ewing zbliżył się do mnie. Sprytny plan, ale niepotrzebnie tak się wysilaliście, bo ja nie sprzedam firmy. Nigdy! Ani Corbettowi, ani nikomu innemu. To, co zrobiliście, jest po prostu niesmaczne. Słyszysz, do cholery? Niesmaczne! Byłaś moją przyjaciółką!

W oczach zalśniły jej łzy gniewu i rozczarowania, lecz Natasza nie odważyła się do niej podejść.

— Isabello, ja nic takiego nie zrobiłam! To ty chciałaś do mnie przyjechać, ty chciałaś pójść na tę przeklętą premierę. Ja się sprzeciwiałam, pamiętasz? Co ty właściwie myślisz, że dałam znać prasie? Chryste! — Opadła ciężko na fotel, przesuwając dłonią po zmierzwionych włosach.

— Nie wierzę ci. Kłamiesz. Tak jak Bernardo. Jak Corbett.

— Proszę, wysłuchaj mnie, Isabello. Wiem, że to trudne. Twoja wersja brzmi bardzo prawdopodobnie, ale to tylko zbieg okoliczności. Nikt niczego nie planował, a już na pewno nie Corbett. — Po jej twarzy łzy płynęły strumieniem. — Wiem, że cię kocha. Przeżył wstrząs, kiedy na premierze odkrył, kim jesteś. Następnego dnia przyszedł tu, żeby ci o wszystkim powiedzieć. Rozmawiał ze mną o tym. Bał się, że stanie się coś takiego jak teraz. Ale w rezultacie nic ci nie powiedział, z jakiegoś powodu zmienił wtedy zdanie. Bał się, że cię straci, zanim w ogóle będzie miał szansę cię zdobyć, i liczył, że kiedy w końcu się dowiesz, zrozumiesz i wybaczysz.

— Co zrozumiem? Że spał ze mną, żeby ukraść mi firmę? To rozumiem aż za dobrze.

— Na miłość boską, posłuchaj mnie. — Natasza płakała, trzymając głowę w dłoniach. — On cię kocha i nie chce cię stracić. Kiedy się dowiedział, kim jesteś, kazał wycofać ofertę i nie wymieniać jego nazwiska.

— No cóż, Bernardo właśnie to zrobił.

— Czy to była nowa oferta, czy mówił o tej starej?

— Nie wiem, ale przekonam się, jak pojadę do Rzymu. A to wiąże się z jedynym pytaniem, jakie jeszcze do ciebie mam. Mówisz, że jesteś moją przyjaciółką... cóż, poza tobą nie mam nikogo, do kogo mogłabym się zwrócić, niezależnie od tego, co myślę. Czy Alessandro może zostać u ciebie, kiedy ja pojadę do domu?

— Jasne! Kiedy wyjeżdżasz?

— Dziś wieczór.

— Na jak długo?

— Na miesiąc, dwa, tyle, ile będzie trzeba. Nie wiem. Kiedy mnie nie będzie, trzymaj tego drania z dala od mojego dziecka. Po powrocie zastanowię się nad innym rozwiązaniem. Jeśli zdecyduję, że nie wracam na stałe do Rzymu, znajdę sobie mieszkanie.

— Nie musisz, Isabello. — Natasza, przygnębiona i zasmucona, opadła na łóżko.

— Muszę — odparła zdecydowanie Isabella, ruszając do wyjścia. W progu przystanęła i odwróciła się. — Dziękuję, że zaopiekujesz się Alessandrem. — Kochała Nataszę, wiele wspólnie przeżyły. Bez względu na to, jaka była prawda.

— Oboje jesteście mi bardzo bliscy — szlochała Natasza. — Co chcesz powiedzieć Corbettowi?

— Dokładnie to, co powiedziałam tobie.

Zadzwoniła do niego. Zjawił się po godzinie, wyglądając niewiele lepiej niż Natasza w czasie niedawnej rozmowy z Isabellą.

— Isabello, uwierz mi, wiele razy próbowałem ci powiedzieć, ale zawsze coś stało na przeszkodzie. — Patrzył na nią załamany z drugiego końca pokoju. Nie odważył się usiąść obok niej. — To straszne, że dowiedziałaś się w taki sposób.

— Musiałeś sporo się namęczyć, pochlebiając mi, uwodząc mnie, wypytując, żeby dowiedzieć się najważniejszych rzeczy o mojej firmie. No cóż, wiesz już dostatecznie dużo? Ale ta wiedza nie na wiele ci się zda. Nie sprzedam, poza tym Bernardo z mojego polecenia zerwał dziś wszelkie kontakty z FB.

— Od ponad trzech miesięcy FB nie ponowiło ani razu oferty kupna.

— Sprawdzę, choć to bez znaczenia. Byłeś na tyle sprytny, żeby nie składać ofert w czasie, kiedy się do mnie „zalecałeś". Może przyszło ci do głowy, że się dowiem, kim jesteś. Ale co miało być potem? Planowałeś ożenić się ze mną i namówić do pozbycia się „San Gregorio"? Nigdy by ci się to nie udało.

— Co teraz zrobisz?

— Wracam do Rzymu, żeby wszystko uporządkować.

— A potem co? Przyjedziesz tutaj i znowu się będziesz ukrywać? Czemu nie przeniesiesz firmy do Stanów? To jedyne rozsądne wyjście.

— Niech cię głowa nie boli o to, co zrobię z firmą. Już dość powiedziałeś i zrobiłeś.

— Zanim wyjdę, chcę ci coś powiedzieć, Isabello. Wszystko, co zaszło między nami, było prawdziwe i szczere.

— Od początku do końca kłamałeś.

— Nieprawda. Kocham cię, Isabello.

— Nie chcę tego słuchać! — Zerwała się na równe nogi. — Nic nie trwa wiecznie, Corbett, nawet kłamstwo. Wykorzystałeś mnie, do cholery! Wykorzystałeś moje zaufanie, serce, ciało i bezbronność po to tylko, by do swego paska przypiąć kolejne trofeum, Dom Mody „San Gregorio". Cóż, ze mną ci się udało, ale reszty nie dostaniesz.

— Nie powiem, że nigdy mi na reszcie nie zależało, bo tak było, dopóki nie poznałem ciebie. Potem przestało mnie to interesować.

— Nigdy ci nie uwierzę.

— W takim razie pozostaje mi się pożegnać.

Patrzyła, jak Corbett z opuszczonymi ramionami wychodzi z pokoju. Kiedy gestem odprawił samochód i wolnym krokiem ruszył do biura, ona była już w sypialni, pakując się do podróży.

## ROZDZIAŁ DWUDZIESTY TRZECI

Samolot wylądował na lotnisku Leonarda da Vinci dokładnie pięć po jedenastej rano następnego dnia. Kiedy Isabella wyszła z odprawy celnej, czekał już na nią Bernardo z dwoma ochroniarzami. Powitała go zarówno z sympatią, jak i napięciem. Wyglądała na wyczerpaną, w czasie lotu bowiem nie zmrużyła oka. Rozstanie z Alessandrem sprawiło jej ból, z Nataszą zakłopotało, pragnęła więc ze wszystkich sił wreszcie stamtąd się wyrwać.

Pół drogi do Rzymu przepłakała. Zdradził ją. Wszyscy ją zdradzili: Bernardo, Amadeo, Corbett, Natasza, ci których kochała i którym bezgranicznie ufała. Amadeo zdradził ją umierając, Bernardo usilnie namawiając do sprzedaży, Corbett... o tym nie była w stanie nawet myśleć. Zastanawiała się, czy uda jej się zacząć wszystko od nowa, wrócić do normalnego życia.

Zmęczonym wzrokiem obrzuciła Bernarda. Trudno było uwierzyć, że nie widzieli się od pięciu miesięcy. Miała wrażenie, że upłynęło pięć lat.

— *Ciao*, Bellezza. — Pomyślał, że ten okres spędzony w Nowym Jorku nie należał do najlepszych w jej życiu. Zeszczuplała, wyglądała na kruchą i przygnębioną, pod oczyma miała cienie. — Czujesz się dobrze? — zapytał z troską.

— Jestem wykończona. — Po raz pierwszy od dwudziestu czterech godzin na jej twarzy pojawił się uśmiech.

Gdy jechali z lotniska do centrum, Bernardo instynktownie wyczuwał w Isabelli napięcie. Cicha i pogrążona w myślach, wyglądała przez okno limuzyny.

— Niewiele się tu zmieniło — próbował nawiązać lekką rozmowę, nie chcąc w obecności obstawy poruszać spraw firmy.

— Teraz jest cieplej — odparła, pamiętając, jak było zimno, gdy opuszczała Rzym.

— Jak się miewa Alessandro?

— Dziękuję, doskonale.

Isabella tęskniła za swoim domem, wiedziała jednak, że na razie nie może się tam zjawić, poza tym miała w firmie sprawy do załatwienia, toteż rozsądniej było zatrzymać się w mieszkaniu na ostatnim piętrze gmachu. Przemawiało za tym coś jeszcze, do czego sama przed sobą nie chciała się przyznać: oddała swe ciało Corbettowi, teraz więc nie mogła, nie chciała wrócić do łóżka, które dzieliła z Amadeem. Zdradziła go, i dla kogo? Dla oszusta, kłamcy.

Serce zabiło jej szybciej, gdy samochód zahamował przed ciężkimi czarnymi drzwiami. Chciało jej się krzyczeć, lecz tylko w milczeniu patrzyła na znajomy widok, potem szybko wysiadła i ruszyła do budynku, jakby nigdy nigdzie nie wyjeżdżała. Nikt nie wiedział o jej przybyciu, lecz nie miała wątpliwości, że wieczorem cały Rzym będzie tylko o tym mówił. Nic jej to nie obchodziło. Mogą ją napastować, błyskać fleszami w oczy, to nie miało najmniejszego znaczenia. Już nigdy nic jej nie zaniepokoi ani nie zaskoczy. Z przyzwyczajenia włożyła klucz do windy i nacisnęła guzik trzeciego piętra.

Bernardo obserwował ją z przygnębieniem. Coś strasznego się z nią stało. Była w środku martwa. Jasna twarz, którą tak kochał, przypominała maskę. Nie wyglądała tak nawet wówczas, gdy czekali na telefon od porywaczy, nawet w trakcie pogrzebu Amadea ani ucieczki. Isabella, którą znał przez lata, przestała istnieć.

Z korytarza trzeciego piętra skierowała się ku schodom prowadzącym do mieszkania. Bernardo szedł za nią. Gdy się tam znalazła, usiadła i zdjęła czarny kapelusz, najwyraźniej lekko odprężona.

— Co u ciebie, Bernardo?

— Wszystko w porządku, Isabello. A u ciebie? Wracasz do domu po pięciu miesiącach i traktujesz mnie tak, jakbym był trędowaty.

„Może jesteś", pomyślała.

— Zadzwoniłeś do FB? — zapytała.

— Pochorowałem się przez to. Zdajesz sobie sprawę, jaki to będzie miało wpływ na nasze obroty?

— Nadrobimy straty w przyszłym roku.

— Co się stało? — Nie odważył się teraz z nią kłócić. Wyglądała na zbyt zmęczoną.

— Wczoraj dowiedziałam się o czymś bardzo interesującym.

— To znaczy?

— Że przyjaciel Nataszy, którego też uważałam za przyjaciela, wykorzystał mnie, żeby wykupić moją firmę. Nazwisko chyba jest ci znajome, Bernardo. To Corbett Ewing. Nie powiem, żeby mnie to rozbawiło.

Bernardo wpatrywał się w nią wstrząśnięty.

— Co to znaczy, że cię wykorzystał?

Oszczędziła mu szczegółów.

— Nie miałam pojęcia, kim on jest, ale Natasza doskonale wiedziała, tak samo jak ty. Nie przyszło mi do głowy, że tę intrygę uknuliście wspólnie, skąd zresztą miałam wiedzieć? Nigdy się chyba nie dowiem. Przypuszczam, że dlatego tak się upierałeś, żebym wyjechała z Rzymu. Ale nie mówmy już o tym, teraz to nieważne. Wróciłam do domu. Jedynym prawdziwym winowajcą jest Ewing. Firmy w żadnym razie nie sprzedam. Poza tym podjęłam decyzję, z którą stanowczo za długo zwlekałam.

Bernardo zastanawiał się, do czego Isabella zmierza. Czuł, jak jego wrzód boleśnie pulsuje.

— Przenoszę większą część firmy do Stanów. — Propozycja wyszła wprawdzie od Corbetta, ale okazała się słuszna.

— Co?... Jak?...

— Jeszcze się nad tym dokładnie nie zastanowiłam. Dom mody zostanie tutaj, Gabriela może nim kierować. Będę kilka razy w roku przyjeżdżać, to wystarczy. Ta część firmy nie wymaga mojego stałego nadzoru, podczas gdy reszta tak. To jedyne wyjście, bo w obecnym stanie rzeczy za wiele spada na ciebie... i na mnie. — Słabo się uśmiechając czekała, aż Bernardo przetrawi tę nowinę. — Wszystko dokładnie zaplanujemy w czasie mojego pobytu. Ale chcę, żebyś ze mną został. Bez względu na to, co zaszło, jesteś mi potrzebny. Zawsze byłeś moim przyjacielem i jesteś za dobrym fachowcem, żeby cię tracić.

— Muszę o tym pomyśleć. To dla mnie szok. Sam nie wiem, Isabello... — Swoimi słowami potwierdziła tylko to, co już wiedział: Był jedynie jej przyjacielem i pracownikiem, nigdy nie pozwoli, by stał się kimś więcej. Nagle uświadomił sobie coś jeszcze i to go pocieszyło. Jako partnerka życiowa byłaby trudna, nie potrafiłby sobie łatwo z nią poradzić.

— Nie mogę tu mieszkać — ciągnęła Isabella. — Miałeś rację. Nie mogę ryzykować życia Alessandra. A nic nie stoi na przeszkodzie, żeby międzynarodowa sekcja firmy mieściła się w Nowym Jorku. Poza tym... postanowiłam zabrać ze sobą Peroniego i Baltarego, jeśli oczywiście się zgodzą. Z naszych czterech wicedyrektorów tylko oni dwaj mówią po angielsku. Pozostali dwaj będą musieli odejść, ale o tym porozmawiamy później. Powiem ci tylko jedno, Bernardo — westchnęła cicho, rozglądając się wokół siebie — przyjemnie jest znowu zobaczyć znajome kąty. Jestem już zmęczona pobytem z dala od domu.

— Ale zdecydowałaś, że tam zostaniesz. Jesteś tego pewna?

— Chyba nie mam wyboru.

— Chyba nie. Co zrobisz z willą?

— Zamknę i zatrzymam. Jest własnością Alessandra, kiedyś może zechce w niej zamieszkać. Teraz jednak najwyższy czas, żebym znalazła mu dom w Stanach i przestała się ukrywać. Od śmierci Amadea minęło dziewięć miesięcy. Wystarczy, Bernardo.

Pokiwał wolno głową, starając się ją zrozumieć. Dziewięć miesięcy, w czasie których tak wiele się zmieniło.

— A co z Nataszą? Domyślam się, że wasze stosunki dość się pogorszyły.

— Słusznie się domyślasz — ucięła Isabella.

— Naprawdę uważasz, że Ewing próbował na ciebie wpłynąć?

— Jestem o tym przekonana. Może wiesz na ten temat więcej niż ja, ale to pewnie twoja słodka tajemnica.

Nie do wiary! Isabella nie ufała nikomu, nagle stała się zgorzkniała i zimna. Bernarda to przeraziło. Czuł się w jej towarzystwie niezręcznie i niepewnie.

To, co zobaczył w ciągu następnych tygodni, nie odbiegało od pierwszego wrażenia.

Isabella poinformowała dyrektorów o zmianach i skontrolowała każdy zakątek Domu Mody „San Gregorio", posuwając się od pokoju do pokoju, od magazynu do magazynu, od jednej teczki z dokumentami do następnej. Po trzech tygodniach wiedziała już w najdrobniejszych szczegółach, co się w firmie dzieje. Dwaj wicedyrektorzy, którym zaproponowała wyjazd do Stanów, przyjęli ofertę. Postanowiła, że na miejscu zatrudni jeszcze dwóch Amerykanów. Reszta personelu została podzielona i poprzenoszona na inne stanowiska. Gabriela nie kryła zadowolenia. Jako szefowa domu mody będzie całkowicie samodzielna, mając nad sobą jedynie Isabellę, która ufała jej bezgranicznie. Na tym wszakże zaufanie Isabelli się wyczerpywało. Była podejrzliwa wobec wszystkich, co więcej — i na tym polegała największa zmiana — przestała kłócić się z Bernardem. Niełatwo było z nią pracować. Nieoczekiwanie przeistoczyła się w kobietę, której każdy się obawiał, spadała bowiem na ofiarę jak jastrząb. Jej smoliste oczy widziały wszystko, uszy słyszały najcichszy szelest. Zdawało się, że wyzbyła się swych podejrzeń względem Bernarda, poza tym jednak nikomu nie wierzyła.

— No i co, Bernardo, jak stoimy? — zapytała, podnosząc wzrok znad lunchu, który razem jedli w jej gabinecie.

Bernarda nawiedziło przelotne pragnienie, by ją dotknąć, uwolnić z tego straszliwego zaklęcia, które ktoś na nią rzucił, przekonać się, że wciąż jest ludzką istotą, lecz stracił pewność, czy komukolwiek jeszcze się to uda. Jej głos przybierał ciepłe tony tylko wówczas, gdy rozmawiała przez telefon z Alessandrem; tego ranka obiecała mu, że wkrótce wraca do domu.

— Stoimy doskonale. — Bernardo cicho westchnął, odganiając od siebie tamto pragnienie. — Wziąwszy pod uwagę zmiany, jakie wprowadzamy, powiedziałbym, że nad podziw dobrze. Powinniśmy być w stanie otworzyć biura w Nowym Jorku za jakiś miesiąc.

— To oznacza lipiec, początek sierpnia. Może być. A ty kiedy przyjedziesz?

Tego pytania obawiał się od tygodni. Długo milczał, wreszcie potrząsnął głową i powiedział:

— Nie przyjadę. Nie mogę.

Isabella odłożyła widelec, na razie rezygnując z jedzenia. Przez chwilę wyglądała jak dawniej i Bernardo poczuł ulgę.

— Dlaczego?

— Zastanawiałem się nad tym. Nic by z tego nie wyszło.

Isabella w milczeniu czekała na dalszy ciąg.

— Dojrzałaś już do tego, żeby samodzielnie kierować firmą. Znasz się na interesach tak samo dobrze jak ja i chyba lepiej niż Amadeo. Nie wiem, czy sobie z tego zdajesz sprawę.

— To nieprawda.

— Prawda, możesz mi wierzyć. — Uśmiechnął się do niej, czym bardzo ją wzruszył. — Ja nie byłbym szczęśliwy w Nowym Jorku. Chcę zostać w Rzymie.

— A co będziesz robił?

— Coś znajdę... Może zrobię sobie długie wakacje i na przykład na rok pojadę do Grecji?

— Zwariowałeś! Nie mógłbyś żyć bez pracy.

— Wszystko kiedyś się kończy.

— Nic nie trwa wiecznie — spojrzała na niego z namysłem.

— Właśnie, dokładnie tak uważam.

— A może jeszcze się nad tym zastanowisz?

Już miał wyrazić zgodę, potrząsnął jednak głową. Bez sensu. Wiedział, że to koniec.

— Nie, kochanie. Nie chcę przeprowadzać się do Nowego Jorku. Tak jak powiedziałaś po przyjeździe: dość już tego.

— Nie miałam na myśli ciebie.

— Wiem, ale na mnie też przyszła pora. — Nagle w jej oczach zalśniły łzy, a ściągnięta, zmęczona twarz cała się skurczyła. Bernardo usiadł obok niej na skórzanej kanapie i wziął ją w ramiona. — Nie płacz, Isabellezza, proszę...

Na dźwięk tego imienia odwróciła głowę i zaczęła szlochać.

— Och, Bernardo, nie ma już Isabellezzy.

— Dla mnie zawsze będzie. Nigdy nie zapomnę tamtych czasów ani ciebie.

— Ale tamte czasy to już przeszłość. Wszystko się zmieniło.

— Bo musiało. Słusznie zrobiłaś, że wprowadziłaś w firmie zmiany. Ale popełniłaś jeden błąd. Ty nie powinnaś była się zmieniać.

— Jestem taka zagubiona... — Zamilkła, wycierając nos w jego chusteczkę, Bernardo zaś gładził ją delikatnie po włosach.

— Wiem — powiedział. — Przestałaś ufać ludziom. To naturalne po tym, co przeżyłaś. Ale nie możesz tego dłużej ciągnąć. Jeśli nie zmienisz swojego nastawienia do świata, ono cię zniszczy. Amadeo odszedł, Isabello, nie pozwól, by to samo zdarzyło się tobie.

— Dlaczego? — spojrzała na niego wzrokiem załamanej, śmiertelnie smutnej dziewczynki.

— Ponieważ jesteś wyjątkowa, Bellezza. Serce mi pęknie, jeśli dalej będziesz taka jak teraz, zła, nieszczęśliwa, nieufna wobec wszystkich. Proszę, Isabello, musisz się otworzyć i spróbować zacząć raz jeszcze.

Nie powiedziała mu, że już spróbowała i została przy tym tak zraniona jak nigdy wcześniej.

— Nie wiem, Bernardo. W ciągu tego roku tyle się zmieniło!...

— Zobaczysz, po jakimś czasie się przekonasz, że niektóre z tych zmian były dobre. Słuszną decyzją jest przeniesienie firmy do Ameryki.

— Mam taką nadzieję.

— A przy okazji, co z rzeczami z willi?

— W przyszłym tygodniu zaczynam pakowanie.

— Zabierasz wszystko ze sobą?

— Nie, część zostawiam.

— Mogę ci jakoś pomóc?

— Byłabym ci bardzo wdzięczna — odparła wolno. — Boję się tam wrócić.

Skinął głową ze zrozumieniem i uśmiechnął się, gdy po raz ostatni wytarła nos.


## ROZDZIAŁ DWUDZIESTY CZWARTY


Samochód skręcił na wysypany żwirem podjazd i zahamował przed znajomymi frontowymi drzwiami. Isabella, zanim wysiadła, chwilę z namysłem się im przyglądała. Dom wydał jej się większy, ogród dziwnie cichy. Ogarnęło ją wrażenie, że wraca z długiej podróży, że w oknie zobaczy twarz Amadea, który na jej widok wybiegnie z domu, by się z nią przywitać. Lecz w progu nikt nie stanął, wokół panowała głucha cisza.

Bernardo bez ruchu obserwował, jak Isabella rusza w kierunku domu. W ciągu tych pięciu tygodni, które spędziła w Rzymie, ani razu tu nie była. Bo też w głębi serca tak naprawdę nie wróciła, przyjechała tylko załatwić sprawy w swojej firmie, dom natomiast był czymś innym, prywatnym, należał do przeszłości. Zdawała sobie sprawę, że nie jest jeszcze gotowa na tę chwilę. A teraz, gdy wreszcie tu przybyła, cieszyła się, że nie jest sama. Obejrzała się przez ramię na Bernarda i choć się uśmiechała, jej piwne oczy były smutne, kiedy naciskała dzwonek. Miała klucze, ale nie chciała z nich korzystać. Czuła się tak, jakby składała wizytę innej osobie, dawnej Isabelli.

Kiedy pokojówka otworzyła drzwi, wolno weszła do środka. Bernardo uprzedził służbę, że signora di San Gregorio wraca do domu. Wiadomość wywołała podniecenie i lawinę pytań: wraca z Alessandrem? na zawsze? Zaczęło się wielkie planowanie — jakie dania przygotować, które pokoje otworzyć. Bernardo szybko rozwiał złudzenia służących: Isabella nie zatrzyma się w domu i jest sama. A potem przyszła kolej na ostateczny cios — willa zostanie zamknięta.

Dom także nie był taki sam jak przedtem, brakowało w nim bowiem najważniejszych osób. Maria Teresa odeszła w kwietniu, zrozumiawszy, że jej służba dobiegła końca. Bernardo przeprowadził z nią otwartą rozmowę, nie ukrywając, jak wielkie niebezpieczeństwo grozi jej małemu podopiecznemu i jak trudno z tego powodu określić, kiedy wróci do domu. Przeprowadziła się do Bolonii, gdzie znalazła pracę u rodziny z trzema córkami i dwoma małymi synkami. Nigdy tak naprawdę nie doszła do siebie po szoku, który przeżyła, kiedy Isabella bez słowa ostrzeżenia zabrała Alessandra, zostawiając jego łóżeczko puste, pokój zamknięty na klucz, a kochającą opiekunkę samą. Luisa na lato przeniosła się do San Remo do ludzi, u których niegdyś pracowała. Także Enzo zrezygnował, jego pokój nad garażem był pusty. Trzy filary, na których opierał się dom, zniknęły, a Isabella musiała się zadowolić mniej znaczącymi pomocnikami.

Bernardo zamówił dziesiątki skrzyń, które dostawca poustawiał w holu, tak więc Isabella od razu je zobaczyła. Nie przyglądała się im długo, zaraz bowiem spojrzeniem powędrowała dalej. Zdawało się, że nasłuchuje, spodziewając się znajomych dźwięków i głosów, które na zawsze stąd odeszły. Bernardo obserwował ją, pilnie bacząc, by zachować dystans. Wreszcie zdjęła lniany żakiet i wolno ruszyła długim korytarzem, a jej kroki odbijały się echem w otaczającej ją pustce. Czy naprawdę minęło dopiero pięć miesięcy od tamtej nocy, gdy w pośpiechu uciekała stąd z Alessandrem, na palcach przemierzając hol, zbierając walizki i obiecując synkowi przygodę? „Jedziemy do Afryki, mamusiu?"

Uśmiechnęła się do siebie i weszła do salonu. Na kominku stał niebieski zegar Fabergé, w który tak intensywnie się wpatrywała czekając wówczas na Amadea, bo mieli jechać na kolację do księżnej — wówczas, gdy się spóźnił, gdy zniknął. Opadła ciężko na szezlong stojący pod oknem i pustym wzrokiem wpatrzyła się w Bernarda.

— Nie wiem nawet, od czego zacząć.

— W porządku, Bellezza — powiedział ze zrozumieniem.

— Zajmiemy się tym bez pośpiechu, pokój po pokoju.

— To będzie trwało lata. — Spojrzała na ogród. Karuzela, którą dała Alessandrowi na gwiazdkę, stała nieruchomo pod okrywającym ją płóciennym namiotem. Łzy napłynęły jej do oczu, lecz się uśmiechnęła.

Bernardo przypomniał sobie tamten wieczór. Wsunął rękę do kieszeni i coś z niej wyciągnął.

— Nie dałem ci tego na święta. Bałem się, że prezent tylko cię zasmuci.

Na Boże Narodzenie Amadeo zawsze obsypywał ją biżuterią i zabawnymi drobiazgami, małymi skarbami i wspaniałymi książkami. Bernardo nie był w stanie jej tego zastąpić i bał się nawet próbować. Mimo to poszedł do Alfreda Pacciolego i kupił coś, co teraz, po pięciu miesiącach, trzymał w wyciągniętej dłoni.

— Strasznie mi było przykro, że nic ci nie dałem.

Przesunął dłonią po zegarku, niegdyś należącym do Amadea, który Isabella mu podarowała. Zawsze go nosił przy sobie.

— Nie musisz nic mi dawać, Bernardo — powiedziała z uśmiechem, kiedy jednak otworzyła małą paczuszkę, z wrażenia zabrakło jej tchu. W środku leżał złoty sygnet z onyksem, na którego gładkiej powierzchni wyryty był herb San Gregoriów. Isabella wsunęła go na palec z obrączką ślubną. Pierścień miał idealne proporcje i doskonale się prezentował na jej szczupłej dłoni.

— Bernardo, zwariowałeś... — podniosła ku niemu zamglony ze wzruszenia wzrok.

— Nieprawda. Podoba ci się?

Pomyślała, że kiedy tak się uśmiecha, wygląda bardzo młodo, niemal jak chłopiec.

— Jest wspaniały.

— Jeśli polubisz go przynajmniej w połowie tak, jak ja lubię ten zegarek, będę szczęśliwy.

Bez słowa ku niemu podeszła. Przez chwilę stali, trzymając się w objęciach, a Bernardo czuł, jak przy jego piersi bije serce Isabelli.

— Dziękuję.

— Już dobrze, Bellezza. Cicho, nie płacz. Przestań, proszę, czeka na nas praca. — Wypuścił ją z objęć, zdjął marynarkę i rozpiął mankiety koszuli. — Od czego zaczniemy?

— Może od mojej sypialni?

Trzymając się za ręce, zdecydowanym krokiem poszli na tył domu. Isabella podzieliła wszystko na trzy grupy: to, co przykryte pokrowcami zostanie w domu czekając, aż pewnego dnia przyda się znowu jej albo Alessandrowi, gdyby jako dorosły mężczyzna zdecydował się zamieszkać w Rzymie; to, co spakuje i wyśle do Stanów; wreszcie to, czego nie może tu zostawić, bo jest zbyt cenne, lecz musi przewieźć do magazynu. Tych ostatnich było niewiele, gdyż większość rzeczy albo warta była zabrania do Stanów, albo mogła pozostać w domu: meble od lat będące w posiadaniu rodziny Amadea, których oboje nie darzyli nadmierną sympatią, ogromny fortepian i dywany, których nie zamierzała ruszać, ponieważ nie wiedziała, czy będą pasować do jej nowego domu... Postanowiła nie ruszać zasłon, podobnie jak żyrandoli i kinkietów. Nie chciała, by w ścianach straszyły dziury. Kiedy pewnego dnia Alessandro tu wróci, będzie miał wrażenie, że znalazł się w domu, a nie w baraku, który ktoś opróżnił szykując się do pośpiesznej ucieczki.

— No to do roboty! — zwróciła się do Bernarda wesoło.

Zabrali się do pakowania. Na pierwszy ogień poszła jej sypialnia, potem pokój Alessandra, w końcu buduar, po którym zrobili sobie przerwę na lunch. Jej świątynia przestała istnieć, a w holu piętrzyły się wypełnione po brzegi skrzynie. Isabella z satysfakcją rozejrzała się dokoła siebie. To była świetna okazja, by wreszcie oddzielić rzeczy, do których była przywiązana, od tych, na których jej nie zależało. Bernardo przez cały czas nie spuszczał z niej oka, lecz nie dostrzegł ani jednej łzy. Isabella w pełni odzyskała panowanie nad sobą.

Lunch zjedli w ogrodzie.

— Co zrobisz z karuzelą? — zapytał Bernardo, gryząc kanapkę z pomidorem i popijając białym winem.

— Nie mogę jej zabrać. Nawet nie wiem, gdzie będę mieszkać i czy będzie tam ogród.

— Jeśli będziesz miała ogród, daj mi znać, to ci ją wyślę.

— Alessandro byłby zachwycony. Przyjedziesz nas odwiedzić?

— Naturalnie. Ale najpierw... — na jego twarzy pojawił się triumfujący wyraz — najpierw pojadę do Grecji.

— A więc podjąłeś już decyzję?

— Wszystko załatwione. W zeszłym tygodniu wynająłem na pół roku domek na Korfu.

— A potem? — Isabella napiła się wina. — Może przyjedziesz do Nowego Jorku i zastanowisz się nad moją propozycją.

— Nie, Bellezza — potrząsnął głową — oboje wiemy, że mam rację. Coś sobie znajdę.

— U moich konkurentów? — zapytała z na poły udawanym przejęciem.

— Jesteś bezkonkurencyjna, Isabello, a ja nie zniósłbym pracy u kogoś gorszego od ciebie. Już miałem pięć propozycji.

— Chryste, naprawdę? Od kogo?

Gdy jej powiedział, skrzywiła się z niesmakiem.

— Oni produkują śmieci. Nie zgódź się, Bernardo.

— Jasne, że nie. Ale może trafi się coś innego. Miałem też propozycję, która mnie pociąga. — Chodziło o największego producenta męskiej odzieży we Włoszech, który również szył na zamówienie dla klientów we Francji i Anglii.

— Nie będzie cię to nudzić?

— Może, ale potrzebny im ktoś do prowadzenia firmy. Staruszek Feleronio umarł w czerwcu, syn mieszka w Australii i jest lekarzem, córka nie ma zielonego pojęcia o interesach. Ale — spojrzał na Isabellę łobuzersko — nie mają zamiaru sprzedawać firmy. Chcą zatrudnić dyrektora, żeby dalej żyć sobie po królewsku. Myślę, że w końcu się jej pozbędą, ale nie sądzę, żeby do tego doszło w ciągu najbliższych kilku lat. Byłbym zupełnie niezależny i mógłbym robić, co bym chciał.

— No, powiedz to. Tego u mnie nie miałeś, prawda?

— Nie szanowałbym cię tak bardzo, gdybyś zadowoliła się graniem drugich skrzypiec. Zresztą nie ma powodu, wiesz o tej branży więcej niż ktokolwiek w Europie.

— I w Stanach — dodała z dumą.

— Tak jest. A jeśli uda ci się przekazać Alessandrowi chociaż połowę tej wiedzy, „San Gregorio" będzie istnieć przez następne sto lat.

— Czasami się tym martwię. A jeśli on nie będzie chciał?

— Będzie.

— Skąd wiesz?

— Czy kiedykolwiek z nim o tym rozmawiałaś? On już teraz mówi tak, jakby był o dziesięć lat starszy. Może nie ma takiego jak ty oka do kolorów czy wzorów, ale działanie, ducha, mechanizmy „San Gregorio" ma we krwi. Jak ty i Amadeo.

— Mam nadzieję. — Postanowiła, że będzie częściej rozmawiała o tym z Alessandrem. — Strasznie za nim tęsknię, a on chyba zaczyna się złościć. Chce wiedzieć, kiedy wracam do domu.

— A kiedy wracasz?

— Za miesiąc. Dobrze się składa, bo Natasza na lato wynajęła dom w East Hampton. Alessandro będzie nad morzem, a ja tymczasem doprowadzę tutaj sprawy do końca i poszukam dla nas domu w Nowym Jorku.

— Będziesz strasznie zajęta. Musisz znaleźć jakieś tymczasowe biuro, bo chłopcy przyjeżdżają dwa tygodnie po tobie, że nie wspomnę o stałym lokum, architekcie, który by je urządził, domu dla ciebie i Alessandra...

— A ty w tym czasie będziesz się wylegiwał w Grecji.

— Zasłużyłem na to, ty potworze — odparł z uśmiechem.

— Dość tego dobrego. Wracamy do pracy.

Do jedenastej wieczorem segregowali sprzęty w salonie, naklejając czerwone paski na przedmioty, które Isabella zabierała do Stanów, niebieskie na pozostające w domu i zielone na przeznaczone do magazynu. To, co umieli, spakowali, reszta czekała na firmę przewozową. Jak zwykle przy przeprowadzce okazało się, że wiele jest rzeczy dawno nie używanych, które teraz nagle przypomniały o swoim istnieniu. U Isabelli, pomimo mebli w stylu Ludwika XV, marmurów i zegara Fabergé, znalazły się zepsute zabawki, przedmioty, których nigdy nie lubiła, i wyszczerbione talerze.

Przez następne trzy tygodnie Isabella i Bernardo wcześnie kończyli pracę w firmie, około drugiej jechali bowiem do willi i opuszczali ją zazwyczaj o północy. Wreszcie pakowanie dobiegło końca.

Isabella stała pośród spiętrzonych wysoko skrzyń zajmujących niemal cały salon i hol. Znajdowały się w nich skarby, które razem z nią powędrować miały za ocean. W pustym ciemnym domu każdy dźwięk odbijał się dziwnym echem. Dochodziła druga nad ranem.

— Idziesz? — zawołał z podjazdu Bernardo.

— Zaraz! — odkrzyknęła, myśląc przy tym: Na co czekam? Czy on nadejdzie? Czy usłyszę jego kroki?... On, mężczyzna, który wiele miesięcy temu odszedł. — Amadeo? — szepnęła cicho w ciemność.

Nasłuchiwała wpatrzona przed siebie, jakby spodziewała się, że do niej wróci, powie, że jego zniknięcie było żartem, że można już zacząć rozpakowywać skrzynie, bo nie było żadnego porwania... Albo że było porwanie, lecz zabito kogoś innego. Przez minutę, która wydawała się godziną, stała tak, drżąc na całym ciele, potem łzy popłynęły jej strumieniem z oczu. Cicho zamknęła za sobą drzwi i przekręciła klucz, po raz ostatni trzymając rękę na klamce. Wiedziała, że nigdy tu nie wróci.

## ROZDZIAŁ DWUDZIESTY PIĄTY

— Przyrzekasz, że mnie odwiedzisz?

Do odlotu pozostało tylko kilka minut. Zapłakana Isabella tuliła się jak przestraszone dziecko do Bernarda, który też nie mógł powstrzymać się od łez. Wyjął z kieszeni chusteczkę i najpierw delikatnie wytarł jej oczy, potem szorstkim ruchem osuszył swoje. Zdawał sobie sprawę, że Isabella nagle zaczęła się obawiać, czy poradzi sobie sama z prowadzeniem firmy w Ameryce. Lecz przecież mądrze dobrała współpracowników. Peroni i Baltare nie grzeszyli wyobraźnią, ale można było na nich polegać, ona zaś takich właśnie potrzebowała. Swoją wyobraźnią mogła obdzielić wszystkich.

— Przyrzekam — powiedział. — Ucałuj ode mnie Alessandra.

— Dziękuję — odparła, od nowa wybuchając płaczem. Miała za sobą tydzień pełen nieznośnie bolesnych pożegnań, najpierw z willą i domem mody, potem z Gabrielą. Ją wprawdzie miała zobaczyć za trzy miesiące, lecz ta perspektywa nie zmniejszała wcale jej bólu. A teraz przyszła kolej na rozstanie z Bernardem. Pod pewnymi względami ten wyjazd przypominał tamten sprzed pół roku, choć były też istotne różnice. Tym razem w środku dnia wsiadała do samolotu na lotnisku w Rzymie, ochroniarze wyglądali na śmiertelnie znudzonych, a telefony od maniaków dawno ustały. Nawet Bernardo się zgadzał, że Isabella bez żadnego ryzyka może pokazywać się w Nowym Jorku. Przenosiny firmy nie były tajemnicą, należało się więc spodziewać reporterów i telefonów od dziennikarzy. Policja zapewniła, że nie grozi jej żadne niebezpieczeństwo, pod warunkiem naturalnie zachowania pewnej ostrożności, szczególnie w stosunku do Alessandra, ale to było normalne dla wszystkich zajmujących taką jak ona pozycję. Isabellę nauczyło tego życie. Dostała aż nadto bolesną lekcję.

— *Ciao*, Isabellezza — uśmiechnął się do niej przez łzy Bernardo, gdy go po raz ostatni ucałowała. — Uważaj na siebie.

— *Ciao*, Bernardo. Będzie mi ciebie brakowało.

Wreszcie Isabella zniknęła we wnętrzu samolotu, sama, bez obstawy. Jej pełne nazwisko widniało na liście pasażerów pierwszej klasy. Z oczu strumieniem płynęły jej łzy.

Trzy godziny przespała, potem dała się namówić na lekki posiłek. Kiedy skończyła jeść, wyjęła z torby plik dokumentów, uśmiechając się do siebie na myśl, że już wkrótce zobaczy synka. Nie widziała go od dwóch miesięcy.

Odprawa celna na lotnisku w Nowym Jorku trwała krótko i nie wzbudziła w niej żadnych obaw. Przypomniała sobie, jak poprzednio tu przyjechała, wyczerpana, śmiertelnie przerażona, z biżuterią ukrytą na dnie torebki, dzieckiem w ramionach i ochroną u boku. Dzisiaj celnicy odprawili ją krótkim machnięciem ręki. Podziękowała szybko i ruszyła w stronę wyjścia, rozglądając się uważnie po sali.

Kiedy zobaczyła Nataszę i dzieci, pobiegła ku nim i porwała Alessandra w ramiona.

— Mamusia!... Mamusia! — Po całej hali niosło się echo jego radosnych pisków.

— Mój syneczku, jak ja cię kocham! — Isabella tuliła go mocno. — Jesteś taki opalony!... Bernardo prosił, żeby cię od niego ucałować.

— Przywiozłaś moją karuzelę? — Jego oczy, szeroko otwarte i szczęśliwe, wyglądały dokładnie tak jak oczy matki.

— Na razie nie. Jeżeli znajdę dla nas dom z ogrodem, każę ją przysłać. Ale ty już chyba jesteś na nią za duży.

— Karuzele są dla małych dzieci. — Jason przyglądał się im z niesmakiem. Także pocałunki i przytulanie nie przystoją mężczyźnie. Kiedy wszakże Isabella również jego cmoknęła i połaskotała, wybuchnął śmiechem.

— Poczekajcie, aż zobaczycie, co wam przywiozłam!

Odpowiedziały jej okrzyki radości. Isabella oderwała wzrok od chłopców i spojrzała na Nataszę.

— Witaj — powiedziała i choć twarz jej spoważniała, ton miała łagodny.

Natasza zawahała się, zaraz jednak przyjaciółki rzuciły się sobie w ramiona.

— Tęskniłam za tobą — dodała Isabella.

— Ja też. Okropnie było mieszkać bez współlokatorki.

Natasza, obserwując Isabellę, gdy obok siebie szły do samochodu, wiedziała już, że gniew jej minął.

— Prawie padłam trupem, jak się dowiedziałam, że przenosisz firmę. Co powiedzieli w Rzymie?

— To samo co ty. Tylko jeden Bernardo uważał, że to najlepsze wyjście. Przez jakiś czas będzie tu dom wariatów. Mam masę spraw do załatwienia — jęknęła.

— Pomogę ci.

— Nie wracasz do East Hampton?

Nataszy i chłopcom miesiąc spędzony nad morzem świetnie zrobił.

— Możemy tam zostawić dzieci pod opieką Hattie.

— Doskonale — odparła wolno Isabella, myśląc przy tym, że musi naprawić swoje stosunki z Nataszą. Sprawa Corbetta przestała mieć dla niej znaczenie. Może Natasza miała dobre intencje?... Nawet jeżeli tak było, Isabella nie chciała nic o tym wiedzieć. Temat został zamknięty.

Tym razem przed lotniskiem nie czekał rolls-royce, ale limuzyna, którą Natasza czasem wynajmowała, także wówczas, gdy Isabella wybrała się na tamtą tragiczną w skutkach premierę. Wydawało jej się, że od owego dnia upłynęły wieki. Uśmiechnęła się przyjaźnie do kierowcy.

Po powrocie do domu chłopcy otworzyli prezenty. Przy akompaniamencie okrzyków i pisków przymierzali nowe swetry i śmieszne czapki, rozrzucając wkoło fragmenty nowych gier i zabawki.

Wreszcie Isabella z nieśmiałym uśmiechem podała Nataszy wielkie pudło.

— To dla ciebie.

— Daj spokój, Isabello, to niepotrzebne.

— Lepiej otwórz.

Wewnątrz znajdowała się najwspanialsza kreacja z zimowej kolekcji „San Gregorio", której pokaz odbył się w czerwcu. Był to komplet składający się z błękitnej sukienki z miękkiego kaszmiru i płaszcza w tym samym kolorze. Natasza, przyłożywszy suknię do ciała, w oszołomieniu wpatrywała się w lustro.

— Brak mi słów.

— Pasuje do twoich oczu. — Z dna pudła Isabella wyjęła szal i kapelusz. — Możesz to włożyć na lunch z wydawcą.

— Akurat! Nie mam zamiaru marnować tego dla niego.

— W takim razie na lunch ze mną. Pójdziemy do Lutèce.

— Będziesz teraz wychodzić do lokali? — zapytała po chwili zaskoczona Natasza.

— Teraz już mogę, zresztą najwyższy czas przestać się ukrywać.

Corbett miał rację, pomyślała. Uwięzienie nie trwało wiecznie, skończyło się po dziesięciu miesiącach, chociaż jej ten okres wydawał się długi jak całe życie.

Następnego dnia rano Natasza i chłopcy wrócili do East Hampton, a Isabella zabrała się do pracy. Tym razem nie przy telefonie, a w towarzystwie czterech agentów handlu nieruchomościami, którzy wodzili ją za sobą z jednego końca Park

Avenue na drugi oraz po wszystkich przecznicach i całej Piątej Alei. Po tygodniu miała już tymczasowe pomieszczenie na biura, zatrudniła pięć dwujęzycznych sekretarek, wynajęła sprzęt biurowy i zamówiła telefony. Nie było to wiele, ledwo wystarczało, lecz stanowiło jakiś początek.

Pod koniec drugiego tygodnia znalazła wreszcie to, o co jej chodziło — odtąd dwa ostatnie piętra jednego z najwyższych w mieście drapaczy chmur z widokiem na cały Nowy Jork stanowić miały siedzibę Domu Mody „San Gregorio".

Znalezienie mieszkania zajęło jej więcej czasu, w końcu jednak, po kolejnych dwóch tygodniach, trafiła na apartament przy Piątej Alei. Widok z okien był oszałamiający. Tuż obok rozpościerał się Central Park, w oddali błyszczał Hudson, a na południu ciągnęły się wieżowce centrum. Mieszkanie było przestronne, składało się bowiem z czterech sypialni — jedna dla niej, druga dla Alessandra, trzecia służyć mogła jako pokój gościnny, czwarta zaś jako gabinet do pracy — dwóch służbówek, ogromnej jadalni z kominkiem, podwójnego salonu i wielkiego holu, który mgliście przypominał jej rzymską willę.

Agent przypatrywał jej się z natężeniem.

— Podoba się pani?

— Biorę — odparła zwięźle. W budynku pracowała armia odźwiernych i portierów, liczniejsza nawet niż w kamienicy Nataszy oddalonej o dwanaście przecznic.

Następnego dnia Natasza przyjechała z East Hampton zobaczyć mieszkanie.

— Mój Boże, Isabello, co za widok!

Isabella dumnie stała na swym nowym tarasie, wystarczająco wielkim, by mogła na nim stanąć karuzela. Pytanie tylko, czy przetrzyma śnieżną nowojorską zimę.

— Kiedy się wprowadzasz?

— Wczoraj zadzwoniłam do firmy przewozowej. Statek przypływa jutro. Wydaje mi się, że sobota to dobry dzień. Muszę się z tym uporać, żeby wreszcie zabrać się spokojnie do pracy. — Jej pracownicy przyjechali już z Rzymu, pełni zapału i energii.

— Tak szybko? — zapytała ze smutkiem Natasza. — To okropne. Będzie mi ciebie brakowało, a Jason mówi, że będzie się bał spać sam w pokoju.

— Może do nas przychodzić w każdy weekend.

— Tak się czuję, jakbym się znów rozwodziła.

— Ale to nieprawda.

W upalne wrześniowe popołudnie dwie kobiety stały, patrząc na siebie. Isabella zdecydowała, że nadszedł już czas, by poruszyć bolesny temat. Winna to była przyjaciółce.

— Muszę cię przeprosić, Nataszo.

Natasza od razu się zorientowała, o czym Isabella mówi.

— Nie musisz — odparła, odwracając od niej wzrok.

— Ależ tak. Do tej pory nie rozumiem, jak do tego doszło. Byłam wściekła na Corbetta, ale nie powinnam była napadać na ciebie. Nie wiem, czy chciałaś mu pomóc, czy nie, teraz to i tak nieważne. Jestem przekonana, że kierowały tobą dobre intencje. Przykro mi, że tyle ci nagadałam.

— Mylisz się co do niego — powiedziała z naciskiem Natasza.

— To mnie nie obchodzi.

— Mogłabyś przynajmniej z nim porozmawiać. Daj mu szansę, niech wszystko sam ci wytłumaczy.

— Corbett na samym początku naszej znajomości powiedział, że nic nie trwa wiecznie — potrząsnęła głową Isabella. — Ani to, co dobre, ani to, co złe. Miał rację.

— On cię kocha — rzekła łagodnie Natasza.

— To znaczy, że się z nim widziałaś? — Isabella spojrzała jej prosto w oczy.

— Tak. Wie dokładnie, co zaszło, może nawet lepiej niż ty. Od początku się tego bał. Jego błąd polegał na tym, że sam od razu o wszystkim ci nie powiedział.

— To bez znaczenia. Cała sprawa należy do przeszłości.

Natasza ze smutkiem zrozumiała, że Isabella mówi poważnie. Inaczej wszakże do tej kwestii odnosili się Corbett i Alessandro. Nic jednak nie powiedziała, a i Isabella nie wspominała więcej o Corbetcie aż do popołudnia, kiedy to opowiadała synowi o nowym mieszkaniu.

— To znaczy, że będę miał karuzelę?

— Jasne. Już zadzwoniłam do Rzymu.

— Mamusiu!... Poczekaj, aż zobaczy ją Corbett! — wykrzyknął z błyskiem w oczach.

Isabella popatrzyła dziwnie na synka, potem zdecydowanie oświadczyła:

— Corbett jej nie zobaczy, kochanie.

— Zobaczy, mamusiu, przecież to mój przyjaciel — odparł chłopiec z uporem. Nikt o niczym mu nie powiedział, ze sposobu jednak, w jaki Corbett mówił teraz o jego mamie, jakby się jej bał, jakby już nie żyła, sam wyczuł, że coś między nimi zaszło. A jemu bardzo się to nie podobało. — Zaproszę go, żeby ją obejrzał. — Spojrzał wyzywająco na Isabellę.

— Nie, Alessandro, nie zrobisz tego — odparła surowo.

— Zrobię. Obiecałem mu.

— Tak? Kiedy?

— Nad morzem. On też był w East Hampton.

Po tych słowach Isabella odwróciła się na pięcie i pomaszerowała na poszukiwanie Nataszy. Znalazła ją w jej pracowni, gdzie z filiżanką kawy w ręku czytała maszynopis. Kiedy Isabella z hukiem zatrzasnęła za sobą drzwi, Natasza aż podskoczyła na krześle. Miała wrażenie, że przyjaciółka postradała zmysły.

— Co się stało?

Wyraz twarzy Isabelli był dziwnie znajomy, lecz zanim Natasza zdążyła go zdefiniować, rozpętała się burza.

— Dlaczego o niczym mi nie powiedziałaś? On całe lato był w East Hampton, kręcił się koło Alessandra i przez niego próbował znowu do mnie dotrzeć!

Natasza wstała z rękoma na biodrach. Tym razem nie zamierzała ustąpić ani o krok.

— Alessandro go potrzebuje. A Corbett wcale nie próbuje dotrzeć do ciebie. Przestań zachowywać się jak paranoiczka. Co się z tobą dzieje? Wydaje ci się, że wszyscy naokoło usiłują ukraść ci tę cholerną firmę, wykorzystują ciebie albo twoje dziecko!

— To prawda, do cholery! Zabrali mi już męża.

— To zrobili jacyś szaleńcy, którym zależało na pieniądzach. Ale tamto się już skończyło, Isabello. Teraz nikt nie chce cię skrzywdzić.

— Gadanie!... Nie życzę sobie, żeby ten człowiek zbliżał się do mojego syna.

— Popełniasz błąd. Powiedz to jemu, nie mnie.

— Ale ty o wszystkim wiedziałaś! Wiedziałaś, co czułam, kiedy jechałam do Rzymu.

— Myślałam, że wrócił ci rozsądek, że sobie to przemyślałaś.

— Owszem, wrócił mi rozsądek dokładnie w chwili, kiedy Bernardo wymówił jego nazwisko. Nie chcę, żeby ten człowiek kręcił się koło Alessandra — oznajmiła i wyszła, głośno zamykając za sobą drzwi. Kiedy znalazła się w swoim pokoju, drżącą dłonią podniosła słuchawkę.

— Isabella? Czy coś się stało? — prawie od razu usłyszała jego głos.

— Tak. Muszę się z tobą natychmiast zobaczyć. Możesz przyjechać?

— Będę za pół godziny.

— Doskonale. Spotkamy się na dole.

Nie chciała, żeby Alessandro go zobaczył. Po dwudziestu pięciu minutach zeszła na dół, po kolejnych czterech przed wejściem zahamował rolls-royce prowadzony przez Corbetta, który wysiadł i otworzył przed nią drzwi. Isabella wsunęła się do środka. Gdy Corbett przekręcił kluczyk w stacyjce, uniosła dłoń, na której miała nowy pierścionek, prezent od Bernarda.

Corbett zauważył go i momentalnie zrozumiał, co to jest. Pragnął jej powiedzieć, że pierścionek jest śliczny, że ona wygląda pięknie, że bardzo ją kocha, lecz Isabella nie dała mu najmniejszej szansy.

— Nie ruszaj, Corbett. Nigdzie się z tobą nie wybieram. Chodziło mi tylko o to, żeby Alessandro nas nie słyszał.

— Co się stało? — zapytał z troską.

— Chcę, żebyś się trzymał od niego z daleka. Czy to jasne? Chcę, żebyś zniknął z jego życia na zawsze i bez śladu. Mam już powyżej uszu twoich gierek, tego urabiania moich przyjaciół, pracowników, wspólników, syna. Ze wszystkimi innymi mogłeś sobie robić, co ci się podobało. Nie zamierzam ci dyktować, jak masz załatwiać swoje interesy. Ale wykorzystując mnie albo mojego syna, Corbett, zaczynasz wojnę, którą możesz tylko przegrać. Jeśli jeszcze raz się do niego zbliżysz, przyślesz mu prezenty, spróbujesz się z nim zobaczyć, zadzwonisz do niego albo będziesz z nim rozmawiał, kiedy on do ciebie zadzwoni, wtedy ja zawiadomię policję i mojego adwokata. Oskarżę cię o napastowanie nieletniego, próbę porwania albo gwałt, o cokolwiek, wytoczę ci sprawę i wsadzę do więzienia. Zapamiętaj to sobie i trzymaj się z dala od mojego dziecka! — Krzyczała tak głośno, że portier z pewnością by ją usłyszał, gdyby Corbett wiedziony przeczuciem nie zamknął okien.

Chwilę jej się przyglądał, nie wierząc własnym uszom.

— Czy to właśnie według ciebie robię, Isabello? — zapytał. — Wykorzystuję chłopca, żeby dotrzeć do ciebie? Tak myślisz? Ależ jesteś żałośnie głupia! Już dawno ci powiedziałem, że nie chodzi mi o twoją firmę, że wycofałem ofertę. Zakochałem się w tobie i prawdę mówiąc, było mi ciebie bardzo żal, bo byłaś zamknięta jak zwierzę w klatce, nieufna, obawiająca się wszystkich dokoła. Przeżyłaś wielki wstrząs, Isabello, podobnie jak Alessandro. Stracił ojca, jest równie samotny jak ty. Wiesz, co ci powiem? Kocham go, to wspaniały chłopczyk. Potrzebuje mnie. Ty mu nie wystarczasz. Jesteś jak automat, który w kółko powtarza: moja firma, moja firma, moja firma... Mam już tego dość. A teraz zostaw mnie samego. Wynoś się z mojego samochodu.

Zanim zdążyła zdobyć się na odpowiedź, stał już przy samochodzie, przytrzymując otwarte drzwi. Zaskoczona wysiadła i patrząc na niego lodowatym wzrokiem, powiedziała:

— Mam nadzieję, że jasno się wyraziłam.

— Jaśniej nie można. Żegnam — odparł.

Isabella nie weszła jeszcze do budynku, gdy samochód już zniknął za rogiem.

## ROZDZIAŁ DWUDZIESTY SZÓSTY

Pod koniec września mieszkanie było już uroczo urządzone, w firmie panowała zwykła gorączka, w dodatku przysłano z Rzymu karuzelę, którą Natasza i Jason przyszli wypróbować. Alessandro skakał, z radości krzycząc i popiskując, a Jason po namyśle doszedł do wniosku, że „wcale nie jest taka zła".

— Strasznie mi się podoba, Isabello. Też taką chcę — oświadczyła Natasza, przyglądając się szalejącym na karuzeli chłopcom. Isabella, czując na twarzy pierwsze jesienne powiewy, przeciągnęła się leniwie, zadowolona z nowego domu.

Ściany sypialni pokryto tkaniną, na oknach wisiały piękne zasłony, na podłogach leżały dywany. Łazienki już wcześniej wyłożono marmurem, Isabella wymieniła tylko wszystkie urządzenia. Na taras prowadziły wspaniałe drzwi balkonowe.

— Jesteś geniuszem — powiedziała Natasza, z podziwem rozglądając się wokół siebie.

— Nie, jestem projektantką, a to czasem pomaga.

— Jak ci idzie nowa kolekcja?

— Powoli.

— Mnie nowa powieść też.

— Zawsze trochę trwa, zanim się przyzwyczaję do nowego miejsca. Ale biorąc pod uwagę tempo, w jakim przygotowują biura, mogę się tym nie martwić do przyszłego roku. Wygląda na to, że wcześniej nie skończą.

— Bzdura! Kiedy zaczęli? Dwa tygodnie temu? — zapytała uszczypliwie Natasza.

— Sześć.

— Cierpliwości, kochana.

— Powszechnie wiadomo, że ta cnota jest mi obca.

— Robisz postępy. — Istotnie, szczególnie wielkie poczyniła w ciągu ostatniego roku. — Jak się czujesz, mogąc znowu wszędzie się pokazywać?

— Bosko. — Twarz Isabelli nagle spoważniała. — Ale też trochę dziwnie. Przez cały czas czekam, że stanie się coś okropnego, że oświetlą mnie flesze, a potem zaczną się groźby i telefony od maniaków.

— I co?

Isabella potrząsnęła głową.

— Tylko ,,Women's Wear Daily" chce wiedzieć, co jem i co zamierzam włożyć. Niełatwo wyrzucić z pamięci koszmar, Nataszo. Musi upłynąć wiele, wiele czasu. — Trzeba było całego roku, by przestała wyczekiwać, że Amadeo wieczorem wróci do domu. — A przy okazji — skierowała myśli ku lżejszym tematom — może wybierzesz się jutro ze mną na kolację? Jesteś zajęta wieczorem?

— Jasne, że nie. Facet, któremu poświęciłam latem całą moją energię, po prostu wrócił do żony. Łajdak.

Isabella uśmiechnęła się i chórem wyrecytowały.

— Nic nie trwa wiecznie.

— Dajmy już temu spokój — westchnęła Natasza. — Lepiej powiedz, dokąd chcesz się wybrać.

Delikatne różowe światło padało na znajome twarze, zwykle goszczące na łamach żurnali mody czy okładkach „Fortune" lub „Time'a", twarze gwiazd filmowych, rekinów przemysłu, wydawców, pisarzy, prezesów największych korporacji. Każdy z nich był znakomity w swojej dziedzinie i dlatego bogaty. Stoliki nakryte różowymi obrusami stały blisko siebie, płomyki świec tańczyły poruszane lekkim wiaterkiem z ogrodu, brylanty błyszczały równie mocno jak roześmiane oczy. W restauracji Lutèce nigdy przedtem nie było tak przyjemnie.

Na początek zamówiły kawior, potem Isabella wybrała *filet mignon*, a Natasza gotowanego łososia. Do mięsa kelner przyniósł pół butelki czerwonego wina, do ryby pół butelki białego. Posiłek uzupełniły sałatka z endywii oraz ogromne truskawki. Isabella sprawiała wrażenie odprężonej i zadowolonej. Natasza nie od razu zwróciła uwagę na zmianę w jej wyglądzie. Niedowierzania na jej twarzy nie sposób było nie spostrzec.

— Co się stało? — zapytała Isabella.

— Przez calutki rok nosiłaś się jak zakonnica albo strach na wróble — odparła Natasza, nie odrywając od niej szeroko otwartych oczu — a kiedy przestałaś, ja tego nawet nie zauważyłam.

Isabella uśmiechnęła się lekko. Okres żałoby dobiegł końca i tego wieczoru po raz pierwszy nie była ubrana na czarno: miała na sobie prostą suknię z białej gabardyny i bladoróżową kaszmirową tunikę, w uszach zaś ametystowe kolczyki, które kiedyś pożyczyła Nataszy.

— Podoba ci się? To nowy projekt.

— Z tej samej kolekcji co moje błękitne cudo?

Isabella skinęła głową, a Natasza pochyliła się nad stołem.

— Kilka dni temu — wyznała szeptem — włączyłam klimatyzację, żeby sobie w tym pochodzić po domu.

— Nie martw się. Niedługo będzie wystarczająco zimno. — Isabellę przeszedł dreszcz na myśl o długiej, zdającej się nie mieć końca nowojorskiej zimie.

— Wyglądasz przepięknie — powiedziała Natasza, myśląc przy tym, że w głębokich onyksowych oczach przyjaciółki ciągle czai się samotność. — Cieszę się, że to już minęło. — Jej słowa jeszcze nie przebrzmiały, a już ich pożałowała, zdawała sobie bowiem sprawę, że pod wieloma względami to nieprawda. Strata Amadea zawsze będzie ciążyć na sercu Isabelli.

— Nie potrafię uwierzyć, że to już rok minął. — Isabella podniosła wzrok znad filiżanki kawy. — Z jednej strony mam wrażenie, że on odszedł dawno temu, z drugiej, że to było wczoraj. Ale łatwiej mi tutaj niż w Rzymie.

— Podjęłaś słuszną decyzję.

— Czas pokaże.

Spędziły w restauracji jeszcze godzinę, gawędząc o różnych sprawach, potem każda wróciła do siebie — Natasza do mieszkania, które teraz wydawało się kompletnie puste, Isabella do nowego gniazdka. Rozebrała się cicho, nałożyła szlafrok, poszła ucałować Alessandra, spokojnie śpiącego w swoim łóżeczku, po czym wróciła do swojej sypialni. O szóstej rano obudził ją dzwonek telefonu.

— Słucham?

— Ciao, Bellezza.

— Bernardo! Wiesz, która godzina? Obudziłeś mnie. Zaczęła cię już męczyć nuda? — Bernardo wyjechał na Korfu krótko po jej powrocie do Stanów.

— Nuda? Chyba oszalałaś. Świetnie się bawię. — Głos mu spoważniał. — Isabello, kochanie... musiałem zadzwonić. Wracam do Rzymu.

— Co, już wracasz do pracy? — roześmiała się. — Czy to nie za wcześnie?

— Nie chodzi o pracę. — W słuchawce zapadła cisza. Bernardo zbierał siły, by jej to wreszcie powiedzieć. Wpatrzony bezradnie w aparat, żałował, że dzielą ich tysiące mil.

— Miałem wczoraj telefon. Czekałem, aż zadzwonią powtórnie i potwierdzą wiadomość.

— O co chodzi, na litość boską? — Isabella usiadła na łóżku, ziewając szeroko. Była sobota i planowała spać do południa.

— Złapali ich, Isabello.

— Kto kogo złapał? — zmarszczyła brwi. Nagle zrozumiała i krew zastygła jej w żyłach. — Mówisz o porywaczach?

— Tak. Było ich trzech. Jeden miał za długi język. Teraz to już naprawdę koniec, kochanie.

Isabella wybuchnęła płaczem.

— To się skończyło rok temu — powiedziała. Nie potrafiłaby określić, czy ta wiadomość cieszy ją, czy smuci. To i tak niczego już nie zmieniało. Amadeo odszedł, a schwytanie jego morderców nie wróci go do życia.

— Musimy się stawić w Rzymie. Rano zadzwonili do mnie z policji. Dostali pozwolenie na przyśpieszenie postępowania. Rozprawa odbędzie się za trzy tygodnie.

— Nie pojadę. — Isabella przestała płakać. Twarz miała bladą jak papier.

— Musisz, Isabello. Potrzebne jest twoje zeznanie.

— Nie! Nie mogę, po prostu nie mogę.

— Możesz. Będę przy tobie.

— Nie chcę ich widzieć.

— Ja też nie, ale musimy to zrobić, dla Amadea i dla siebie. Nie możesz stać z boku. A jeśli coś się stanie i sąd ich uniewinni? Pozwolisz, żeby skrzywdzili kogoś innego?

Słowa Bernarda sprawiły, że wypadki sprzed roku wróciły do niej wielką falą. Przeklęty Corbett, okłamał ją! To trwa i nigdy się nie skończy. Nigdy! Znów wybuchnęła płaczem.

— Przestań, Isabello, proszę. Już niedługo będzie po wszystkim.

— Nieprawda.

— Obiecuję, kochanie. Jeszcze tylko to jedno i całą sprawę będziesz mogła ostatecznie zamknąć. Policja prosiła, żebym ja cię zawiadomił, bo łatwiej to zniesiesz. Rozprawa prawdopodobnie potrwa nie dłużej niż tydzień. Zatrzymasz się w mieszkaniu w firmie.

— Nie pojadę.

— Ależ tak, Isabello — odparł zdecydowanie Bernardo. — Pojedziesz.

Skończywszy rozmowę, siedziała na łóżku, a przed jej oczyma przesuwały się obrazy, które przed rokiem wymazała z pamięci. Zobaczyła siebie, jak w zielonej wieczorowej sukni czeka w salonie wpatrzona w zegar na kominku, jak rozmawia z Alessandrem, który przyszedł z garściami pełnymi czekoladowych ciasteczek, jak odbierają telefon od porywaczy, idzie do Alfreda Pacciolego, by sprzedać biżuterię, słyszy w słuchawce głos Amadea, który mówi jej, że ma być dzielna... Mocno zacisnęła powieki, starając się pohamować krzyk. Drżącą dłonią sięgnęła po telefon i wykręciła numer Nataszy. Gdy zaspana Natasza wreszcie odebrała, Isabella była w stanie niewiele się różniącym od ataku histerii.

— Słucham? Kto mówi? Isabella! Co się stało? Kochanie, powiedz... Isabello? Proszę, odezwij się...

— Złapali ich... porywaczy... muszę pojechać na rozprawę do Rzymu...

— Zaraz u ciebie będę.

Isabella wypuściła z dłoni słuchawkę i ukryła twarz w poduszce, uciekając od kłębiących się w jej głowie obrazów.

## ROZDZIAŁ DWUDZIESTY SIÓDMY

Z lotniska pojechali prosto do firmy, z maksymalną prędkością pędząc przez miasto. Była połowa października, cudowny okres, kiedy niebo jest bez chmurki, słońce wciąż grzeje, ale powiewa ożywczy chłodny wiatr. Niegdyś Isabella tę porę roku lubiła najbardziej. Teraz siedziała w samochodzie, milcząc jak głaz, wpatrzona w złożone na podołku ręce. Miała na sobie szary kostium i kapelusz, którego rondo zasłaniało przed Bernardem jej oczy.

— Rozprawa zaczyna się jutro, Bellezza. Słusznie zrobiłaś, że przyjechałaś.

Spojrzała na niego zmęczonym wzrokiem, a on na widok bólu wyraźnie rysującego się w jej oczach aż się skulił.

— Mam już dość robienia tego, co słuszne. Jakie teraz ma to znaczenie?

— Ma, i to duże. Zaufaj mi.

Ujęła mocno jego dłoń. Pomimo wszystkich kłótni i oskarżeń rzeczywiście mu ufała.

Przy drzwiach czekało na nią kilku fotografów, lecz Bernardo sprawnie ją między nimi przeprowadził. Szybkim krokiem przemierzyli hol i weszli do windy. Gdy znaleźli się w mieszkaniu na ostatnim piętrze, postawił na ziemi jej bagaże i do dwóch kieliszków nalał wina.

— Jaką miałaś podróż?

— Dobrą, dziękuję.

— A co u Alessandra?

— Jest wściekły na mnie, że wyjechałam.

— Powiedziałaś mu, dlaczego jedziesz do Rzymu?

— Tak — odparła wolno. — Nie miałam takiego zamiaru, ale Natasza mnie przekonała, że powinien wiedzieć, bo dzięki temu przestanie się bać.

— Jak zareagował?

— Bardzo się ucieszył — powiedziała wyraźnie poruszona. — Ale nie rozumiał, po co ja muszę jechać. Właściwie się z nim zgadzam.

Upiła łyk wina i przyjrzała się Bernardowi, który po miesiącu spędzonym na Korfu, opalony na czekoladę, odmłodniał o wiele lat.

— Doskonale wiesz, dlaczego tu jesteś. Powiedz, jak idzie ci praca.

— Świetnie. — Zdjęła kapelusz, uśmiechając się po raz pierwszy od przyjazdu.

— A ty jak żyjesz? — rzucił jej badawcze spojrzenie.

— Powolutku.

— Widujesz się z kimś? Minął już ponad rok. Czas, żebyś zaczęła się z kimś spotykać. — W końcu pogodził się z tym, że ich związek nie wyjdzie poza obecne granice, i nauczył się cieszyć łączącą ich przyjaźnią.

— Zajmij się lepiej swoimi sprawami. — Isabella odwróciła twarz do okna, patrząc na szczyty dachów.

— A niby dlaczego? Ty wtrącasz się do innych. Co porabia Corbett Ewing?

— Przestań! — spojrzała na niego z przestrachem. — Jak dużo o nas wiesz?

— Wystarczająco. Sam się w końcu domyśliłem z twoich gwałtownych reakcji na każdą wzmiankę o FB, z twojego tonu, kiedy w trakcie tamtej rozmowy telefonicznej wspomniałem o Ewingu... W życiu nie słyszałem takiej złości w twoim głosie.

— Bo też nigdy przedtem nie byłam taka zła. Uważałam, że uwiódł mnie tylko po to, żeby położyć łapę na firmie.

— I nadal tak myślisz?

— Teraz to już nieważne — wzruszyła ramionami. — W ogóle go nie widuję.

— Czy on rzeczywiście cię uwiódł? — zapytał cicho Bernardo.

— Nie twój zakichany interes — odparła szorstko, zaraz jednak złagodniała. — Przez krótki czas wydawało mi się, że jesteśmy zakochani, ale się myliłam, to wszystko. Tak czy owak, nic by z tego nie wyszło.

— Dlaczego?

— Ponieważ... do cholery, Bernardo, nie wiem. Może zbyt się różnimy? Może teraz wyszłam za firmę? Poza tym nigdy nie byłoby mi z nim tak jak z Amadeem. Nie chcę łamać serca ani sobie, ani nikomu innemu, żeby się o tym przekonać — powiedziała, patrząc na niego ze smutkiem.

— Chcesz więc zmarnować sobie życie, tak? Mając trzydzieści trzy lata, zamykasz drzwi. Straciłaś Amadea i poddałaś się.

— Wcale się nie poddałam. Mam Alessandra i pracę — odparła wyzywająco, lecz Bernardo nie sprawiał wrażenia przekonanego.

— To niezbyt bogate życie uczuciowe. Czy przynajmniej dałaś Ewingowi szansę wyjaśnienia, jak naprawdę było? Nie chciałaś się przekonać, czy masz rację?

— Już mówiłam: to bez znaczenia. Po powrocie z Rzymu raz się z nim widziałam.

— I co?

— Nic. Powiedziałam, żeby się trzymał z dala od Alessandra. Jak byłam w Rzymie, Natasza pozwoliła im się spotykać. — Westchnęła cicho, uśmiechając się z goryczą. — Ostrzegłam, że jeśli będzie nas nachodził, zawiadomię policję i mojego adwokata i oskarżę go o napastowanie Alessandra.

— Ty chyba straciłaś rozum! A jak on zareagował?

— Kazał mi się wynosić ze swojego samochodu.

— Miał rację. Ja bym cię wykopał. Na miłość boską, Isabello, co ci strzeliło do głowy? Dlaczego?

— Sama nie wiem... Daj spokój, przecież ci powiedziałam, że i tak nic by z tego nie było.

— Pewnie, skoro tak go potraktowałaś. — Bernardo nalał sobie wina.

— Natasza się z nim widuje. Są starymi przyjaciółmi.

— Powiedziała mu o rozprawie? — Bernardo dziwnie jej się przyglądał.

— Nie wiem — wzruszyła ramionami. — Może. W każdym razie pisały o tym gazety w przeddzień mojego wyjazdu z Nowego Jorku, choć teraz na stronie dziewiątej. Nasza popularność wyraźnie maleje. Mówię ci, szczęśliwa będę, kiedy moje nazwisko będzie się pojawiać tylko w dziale mody.

— I tak będzie. Za tydzień wszystko się skończy. A teraz idź spać. Rano po ciebie przyjadę.

Pocałował ją w policzek i wyszedł, zostawiając samą z resztką wina w kieliszku.

## ROZDZIAŁ DWUDZIESTY ÓSMY

Kiedy Isabella wysiadła z samochodu, Bernardo przyjrzał się jej z troską. Ubrana była w czarną wełnianą suknię z długimi rękawami, buty ze skóry aligatora i mały kapelusz. Tym razem nie miała na sobie czarnych pończoch, a jedynymi ozdobami jej stroju były perły i pierścionek, który dostała od Bernarda w czasie poprzedniego pobytu w Rzymie.

— Jak samopoczucie? — zapytał. Była tak blada, że zaczął się obawiać, czy nie zemdleje na schodach prowadzących do sądu.

— Niezłe.

Wziął ją pod ramię i w tym samym momencie rozpętało się piekło. Zewsząd otoczyli ich fotografowie, kamery telewizyjne i mikrofony, a jej w pamięci stanęły tamte straszne dni sprzed roku. Mocno ścisnęła rękę Bernarda i w chwilę później byli już wewnątrz gmachu, w małym pomieszczeniu sąsiadującym z pokojem sędziowskim, do którego wstęp uzyskali dzięki jego wpływom.

Isabelli się zdawało, że czekają wiele godzin, gdy wreszcie w drzwiach pojawił się umundurowany strażnik i poprosił ją na salę. Trzymając kurczowo Bernarda pod ramię, poszła za nim na drewnianych nogach. Unikała patrzenia w stronę długiego stołu, przy którym siedzieli oskarżeni, nie chciała bowiem zobaczyć ich twarzy. Gdy siadała na swoim miejscu, Bernardo czuł, że cała drży.

Przed sądem stawali kolejni świadkowie, składając długie i wyczerpujące zeznania: najpierw sekretarka Amadea, portier, wreszcie dwóch pracowników „San Gregorio", którzy widzieli wchodzących do budynku mężczyzn. Kiedy historia z samochodem została wyjaśniona, Bernardo dostrzegł, że jeden z oskarżonych skulił się. Potem przyszła kolej na lekarza sądowego i dwóch niższych rangą urzędników, po czym sędzia ogłosił, że po przerwie obiadowej sąd nie wznowi posiedzenia, gdyż ze względu na bolesny charakter sprawy oraz w trosce o wdowę po panu di San Gregorio zostaje ono przełożone na rano następnego dnia. Polecił strażnikom wyprowadzić oskarżonych. Kiedy wstali, Bernardo usłyszał, jak Isabella spazmatycznie łapie oddech.

Mordercy byli zwykłymi ludźmi w zwykłych ubraniach, jakich pełno na ulicach Rzymu. Isabella po raz pierwszy spojrzała w twarz tym, którzy odebrali życie jej mężowi. Bernardo podtrzymał ją silnym ramieniem widząc, że jeszcze bardziej pobladła.

— Spokojnie, Isabello, nie warto... — powiedział, czując, że w żaden sposób nie jest w stanie jej pocieszyć. Potrzebowała czegoś więcej, czegoś, czego on nie mógł jej dać.

— No, chodźmy już.

Oślepła od łez, pozwoliła mu się prowadzić. Na schodach znowu otoczył ich tłum.

— Signora di San Gregorio, widziała ich pani?... Jak wyglądali?... Zna ich pani?... Może nam pani powiedzieć...

Czyjaś ręka zerwała jej z głowy kapelusz. Isabella, szlocha-jąc głośno, pobiegła do samochodu ochraniana przez dwóch strażników i Bernarda. Kiedy zamknęły się za nimi drzwi, rzuciła się w jego ramiona. Jej łkania nie ustawały przez całą drogę do domu. Na miejscu Bernardo pośpiesznie wprowadził ją do mieszkania i posadził na kanapie.

— Wezwać lekarza?

— Nie... nie trzeba... ale nie zostawiaj mnie samej... — Na dźwięk telefonu zamilkła, drętwiejąc z przerażenia. Nie była w stanie przeżywać tego od początku, to przerastało jej siły.

— Powiedz w centrali, żeby więcej rozmów nie łączyli.

Jednakże Bernardo zdążył już odebrać i teraz tak cicho mówił coś, że Isabella go nie słyszała. Wreszcie z uśmiechem na nią spojrzał, po czym bez słowa podał jej słuchawkę i wyszedł z pokoju.

— Isabella?

Najpierw nie rozpoznała głosu, potem aż oczy szeroko otwarła ze zdumienia.

— Corbett? — Niemożliwe, pomyślała.

— Tak, to ja — potwierdził głos, po czym dodał: — I pro-szę, nie rozłączaj się, przynajmniej nie od razu.

— Gdzie jesteś? — zapytała wypranym z emocji głosem. Zdawało jej się, że jest tuż obok, w tym samym pokoju.

— W holu, ale nie musisz się ze mną widzieć. Jeśli nie chcesz, odejdę.

— Dlaczego przyjechałeś?

I to właśnie teraz, dodała w myśli.

— Mam zamiar ukraść ci firmę. Pamiętasz?

— Tak, pamiętam. Winna ci jestem przeprosiny... za to, co wtedy powiedziałam w samochodzie. — Jej twarz rozjaśnił lekki uśmiech.

— Nic mi nie jesteś winna, ani przeprosin, ani firmy, ani niczego innego. Chcę tylko, żebyś mi poświęciła dziesięć minut.

W tym momencie w głowie zaświtała jej zaskakująca myśl. Bernardo! Czyżby to on poprosił Corbetta o przyjazd do Rzymu?

— Jesteś tu dlatego, żeby się ze mną zobaczyć, Corbett?

— Tak — odparł. — Wiem dobrze, co musisz teraz przeżywać. Pomyślałem, że potrzebny ci będzie przyjaciel... Isabello, mogę wejść na górę?

Chwilę później otworzyła przed nim drzwi i bez słowa wyciągnęła rękę. Oczy miała zmęczone i puste.

— Witaj.

Corbett mocno uścisnął jej dłoń i wszedł do środka.

— Masz ochotę na kieliszek wina?

Ujrzawszy jej uśmiech, musiał się siłą powstrzymywać, aby nie porwać jej w ramiona. Pokręcił przecząco głową i rozejrzał się po pokoju.

— Czy to twój gabinet?

— Nie, to mieszkanie dla ważnych gości — wyjaśniła, po czym usiadła, zwieszając smutno głowę. — Nie wiesz nawet, co bym dała, żeby tu nie być.

— Współczuję ci bardzo z powodu tych przejść — odparł, siadając tuż obok niej — ale dobrze, że ich złapali. Nie musisz się już martwić, czy przypadkiem znowu nie zechcą zrobić ci krzywdy.

— Chyba masz rację. Problem w tym, że ten rozdział mojego życia uważałam już za zamknięty.

W milczeniu potrząsnął głową. Nie chciał jej mówić, że to niemożliwe, bo nie da się wyrzucić z pamięci wspomnień ani zapomnieć niepowetowanej straty, można jedynie wyleczyć rany, złagodzić ból, spróbować wypełnić próżnię czymś innym.

— Isabello — rzekł z wahaniem — czy jutro będę mógł ci towarzyszyć?

Spojrzała na niego z przerażeniem.

— Masz na myśli rozprawę? Dlaczego?

Czyżby powodowała nim ciekawość jak innymi? Czyżby z tego powodu przyjechał? Przyglądała mu się podejrzliwie. Corbett wziął ją delikatnie za rękę.

— Chcę razem z tobą przez to przejść. Dlatego właśnie przyjechałem.

Tym razem skinęła głową ze zrozumieniem, czując, jak Corbett coraz mocniej ściska jej dłoń.

## ROZDZIAŁ DWUDZIESTY DZIEWIĄTY

Następnego dnia rano Isabella przedarła się przez tłum zgromadzony przed sądem, otoczona ze wszystkich stron przez ochroniarzy, Corbetta i Bernarda. Szła z pochyloną głową, twarz ukrywając pod szerokim rondem kapelusza. Kiedy znaleźli się na sali, sędzia wezwał na miejsce dla świadków Alfreda Pacciolego, jubilera.

— I pani di San Gregorio przyniosła do pana całą swoją biżuterię, czy tak?

— Tak — potwierdził jubiler.

— Co pan jej za to dał? Czy w ogóle jej pan zapłacił? — naciskał adwokat.

— Dałem jej całą gotówkę, którą miałem w sejfie, a od zaprzyjaźnionych kupców uzyskałem dalsze trzysta dolarów. Obiecałem jej też, że w następnym tygodniu zdobędę dla niej drugie tyle.

— Jak na to zareagowała?

Corbett poczuł, że siedząca obok Isabella sztywnieje, lekko więc zwrócił ku niej głowę, by ją obserwować. Twarz miała bladą, niemal białą jak papier.

— Powiedziała, że to za mało, ale wzięła pieniądze.

— Czy powiedziała, na co są jej potrzebne?

— Nie. — Paccioli przerwał, niezdolny mówić dalej. Po chwili szeptem się odezwał: — Ale ja się domyśliłem. Była zrozpaczona, załamana, przerażona... — Zamilkł, a po jego twarzy popłynęły łzy. Spojrzał na Isabellę, która także płakała.

Sędzia ogłosił przerwę.

Rozprawa ciągnęła się przez następne trzy dni. Piątego dnia rankiem nadeszła kolej na zeznania Isabelli. Sędzia popatrzył na nią ze współczuciem i poprosił, by stanęła na miejscu dla świadków.

— Nazywa się pani Isabella di San Gregorio?

— Tak — odparła drżącym szeptem. W jej twarzy widać było tylko oczy, ogromne, smutne, przerażone.

— Jest pani wdową po Amadeu di San Gregorio, który siedemnastego września został podstępnie uprowadzony ze swego biura i zamordowany... — sędzia zerknął w dokumenty, by podać dokładną datę.

— Tak, to ja.

— Czy może nam pani opowiedzieć w porządku chronologicznym, co tamtego dnia się wydarzyło? Kiedy po raz ostatni widziała pani męża, co pani robiła i słyszała?

Isabella minuta po minucie odtworzyła wszystkie wypadki owego tragicznego dnia: swój poranny przyjazd do firmy, sprawy zawodowe, o których dyskutowali, przestrogi Bernarda, które ona i Amadeo tak lekkomyślnie odrzucili, choć troska przyjaciela bardzo ich wzruszyła. W tym momencie spojrzała na Bernarda i zobaczyła, że jego oczy lśnią od łez. Odwrócił od niej głowę.

Corbett z niepokojem ją obserwował, pragnąc nade wszystko, by starczyło jej sił na dotrwanie do końca. Od kilku dni ciągle był przy niej, jeździł z nią do sądu, potem odwoził do apartamentu w budynku firmy, gdzie spędzali popołudnia na długich rozmowach. Ani razu jednak nie poruszył spraw intymnych, ani razu jej nie dotknął, zadowalając się tylko pieszczotliwym spojrzeniem. Przyjechał do Rzymu jako jej przyjaciel, zdając sobie sprawę, że tych kilka dni to jeden z najboleśniejszych okresów jej życia, że musi wszystkie tragiczne wspomnienia ożywić, by uwolnić się od zmór przeszłości. Świadom był jednak także i tego, że takie przeżycie może ją załamać, a jeśli nawet jakoś sobie poradzi, może później nic od niego nie chcieć. Mimo wszystko postanowił przy niej być.

— Kiedy pani stwierdziła, że mąż się spóźnia?

— Nie wiem... chyba o wpół do ósmej. — Wyjaśniła, że zapomniała o czasie, gdy w salonie pojawił się Alessandro, następnie zaś opowiedziała o telefonie do Bernarda, o tym, jak czekała, aż się do niej odezwie, nagle ogarnięta strachem, i o tym, jak zadzwonili porywacze. W tym miejscu zeznań opuściły ją siły. Przez chwilę walczyła, próbując odzyskać panowanie nad sobą, ale bezskutecznie. Z oczu popłynęły jej łzy.

— Powiedzieli... że mają mojego... męża — wykrztusiła, łkając głośno. — Że go zabiją... Pozwolili mi z nim porozmawiać... Powiedział...

Bernardo spojrzał żałośnie na sędziego, ten jednak skinieniem głowy polecił, by Isabella kontynuowała. Lepiej, żeby za jednym razem przez to przeszła.

— I co pani zrobiła potem?

— Przyjechał Bernardo... pan Franco. Rozmawialiśmy. Późno w nocy zadzwoniliśmy na policję.

— Dlaczego dopiero wtedy? Czy porywacze zabronili pani kontaktować się z policją?

Isabella wzięła głęboki oddech.

— Bałam się, że jeżeli zawiadomię policję, moje konta zostaną zablokowane i nie będę w stanie zebrać pieniędzy. Oczywiście tak się stało — skończyła z goryczą.

— Czy z tego powodu usiłowała pani sprzedać biżuterię?

Spojrzała na siedzącego w tyle sali jubilera, który otwarcie płakał, i skinęła głową.

— Tak. Zrobiłabym wszystko, żeby...

Corbett zacisnął szczęki, wymieniając z Bernardem pełne troski spojrzenie.

— I co stało się po tym, jak zdobyła pani pieniądze? Czy dostarczyła je pani porywaczom, mimo iż suma była znacznie niższa od żądanej?

— Nie. Miałam zamiar to zrobić. To było w poniedziałek wieczorem, a oni chcieli dostać okup we wtorek. Ale... — znowu zaczęła cała drżeć. — Ale zadzwonili... powiedzieli... — Jej twarz ściągnęła się w wyrazie przerażenia. Obejrzała się za siebie, szukając wzrokiem Corbetta i Bernarda. — Nie mogę! Nie potrafię dalej o tym mówić!

Nikt się nie poruszył. Sędzia łagodnym głosem poprosił, żeby dokończyła zeznawać. Isabella cicho płakała. Kiedy strażnik przyniósł jej szklankę wody, upiła łyk i mówiła dalej:

— Ktoś powiadomił dziennikarzy o mojej wizycie u Alfreda Pacciolego i wszystkie gazety o tym napisały. — W tym momencie przed oczyma stanęła jej twarz recepcjonistki u jubilera. — Porywacze od razu się zorientowali, że moje konta zostaną zablokowane i że policja o wszystkim wie. — Siedziała bez ruchu, z zamkniętymi oczyma.

— Co powiedzieli pani w trakcie następnej rozmowy telefonicznej?

— Że go zabiją — odparła szeptem.

— Tylko tyle? Nic więcej?

— Nie. — Otworzyła szeroko oczy, jakby miała wizję, jakby znajdowała się gdzieś bardzo daleko od sali sądowej. Łzy strumieniem spływały po jej policzkach. — Pozwolili mi... — głos jej przycichł, znowu obejrzała się za siebie — ...pożegnać się z mężem... Powiedział... powiedział, żebym była jeszcze przez krótki czas dzielna... że wszystko będzie dobrze... że mnie kocha... Ja też powiedziałam, że go kocham... a potem... — Mówiła z trudnością, pustym wzrokiem patrząc przed siebie. — A potem go zabili. Następnego dnia rano policja znalazła jego ciało.

Siedziała nieruchomo, bez życia, wspominając tamtą chwilę, uczucia, ostatnią rozmowę z mężem. Teraz, gdy zamilkła, głos Amadea także jakby przycichł, rozwiewał się w jej pamięci. Popatrzyła na trzech oskarżonych i bez słowa potrząsnęła głową. Sędzia dał znak Bernardowi, że powinien natychmiast ją wyprowadzić. Jej udział w procesie dobiegł końca.

Bernardo zerwał się z miejsca i w towarzystwie Corbetta i adwokata podszedł ku Isabelli, która patrzyła na nich nic nie rozumiejąc.

— Zabili go... zabili... Bernardo, on nie żyje! — krzyknęła przeraźliwie, a jej lament odbił się echem od ścian sali i przeniknął na korytarz. Gdy Corbett i Bernardo wyprowadzali ją z sali, drzwi nagle się otworzyły i do środka wtargnęli fotoreporterzy.

— Szybko! — Corbett momentalnie przejął inicjatywę, popychając Isabellę w ramiona Bernarda. — Trzymajcie się od niej z daleka, hieny!

Bernardo i ochroniarze przeciskali się przez tłum, sędzia tłukąc młotkiem w stół domagał się spokoju, strażnicy usiłowali usunąć prasę z sali, w której panowało istne piekło. Publiczność przyglądała się całej scenie w oszołomieniu.

Jakoś w końcu udało im się dotrzeć do samochodu, drzwi trzasnęły, kierowca z piskiem ruszył z miejsca. Reporterzy nie zrezygnowali, robiąc zdjęcie za zdjęciem, a dziennikarze, choć samochód był już daleko, wciąż wykrzykiwali pytania. Isabella, Bernardo i Corbett siedzieli stłoczeni na tylnym siedzeniu.

Isabella osunęła się na pierś Corbetta.

— Już po wszystkim, Isabello, skończyło się, kochanie, już się skończyło — powtarzał cicho. Wstrząśnięty Bernardo przyglądał im się bezradnie. Żałował teraz, że namówił Isabellę na ten przyjazd. Popełnił wielki błąd, choć w oczach Corbetta nie znajdował wymówki, nawet gdy się okazało, że przed firmą czeka na nich tłum.

Bernardo patrzył z przerażeniem, Isabella od nowa wybuchnęła płaczem, Corbett zaś, nie namyślając się długo, powiedział kierowcy:

— Nie zatrzymuj się, jedź do mojego hotelu.

Bernardo pomyślał, że jego jedynym inteligentnym posunięciem w ostatnich dniach było wezwanie Corbetta.

Po pięciu minutach byli w apartamencie hotelu Hassler.

— Masz to za sobą — rzekł Corbett, patrząc na wymizerowaną twarz Isabelli. — Nigdy więcej nie będziesz musiała przez coś takiego przechodzić.

Pokiwała wolno głową, jak dziecko, na którego oczach zginęła cała rodzina.

— Bardzo mi przykro, Bellezza — szepnął żałośnie Bernardo.

Isabella, która zdążyła się już trochę opanować, pocałowała go w policzek.

— Może teraz rzeczywiście jest już po wszystkim. Co będzie z tymi ludźmi?

— Jeśli dożyją końca procesu, dostaną dożywocie — powiedział ze złośliwą satysfakcją Bernardo.

Corbett, potwierdziwszy jego opinię, podszedł do telefonu i cicho powiedział coś do słuchawki, po czym zwrócił się do Isabelli i Bernarda:

— Według mnie powinniśmy wrócić do Nowego Jorku najbliższym samolotem. Możesz teraz lecieć, Isabello? Chyba że masz jakieś sprawy do załatwienia...

Potrząsnęła przecząco głową i uniosła ku niemu twarz.

— A co z moimi rzeczami?

Bernardo zerwał się z miejsca.

— Ja je przywiozę.

— Doskonale — rzekł Corbett. — Spotkamy się na lotnisku za godzinę.

— Dobrze — odparł Bernardo, po czym zapytał Isabellę: — Jak się czujesz?

— Czy proces już się skończył?

W odpowiedzi obaj skinęli głowami. Wszystkie istotne dla sprawy zeznania zostały przed sądem złożone i nikt nie mógł mieć wątpliwości co do werdyktu. To była zbrodnia, za którą groził najwyższy wymiar kary. Ludzie, którzy porwali Amadea i zabili go, poniosą stosowną do swego czynu karę.

— Tak, Isabello. Możesz wracać do domu.

Do domu... Bernardo nazwał Nowy Jork jej domem. Po raz pierwszy uświadomiła sobie, że to prawda. Przestała należeć do Rzymu. Nie mogła tu żyć po tym, co przeszła ongiś i co zakończyło się tego dnia. Poszukała wzrokiem Corbetta, który odprowadził Bernarda do drzwi i zamknął je na klucz.

— Dziękuję, że przy mnie byłeś — powiedziała, gdy znowu obok niej usiadł, zasunąwszy zamek w walizce. — To było straszne... myślałam, że umrę... Trzymałam się tylko dzięki świadomości, że muszę to wszystko powiedzieć, skończyć z tym i wyjść z sali... Wiedziałam, że stać mnie na to tak długo, jak długo ty przy mnie będziesz... Czy to Natasza cię przysłała? — Zadała pytanie, na które odpowiedź musiała poznać.

Corbett zaprzeczył. Nie zamierzał niczego więcej przed nią ukrywać.

— Zadzwonił do mnie Bernardo.

— Bernardo? — powtórzyła z wielkim zdziwieniem, zaraz jednak dodała: — Rozumiem.

— Jesteś zła?

— Nie — odparła łagodnie, uśmiechając się czule.

Tym razem on też się uśmiechnął. Długo jej się przyglądał, a potem powiedział:

— Musimy o paru sprawach porozmawiać, ale teraz najlepiej będzie, jak pojedziemy na lotnisko. Masz przy sobie paszport? Jeśli nie spotkamy się z Bernardem, wyśle twój bagaż następnym samolotem.

— Paszport mam w torebce.

— W takim razie chodźmy.

Podał jej rękę i oboje wstali z kanapy. Przed hotelem czekała już na nich limuzyna. Wokoło nie było żądnych sensacji fotoreporterów. Nie interesował ich Corbett Ewing, który zatrzymał się w hotelu Hassler. Zbyt byli zajęci sprawą związaną z Domem Mody „San Gregorio''.

Bernardo spotkał się z nimi na lotnisku na pięć minut przed odlotem samolotu. Isabella mocno go objęła.

— Dziękuję, bardzo dziękuję.

Oddał jej uścisk, po czym popchnął ją lekko w stronę samolotu.

— Zobaczymy się w marcu! — krzyknął na pożegnanie. Corbett pomachał do niego i razem z Isabellą zniknął w samolocie.

Rzym malał pod nimi. Isabella siedziała w milczeniu, wyglądając przez okno. Po chwili odwróciła się do obserwującego ją Corbetta i wsunęła dłoń w jego rękę. Nie był w stanie już dłużej czekać i patrząc na nią z troską, zapytał:

— Czy jeszcze za wcześnie, żeby ci powiedzieć, że cię kocham? — wyszeptał tak cicho, że ledwo go usłyszała.

Z uśmiechem w oczach popatrzyła na niego.

— Nie, najdroższy, na to nigdy nie jest za wcześnie.

Całowali się długo, spragnieni siebie, stewardesa zaś czekała, by nalać im szampana. Isabella podniosła kieliszek z musującym trunkiem i popatrzyła Corbettowi prosto w oczy.

— Na zawsze, moja miłości — szepnęła.

Na zawsze... Na tak długo, jak długo „na zawsze'' może trwać.

———